फ़िल्मों की बातें

[चुनिंदा फ़िल्मों की वैचारिक पड़ताल]

अजय चंद्रवंशी

कबीरा खड़ा बाज़ार में ...

प्रगतिशील वैचारिक मंच पिपरिया

फिल्मों की बातें
(चुनिंदा फ़िल्मों की वैचारिक पड़ताल)

ISBN 979-889415556-2

प्रथम संस्करण : 06/2024

मूल्य : पेपरबैक-280.00, हार्डकेस-450

आवरण : भागवत साहू पिपरिया ,

प्रकाशक- कबीरा खड़ा बाज़ार में... प्रगतिशील वैचारिक मंच पिपरिया

वार्ड न०.14 नगर पंचायत पिपरिया, कवर्धा

कबीरधाम (छत्तीसगढ़), पिन-491995

दूरभाष -7566817411,7898408911

Email-Kabirakhadabazarme@gmail.com

Published by

Kabira Khada Bazaar Me...Pragatishil Vaicharik Manch Pipariya

चित्रेखा, उर्वी और विवान के लिए

अनुक्रमणिका

अपनी बात

मुझे फ़िल्म देखने का ख़ास शौक नहीं रहा। लड़कपन के दिनों (नब्बे का दशक) में जरूर टॉकीज और 'विडियो' में कुछ तत्कालीन फ़िल्मे देखी मगर वैसा कभी नहीं रहा कि फ़िल्म देखनी ही है। उस दौर में घर में टेलीविजन नहीं होने से भी फ़िल्म देखने के अवसर कम हो गए। अवश्य मोहल्ले में दुर्गा–गणेश उत्सव, किसी के घर छट्टी होने पर उन दिनों वीसीआर लाया जाता था जिससे कई फिल्में देखने को मिल जाती थीं। लेकिन ये सब अपने समय की 'लोकप्रिय' फिल्में हुआ करती थीं जिन्हें 'सार्थक' फ़िल्मे कहते हैं उन्हें नहीं दिखाया जाता था।

मेरे माता–पिता को फ़िल्म देखने का शौक था। सत्तर के दशक और अस्सी के दशक के पूर्वार्ध तक वे अक्सर नाइट शो टॉकीज फ़िल्म देखने जाते थे। मैं बहुत छोटा था मगर कुछ स्मृतियां हैं।

इस तरह फिल्में तो कम देखी मगर फ़िल्म संगीत सुनने में बहुत रुचि रही। रेडियो से लेकर डेक, सीडी, डीवीडी तक और आज भी मोबाइल में गाने सुनता हूँ। गाना सुनने और साहित्य पढ़ने के क्रम में सार्थक फिल्मों का बार-बार जिक्र आता रहा जिससे उन्हें देखने की इच्छा मन के किसी कोने में दबी रही। एंड्राइड मोबाईल में यूट्यूब में फ़िल्म देखने की सुविधा से फ़िल्म देखने की इच्छा को फलिभुत होने का अवसर मिला।

कोविड काल में घर में कैद हो जाने के 'दुर्योग' ने भी अधिक समय उपलब्ध कराया जिससे इन फिल्मों को देख पाने का अवसर मिला। इस तरह ये सभी फिल्में मोबाइल में ही क़िस्तों में देखी गई हैं।

सामान्यत: फिल्मों को व्यावसायिक और कलात्मक/सार्थक/ समानांतर दो श्रेणियों में विभाजित किया जाता है। यह विभाजन इस दृष्टि से सही भी है

कि अधिकांश फिल्मे बाज़ार को ध्यान में रखकर बनाई जाती हैं जिनका उद्देश्य विशुद्ध व्यावसायिक होता है। चूंकि फ़िल्म निर्माण एक व्यावसाय भी है जिसके निर्माण के लिए बड़ी धनराशि की आवश्यकता होती है इसलिए भी सार्थक कही जाने वाली फिल्मे कम बनती हैं। अवश्य ऐसे निर्माता-निर्देशक भी हुए हैं जो दोनों में संतुलन बनाने में सफल रहे हैं। इधर यूट्यूब के प्रचलन से कम लागत में सार्थक फ़िल्म /डाक्यूमेंट्री बनाने के अवसर बढ़ गए हैं।

बहरहाल इस पुस्तक में ऐसी फ़िल्मों पर ही बात की गई है जिन्हे 'सार्थक' फ़िल्म कह सकते हैं और जिनमे मुझे अपनी कुछ बातें कहने की गुंजाइश दिखी है। इसमें मैंने मुख्यत: इन फ़िल्मों की वैचारिक पृष्टभूमि का विवेचन किया है, कलापक्ष पर बात नहीं की है। इसका कारण स्वाभाविक रूप से मेरी समझ की सीमा है। मैं फिल्म निर्देशन के कलापक्ष से अनभिज्ञ हूं अतः उस पर बात करना संभव नहीं था। अब इन फ़िल्मों की वैचारिक पड़ताल पाठकों को कितनी पसंद आयेगी यह नहीं जाना जा सकता मगर सोशल मीडिया में इनके प्रसारण से उत्साहजनक प्रतिक्रियाएं मिली जिससे थोड़ा संतोष हुआ है।

जब मैं यह कह रहा हूं कि इसमें मैंने 'सार्थक' कही जाने फ़िल्मों पर ही बात की है तो इसका अर्थ यह नहीं कि इतनी ही फिल्में सार्थक फ़िल्में है या ये ही सर्वश्रेष्ठ सार्थक फिल्में हैं। मुझे बराबर अहसास है कि इस संकलन में अभी बहुत सी बहुचर्चित फिल्मों पर बात नहीं हो सकी है। इसलिए यह केवल उन्हीं फिल्मों का संकलन है जिन पर मैं अभी तक बात कर सका हूं।

इस किताब को तैयार करने में मित्रों का प्रोत्साहन रहा है। उन सब का आभारी हूं। भागवत साहू ने आलेखों के कंप्यूटर संयोजन एवं आवरण निर्माण का कार्य किया है। उनको धन्यवाद।

अजय चंद्रवंशी
कवर्धा
01/03/2024

दो बीघा ज़मीन : बिमल राय (1953)

मनुष्य का धरती से प्रेम आदिम काल से रहा है। कृषक जीवन में धरती से उपजा अन्न ही उसका मुख्य आहार हुआ और जीवन का साधन बना। 'जीवन का साधन' मगर उपयोगितावाद तक सीमित नहीं रह गया; उससे स्वाभाविक प्रेम होता गया, इसलिए किसान का अपनी ज़मीन से उत्कट प्रेम होता है। ठीक है औद्योगिकरण की तीव्रता और व्यापकता के साथ किसान ने भी 'व्यावहारिक' दृष्टिकोण अपनाया और कई व्यवसाय की तरफ बढ़ें, और सफल भी हुए। मगर इससे कृषि की महत्ता और आवश्यकता कम नहीं हो जाती। जीवित रहने की प्राथमिक आवश्यकता भोजन है जो कृषि से ही प्राप्त होता है।

विज्ञान के विकास के साथ उत्पादन के तकनीकों में सुधार से औद्योगिकरण अनिवार्य तो हुआ, लेकिन इसका नियमन सार्थक ढंग से नहीं हुआ। अधिकांश जगह जनभावना और हितों को नजरअंदाज कर ज़मीन का अधिग्रहण किया गया। कृषिभूमि के अविवेकपूर्ण अधिग्रहण से किसान बहुत जगह बर्बाद हो गए। यह स्थिति आज भी खत्म नहीं हुई है।

आज़ादी के पूर्व और कुछ पश्चात तक सामंती-ज़मीदारी प्रथा भी हावी थी, जो किसानों का अत्यधिक शोषण करती थी। कर्ज और बेईमानी का सूद इनका मुख्य हथियार था, जिसके चंगुल से किसान मरते दम तक मुक्त नहीं हो पाते थे। सामाजिक लोकाचार के कई 'मरजाद' से बंधे किसान सर्वत्र समर्पण न करते थे, वरन संघर्ष भी करते थे। साहित्य में इस द्वंद्व और संघर्ष की झलक मिलती है। प्रेमचंद के 'रंगभूमि' में इसका स्पष्ट चित्रण हैं, वहीं 'गोदान' में भी ज़मीन बचा लेने की छटपटाहट है।

फिल्मों में इसका कितना चित्रण है, अपने अध्ययन और जानकारी की सीमा के कारण हमे ज्ञात नहीं है। मगर बिमल राय की 1953 में प्रदर्शित 'दो बीघा ज़मीन' इस विषय पर काफी चर्चित और लोकप्रिय फ़िल्म है। अकारण नहीं कि इस फ़िल्म ने अपने समय के बड़े पुरस्कार प्राप्त किए थे।

फ़िल्म की कहानी में एक ग़रीब किसान 'शम्भू' द्वारा अपने दो बीघा ज़मीन को बचाने की जद्दोजहद है, जिसे वह अंततः नहीं बचा पाता। गांव की ज़मीन में फैक्ट्री खोलने के लिए शम्भू महतो की दो बीघा ज़मीन जरूरी है, लेकिन वह अपनी व दूसरे किसानो की ज़मीन को बचाने के लिए उसे बेचने से इंकार कर देता है। लेकिन प्रभू वर्ग के पास दूसरे रास्तें भी हैं। वह ज़मीदार का कर्जदार है। शम्भू पत्नी के गहने बेचकर ब्याज सहित 65 रुपये अदा करना चाहता है मगर ज़मीदार के बहीखाते में वह 235 रुपये हैं। मामला कोर्ट में जाता है; उसे कर्ज पटाने तीन महीने की मोहलत मिलती है।

शम्भू गांव में उतनी रकम जुटा नहीं सकता था, इसलिए कुछ करने कलकत्ता जाता है। नाटकीय रूप से उसका बेटा भी साथ चला जाता है। एक ग्रामीण की पहली बार महानगर में पहुंचने की प्रारम्भिक कठिनाइयों के बाद उसे एक मजदूर बस्ती में कम किराये पर रहने को ठीहा मिल जाता है, जिसकी मालकिन दयालु है। वहां उसी तरह और मज़दूर भी रहते हैं। अंततः वह हाथ से खिंचने वाला रिक्शा चलाने लगता है। वह जी जान से काम करता है। कभी बाप बेटे भूखें भी रहते हैं, मगर इस काम से पर्याप्त पैसे नहीं मिल पातें।

हालात अमूमन मज़दूर-कृषक वर्ग के बच्चों को जीवन की वास्तविकता से जल्दी परिचित करा देते हैं। शम्भू का 8-10 वर्ष का बेटा भी पिता के सहयोग के लिए बूट पालिश का काम करने लगता है। फ़िल्मकार ने बच्चे की भूमिका को पर्याप्त महत्व दिया है और नाटकीय परिस्थितियां सृजित की है। वह अपने सहज बालवृत्ति को दबा देता है। जब वह पहली बार पिता को बिना बताये बूट पालिश कर पिता के सामने पैसे लाता है तो वह चोरी

समझकर एक थप्पड़ मार देता है। मगर जब वास्तविकता से परिचित होता है तो प्रेम, शर्म और ग्लानि से उसे गले लगा लेता है।

शम्भू पैसे कमाने के लिए अधिक से अधिक काम करने का प्रयास करता है। इस क्रम में दो युवा प्रेमियों द्वारा एक दूसरे से आगे निकल जाने की होड़ में शम्भू घायल हो जाता है। प्रेमिका एक हाथ रिक्शे में बैठकर आगे-आगे चलती है, उसका प्रेमी जो पीछे शम्भू के रिक्शे में बैठे रहता है, को पीछा करने उकसाती है। प्रेमी शम्भू को तेज दौड़ने कहता है उसकी 'कीमत' बढ़ाते जाता है, एक रुपये, दो रुपये, तीन रुपये, शम्भू इस अतिरिक्त लाभ की चाह में (जो उसकी मजबूरी है) अपनी रफ्तार लगातर बढ़ाते जाता है, और अंततः पछाड़ खाकर गिर जाता है। यह दृष्य मार्मिक है, यहां इंसान केवल सामान सा रह जाता है। उन दोनो प्रेमियों (अभिजात वर्ग) के लिए रिक्शा चालक इंसान नहीं सामान भर हैं, जिनकी कुछ कीमत है। उनके इस 'प्रेम खिलवाड़' में जैसे रिक्शा चालक कहीं हैं ही नहीं। वे सहज ढंग से अपना खेल खेलते हैं।

शम्भू के ज़ख्मी हो जाने से स्थिति में तनाव आ जाता है। वह बेबस हो जाता है। छटपटाता है। मोहलत की तिथि करीब आने पर वह जबरदस्ती रिक्शा चलाने उठता है, मगर खड़ा नहीं हो पाता गिर जाता है। इधर उसका बेटा बिना कुछ खर्च किए अधिक कमाने की कोशिश करता है। इस उपक्रम में उसका बूट पालिश बॉक्स गाड़ी के नीचे दबकर नष्ट हो जाता है। वह असमंजस में पिता के दुःख सहन न करके पाकेटमार लड़के का साथ देकर पैसे और फल लेकर घर आता है। शम्भू को जब पता चलता है कि चोरी के पैसे हैं तो आहत होकर बच्चे को पिटता है। उस समय उसका डायलॉग मार्मिक है "किसान का बेटा होकर चोरी करता है"।

इधर गांव में शम्भू की पत्नी पारो अपने वृद्ध बीमार ससुर के साथ जैसे-तैसे दिन काटते रहती है। उसकी अपनी समस्याएं है। ज़मीदार के मुनीम की कुदृष्टि से बचती है। निर्वाह में दिक्कत आने पर मज़दूरी करती है। जब पता चलता है कि शम्भू घायल है तो जैसे-तैसे अंततः अकेले कलकत्ता के लिए शम्भू द्वारा भेजे गये पैसे को रखकर निकलती है।

फ़िल्म के क्लाइमैक्स में शम्भू बीमार अवस्था में ही काम के लिए रिक्शा लेकर निकलता है। उसका बेटा बाप की सहायता के लिए अंततः चोरी करने निकलता है। उसकी पत्नी कलकत्ता में पता पूछते-पूछते एक शराबी के चाल में फँस जाती है। स्थिति समझने पर वहां से भागने के क्रम में मोटर के नीचे आकर घायल हो जाती है। राहगीर अस्पताल ले जाने के लिए रिक्शा बुलाते हैं। संयोग से वह शम्भू होता है। पत्नी को इस स्थिति में देखकर पछाड़ खा जाता है। जैसे-तैसे अस्पताल पहुँचते हैं। इधर उनका बेटा चोरी से पैसे इकट्ठा कर घर आता है तो उसे अस्पताल ले जाया जाता है। जहां उसके माता-पिता हैं। वह अपराधबोध से ग्रस्त हो जाता है, उसे लगता है कि उसकी चोरी के कारण ही माँ घायल हुई है। वह पैसे फाड़ देता है। अंततः उसकी माँ के आँचल में जो पैसे थे उसको मिलाकर उसकी जान बचती है, मगर उधर मियाद खत्म होने से ज़मीन की नीलामी हो जाती है और वहां फैक्ट्री बन जाता है। वहां शम्भू के पिता को पागल दिखाया जाता है। उसका एक डायलॉग "नीलाम करोगे, जरूर नीलम करो, वैसे भी यह घर छोटा था, अब सारी पृथ्वी हमारा घर है" श्रमिक वर्ग की विडम्बना को दिखाता है।

शम्भू अपने पत्नी और बच्चे के साथ जब गांव पहुंचता है तो उसके खेत के स्थान पर फैक्ट्री के चिमनी से धुआँ निकलते रहता है। वह ख़ामोश देखता रह जाता है। अंततः वह अपनी ज़मीन से एक मुट्ठी मिट्टी उठाना चाहता है तो फैक्ट्री का चौकीदार शक मे उसकी मुट्ठी खोलकर देखता है, और मिट्टी झर जाती है। फिर शुम्भू पत्नी और बच्चे के साथ वहां से दूर जाता दिखाई देता है, फ़िल्म समाप्त हो जाती है।

इस तरह फ़िल्म एक किसान द्वारा अपनी ज़मीन को न बचा सकने की विडम्बना से खत्म हो जाती है। 1953 की स्थिति से आज हम मुक्त हो गए हैं, ऐसा नहीं कहा जा सकता। आज भी अविवेकपूर्ण भूमि अधिग्रहण एक समस्या है। किसानों की ख़राब आर्थिक स्थिति भी एक बड़ी समस्या है। ऐसी फिल्में हमें मानवीय सरोकारों से जोड़ती हैं। हमे संवेदनशील बनाती हैं, इसलिए अपनी प्रासंगिकता बनाए रखती हैं।

कहा जाता है कि इस फ़िल्म का शीर्षक रविन्द्र नाथ टैगोर की एक कविता 'दुई बीघा जोमी' से लिया गया है। यह भी चर्चित है कि बलराज साहनी (शम्भू) इस भूमिका को समझने के लिए वास्तविक रूप से भेष बदलकर रिक्शा चलाते थे और रिक्शा चालकों से बात करते थे। अन्य कलाकारों में पारो (निरुपमा राय) और उसके बेटे के रूप में बाल कलाकार की भूमिका भी महत्वपूर्ण है। फ़िल्म के निर्माता-निर्देशक बिमल राय हैं। संगीत सलिल चौधरी तथा गीत शैलेन्द्र के हैं।

[2020]

2. प्यासा : ये दुनिया अगर मिल भी जाए तो क्या है

कवि (शाइर) होने की पहली शर्त संवेदनशीलता है। जो व्यक्ति संवेदनशील न हो, जिसे अपने आस-पास की दुनिया की विडम्बनाएं झकझोरती न हों, जो दूसरों के दुःख को देखकर बेचैन न हो जाता हो, वह और चाहे जो कुछ भी हो कवि नहीं हो सकता। कलाकार की यही संवेदनशीलता कुछ हद तक उसे 'असामान्य' बना देती है। वह इस अर्थ में कि समाज में औसत व्यक्तित्व को ही सकारात्मक माना जाता है, वहां दुनियादारी के 'मान्य मूल्य' से विचलन स्वीकार नहीं किया जाता।

इस 'मान्य मूल्य' से विचलन यदि सम्पत्तिशाली प्रभु वर्ग करता है तो यह 'विचलन' उसकी 'अदा' कही जाती है और वह अपनी हैसियत के दम पर 'समाज' को ठेंगे में रखता है। कलाकार का 'विचलन' उसकी रचनात्मकता और अतिरिक्त संवेदनशीलता के कारण होता है। वह थोड़ा, समय, सुविधा प्रेम और शांति चाहता है तो इसका मतलब यह नहीं कि वह अपने सामाजिक दायित्वों से पलायन कर रहा होता है। उसकी मांग मुख्यतः उस नज़र की मांग है जिसमे रचनात्मकता का भी मूल्य हो। वह मूल्यहीन अथवा अराजक व्यवस्था नहीं चाहता। मगर दुर्भाग्य से व्यवस्था ऐसी रही है जहां कला की कोई कीमत नहीं होती और थोड़ी बहुत होती भी है तो स्वार्थ, अहंकार और तुच्छता, घिसे-पिटे मूल्यों पर टीके, कला की झंडबदारी करने वाले गिरोहबाज नयी प्रतिभाओं को भरसक आगे आने से रोकते हैं।

'प्यासा' का शाइर विजय (गुरुदत्त) ऐसा ही बेरोजगार युवा शाइर है। वह अपने भाइयों के लिए नकारा है, क्योंकि वह बेरोजगार है, उसके पास कोई काम नहीं है और शाइरी करना इनकी नज़र में कोई काम नहीं है। यहां

तक कि उसकी रचनाओं को रद्दी में बेच देते हैं। यही स्थिति अमूमन पूरे परिवेश की है। माँ बेबस है, बेटों पर आश्रित है, मगर उसकी ममता में खोट नहीं है, वह अपने इस 'नकारे' बेटे के लिए चिंतित रहती है, रोती है। विजय का स्वाभिमान उसे घर में नहीं रहने देता। वह भटकता है, फांके में दिन काटता है, कभी दोस्त के यहां रात काटता है तो कभी पार्क में। ऐसा नहीं कि वह काम करना नहीं चाहता; एक क्षण वह कुलीगिरी भी करता है। वह उस प्रकाशक के यहां नौकरी करता है जो उसकी रचनाओं को 'नौसिखिये' की रचना कह कर नहीं छापता।

संयोग से विजय जिस प्रकाशक के यहां काम करता है, उसकी पत्नी मीना (माला सिन्हा) उसके कालेज के दिनों की प्रेमिका है, जो विजय से इसलिए अलग हो गई थी क्योंकि वह मानती है ज़िंदगी की और भी आवश्यकताएं हैं जो विजय उसे नहीं दे सकता था। हालांकि विजय यह प्रश्न करता है कि क्या तुमने इसके लिए कभी मौका दिया था? बहरहाल मीना 'व्यावहारिक' दृष्टिकोण अपनाकर भी विजय की भलाई चाहती है, उसके प्रति उसके मन सम्वेदना है। जाहिर है इसका एक कारण यह भी है कि सुविधा की जिस राह को वह चुनी थी वह भी अधूरी है।

मीना के पति मिस्टर घोष (रहमान) को इस 'सम्बन्ध' का अहसास था। पुख्ता होने पर वहां से भी विजय की नौकरी समाप्त हो जाती है। इन सारे घटनाक्रमों में विजय की सम्वेदना बार-बार आहत होती है। उसे बार-बार अपमानित होना पड़ता है। इन घटनाक्रमों के बीच ही एक कॉलगर्ल गुलाबो (वहीदा रहमान) उसकी मदद करती है, कभी खाना भी खिलाती है और सबसे बड़ी बात उसके शायरी की प्रशंसक भी है। गुलाबो ख़ुद ज़माने की मारी विजय में एक सहारा महसूस करती है। लेकिन विजय इतना अधिक आहत हो चुका था कि उसे ऐसा लगने लगता था कि उसके साथ कुछ भी सही नहीं हो सकता। वह आत्महत्या के उद्देश्य से प्लेटफार्म तक जाता है, मगर नाटकीय घटनाक्रम में बच जाता है।

इधर दुनिया उसे मृत समझती है। गुलाबो जो उसे वास्तविक प्रेम करती है अपनी जमा पूंजी (गहने) लगाकर उसके रचनाओं को किताब के रूप में

प्रकाशित कराती है। रातों-रात उसकी शायरी महत्वपूर्ण हो जाती है। प्रकाशक मांग की पूर्ति नहीं कर पातें। कल तक जो लोग उसकी शक्ल देखना पसन्द नही करते थे, उसके संस्मरण सुनाते फिरते हैं। लाभ में हिस्से के लिए उसके दोस्त, भाई, प्रकाशक में प्रतिस्पर्धा और सौदेबाजी होती है।

इधर विजय को अपने संग्रह का पता चलता है, मगर उसकी ख़ुशी एक क्षण में हवा हो जाती है जब उसे पता चलता है कि उसे मृत घोषित किया जा चुका है। इस मानसिक आघात से वह विचलित होता है और उसे पागल करार दिया जाता है। इधर उसके मित्र-प्रकाशक-भाई को इसके जीवित होने का पता चलता है तो उनके होश गुम हो जाते हैं। उनको अपना धंधा ख़त्म होते नज़र आता है, क्योकि उनका लाभ 'मृत विजय' में ही निहित है। वे षड्यंत्र रचते हैं और उसे विजय मानने से इंकार करते हैं, यहां तक कि उसके भाई भी उसे पहचानने से इनकार कर देते हैं। केवल मीना में उसके प्रति सहानुभूति है। गुलाबो अभी स्थिति से अनजान है।

फ़िल्म के क्लाइमैक्स में विजय की बरसी का आयोजन है। शहर के तमाम साहित्यिक, मिस्टर घोष, मीना, गुलाबो, विजय के मित्र उपस्थित हैं। विजय भी यह तमाशा देखने पहुँचता है। वहां जो लोग उसकी सूरत तक देखना पसंद नहीं करते, उसकी महानता का गुणगान कर रहे थे। इस असहनीय स्थिति में उसकी जो भावना व्यक्त होती है उसे साहिर के प्रसिद्ध नज़्म में व्यक्त किया गया है "ये महलों, ये तख्तों, ये ताजों की दुनिया/ये इंसा के दुश्मन समाजो की दुनिया/ये दौलत के भूखे रिवाजो की दुनिया/ये दुनिया अगर मिल भी जाए तो क्या है?"

विजय को जिंदा देख स्थिति 'बिगड़ने' लगती है। मिस्टर घोष ऑडिटोरियम की बिजली काटकर भगदड़ मचवा देता है। इधर विजय की आवाज़ पहचानकर गुलाबो उसके क़रीब जाना चाहती है और कुचलकर घायल हो जाती है। विजय को जैसे-तैसे बाहर निकाला जाता है, इसमे उसका अदीब 'दोस्त' मदद करता है जिसका विजय के जिंदा रहने में लाभ है।

कई लोग जिनको विजय के मृत होने में लाभ था, अब विजय के जिंदा होने में लाभ का अवसर देखकर उसके वास्तविक विजय होने की घोषणा के लिए फिर सभा का आयोजन करते हैं। मगर विजय उनकी मंशा पर पानी फेरने सभा में कह देता है कि मैं विजय नहीं हूँ। फिर भगदड़ मचती है जनता विजय को चोट पहुंचाने आगे बढ़ती है, इस बीच विजय का दोस्त (जानी वाकर) उसको वहां से निकालता है।

मीना विजय को कहती है, इतनी शोहरत का वक्त आया तो तुमने इंकार क्यों कर दिया? आज तुम्हारे दोस्त, भ़ाई सब तुम्हारे साथ है। विजय कहता है ये केवल दौलत के दोस्त और भाई हैं। मीना फिर जोर देती है चलो दो-चार लोग स्वार्थी हैं, उनसे तुम्हे शिकायत है मगर जनता तो तुम्हे पसन्द करती है। इस पर विजय कहता है "मुझे किसी से शिकायत नहीं, शिकायत समाज के उस ढांचे से है, जहां व्यक्ति से उसकी इंसानियत छीन लिया जाता है, मुझे शिकायत उस तहज़ीब से है जहां मुर्दा व्यक्ति की पूजा की जाती है और जिंदा व्यक्ति को पैरों तले रौंदा जाता है। जहां किसी के दुःख-दर्द में दो आँसू बहाना बुजदिली समझा जाता है, जहाँ झुककर मिलना कमज़ोरी समझा जाता है। ऐसे माहौल में मै कभी शांत नहीं रह सकता, इसलिए यहां से दूर चला जाऊंगा।" और वह वहां से सीधा गुलाबो के पास जाता है, जिसको हमेशा उसका इंतज़ार रहता है। और दोनो वहां से दूर चले जाते हैं। एक नई दुनिया की तलाश में!

जाहिर है वह दुनिया कहीं नहीं है। मगर यह प्रतीकात्मक है कि हमे एक नई दुनिया बनानी हैं जहां हर इंसान की इज़्ज़त हो, सम्मान हो। कहा जाता है की गुरुदत्त फ़िल्म का सुखद अंत नहीं चाहते थे। उनकी इच्छा थी कि मीना के पास से जाने के बाद फ़िल्म समाप्त हो जाती। मगर वितरकों के दबाव में उन्हें इस तरह का अंत करना पड़ा। यह भी कि उनके ज़ेहन में यह कहानी काफी पहले से थी मगर उसमे नायक चित्रकार था, जिसे बाद में शाइर किया गया। नायक के शाइर होने से फ़िल्म में साहिर के बेहतरीन नज़्मों और गीतों को जगह मिली। यह फ़िल्म जितना गुरुदत्त के बेचैनी को दर्शाती है उतना ही साहिर के जीवन को भी। साहिर के साहित्यिक संघर्ष और प्रेम असफलताओं के यह फ़िल्म करीब है।

फ़िल्म में गुरुदत्त, वहीदा रहमान, माला सिन्हा की अदाकारी बेमिसाल है। पूरे फ़िल्म में एक उदासी का वातावरण है, एक अंधेरा सा छाया है। गुरुदत्त के चेहरे की भंगिमा हो या आँखों की बेचैनी पीड़ा को और गहन कर देती है। यों आँखों की यह उदासी माला सिन्हा और वहीदा रहमान में भी बेहतरीन प्रकट हुई है। वहीदा रहमान की नशे में डूबी ग़मज़दा आँखे कुछ स्थलों पर बेमिसाल है। 'आज सजन मोहे अंग लगा लो' के दृश्यांकन में इसे देखा जा सकता है जहां नशा, ग़म और समर्पण का सम्मिलित प्रभाव जीवंत है। फ़िल्म में अतृप्ति का भाव सर्वत्र है, हर कोई प्यासा है, कोई प्रेम का तो कोई दौलत का। हाँ केन्द्रीयता प्रेम और संवेदनशीलता की ही है। इस फ़िल्म को गुरुदत्त और भारतीय सिनेमा के श्रेष्ठ उदाहरणों में उचित ही गिना जाता है। बाद के दिनों में गुरुदत्त के जीवन की त्रासदी और मृत्यु (आत्महत्या) से इस फ़िल्म की बेचैनी को उनके जीवन से जोड़ा जाने लगा। इस सम्बन्ध में जयप्रकाश चौकसे जी ने एक जगह लिखा है-

"वहीदा संवेदनशील हैं, परंतु गुरुदत्त, गीतादत्त और मीना कुमारी सीमाहीन रूप से अति संवेदनशील लोग थे और भावना की लहर पर सवार कल्पना और यथार्थ की सीमारेखा पार कर जाते थे, जो गुरुदत्त पांचवें दशक के समाज से ख़फ़ा थे वे गुरुदत्त आज की संपूर्ण संस्कारहीनता के युग में क्या करते? उन्हें शायद हर कालखंड में आत्महत्या करनी पड़ती। यह दौर उन्हें निःसंदेह पागल बना देता। आज के दौर में संवेदनशील व्यक्ति अपने पर हँस सकने के माद्दे के कारण ही पागल होने से बच सकता है।"

[2020]

3. मदर इंडिया : महबूब ख़ान (1957)

भारत में स्त्रियों की स्थिति पितृसत्ता के अधीन विरोधाभासी और द्वंद्वात्मक रही है। समय के साथ इसमे परिवर्तन होता रहा और पूर्व कालों की दृष्टि से आज उसकी स्थिति अधिक लोकतांत्रिक कही जा सकती है। उनकी यह स्थिति समाज सापेक्ष और वर्ग सापेक्ष भी रही है। कृषक और श्रमिक वर्ग में स्त्रियां अपेक्षाकृत अधिक अधिकार सम्पन्न रही हैं। वहां वे पुरुषों के बराबर कंधे से कंधा मिलाकर श्रम करती रही हैं। घर के काम-काज अलग। विपरीत परिस्थितियों मे अकेले भी बाल-बच्चों का पालन पोषण करती रही हैं। लेकिन जहां रोटी की समस्या ही विकट हो,स्त्री-पुरुष मिलकर भी जीवन-यापन के न्यूनतम साधन न जुटा पाते हों, वहां अन्य समस्याएं द्वितीयक हो जाती हैं।

स्वतंत्रता से पूर्व और कुछ पश्चात तक गाँवों में सामंती-ज़मीदारी प्रथा प्रबल थी; उस पर निचले स्तर पर सुदखोरों का जाल बिछा रहता था, जिसमे फँसकर किसानों की पीढ़ियाँ नहीं निकल पाती थीं। स्थिति यहां तक पहुँच जाती थी कि सूद की रकम के बदले अनाज का अधिकांश हिस्सा साहूकार के पास चला जाता था। अकाल, बीमारी आदि प्राकृतिक प्रकोपों के समय स्थिति और भी विकट हो जाया करती थी, जहां जिंदगी बचा पाना भी कठिन होता था।

'मदर इंडिया'(1957) में इस किसानी जीवन की त्रासदी तो है ही,एक स्त्री के संतान प्रेम और लोक मर्यादा पर अटूट आस्था का चित्रण भी है। लोक मर्यादा पर आस्था इस कदर कि उसकी रक्षा के लिए एक माँ अपनी संतान को गोली मारने में पीछे नहीं हटती। लेकिन इस 'लोक मर्यादा' की सीमा यह है कि एक साहूकार कई पीढ़ियों से उनका शोषण कर रहा है मगर कोई उसका विरोध नहीं करता। वे कर्ज की अदायगी को अपना 'धरम'

मानते हैं मगर बेईमानी की सूद पर आँख मूंद लेते हैं। और 'बिरजू' जैसा नयी पीढ़ी का युवा जब इस षड्यंत्र का विरोध करता है तो अकेले पड़ जाता है। यहां 'गोदान' का यह कथन याद आता है "जब पाँव के नीचे गर्दन दबी हो तो उसे सहलाने में ही भलाई है"। अवश्य यह स्थिति रही है, मगर मुक्ति के लिए संघर्ष के अलावा उपाय क्या है?

मदर इंडिया की 'राधा' (नरगिस) का चरित्र उदात्त है। वह कृषक कन्या है, इसलिए विवाह के अगले दिन से ही श्रम करना प्रारम्भ कर देती है। उनका ज़मीन सुखीलाला के यहाँ गिरवी है। पति-पत्नी के कठोर श्रम के बाद भी फसल का तीन हिस्सा सूद अदायगी में चला जाता है। आय का स्रोत बढ़ाने के लिए वे बंजर भूमि को कृषि योग्य बनाने का प्रयत्न करते हैं। इस उपक्रम में उसके पति शामू के दोनो हाथ कुचल जाते हैं। वह काम करने योग्य नहीं रह जाता। अवसाद ग्रस्त हो वह ख़ुद को परिवार पर बोझ समझने लगता है और आत्म-हत्या की आकांक्षा से हमेशा के लिए घर छोड़ कर चला जाता है। कुछ समय बाद राधा के सास की भी मृत्यु हो जाती है।

राधा पर जैसे दुःखों का पहाड़ टूट पड़ता है। उसके तीन छोटे बच्चों का उसके सिवा कोई सहारा नहीं रह जाता। इसी बीच बाढ़ और तूफान आने से सब-कुछ तहस नहस हो जाता है। राधा के सबसे छोटे बच्चे का निधन हो जाता है। दोनो बच्चे भूख से बेहाल रहते हैं। बच्चों की जान बचाने राधा एक क्षण के लिए सुखीलाला के पास अपनी अस्मत का सौदा करने विवश हो जाती है, मगर दूसरे ही क्षण उसकी अस्मिता जाग जाती है, और वह बच्चों का पेट किसी तरह कन्द-मूल से भरती है। बाढ़ के बाद गांव वाले दूसरी जगह विस्थापित होना चाहते हैं मगर राधा की अपील से वे रुक जाते हैं। इस तरह कठोर श्रम करते राधा अपने दोनो बच्चों को बड़ा करती है।

राधा का छोटा बेटा बिरजू विद्रोही है। वह अन्याय को सहन नहीं कर पाता इसलिए लाला के दुष्कर्मो से बार-बार उसका टकराव होता है, लेकिन हर बार 'लोक मर्यादा' के निर्वहन के तहत उसे रोक दिया जाता है। वह चोर के माल को लूटना चोरी नहीं मानता। अवश्य उसके चरित्र में थोड़ा नटखटपन भी है; वह लाला की बेटी से छेड़छाड़ करता है मगर इसमे उसकी भी

भागीदारी है। बिरजू अपनी माँ से बहुत प्रेम करता है। वह बचपन से अपनी माँ के दुःखों और संघर्ष को देखता रहा है, इसलिए लाला के माल की चोरी करके माँ के लिए कंगन लाता है। स्वाभविक है इसकी नियति लाला तक पहुँचने में होनी थी। इस कंगन को लाला की बेटी पहन लेती है, जिसे बिरजू छीनने की कोशिश करता है। इस उपक्रम में उस पर छेड़छाड़ का आरोप लगाकर लाला के गुंडों द्वारा उसकी हत्या का प्रयास किया जाता है। राधा अपने बेटे की जान बचाने के लिए अपना जीवन दांव में लगा देती है। अंततः बिरजू गांव छोड़कर डाकू बन जाता है। बिरजू के गाँव छोड़ने और राधा द्वारा उसे रोकने का दृश्य कारुणिक है। इधर राधा का उसकी याद में हाल बेहाल रहता है।

फ़िल्म के क्लाइमैक्स में सुखीलाला के बेटी का विवाह होता है जिसे बिरजू उठा ले जाने की धमकी दिया रहता है। लाला राधा के पास गिड़गिड़ाता है। राधा उसे आश्वासन देती है कि वह 'गांव के इज़्ज़त' की रक्षा करेगी। विवाह के दिन बिरजू अपने आदमियों के साथ गांव आता है। राधा उसे समझाती है, मिन्नतें मांगती है, मगर वह नहीं मानता। वह लाला के यहां हमला कर उसकी हत्या कर देता है, और उसके बेटी को उठाकर ले जाने लगता है। राधा उसे रोकती है, गोली मार देने की धमकी देती है। बिरजू कहता है तुम मेरी माँ हो मुझे नहीं मार सकती; और वह जाने लगता है। राधा उसे गोली मार देती है। मगर दूसरे ही क्षण उसका मातृत्व उमड़ पड़ता है। बिरजू भी उसके आँचल में गिर जाता है। उसके हाथ में माँ के कंगन रहते हैं, जो उसने लाला से छीना था। इस तरह फ़िल्म समाप्त हो जाती है।

इस फ़िल्म की केन्द्रीयता राधा (नरगिस) के चरित्र में है। एक माँ की अपनी सन्तानो के प्रति प्रेम और ज़िम्मेदारी का अहसास किस हद तक हो सकती है, राधा के चरित्र में देखा जा सकता है। एक भारतीय नारी (और किसी भी अन्य देश की क्यों नहीं) का चित्रण कला में मुख्यतः 'भोग्या' के रूप में होता रहा, उसकी सुंदरता उसकी 'नाजुकता' से जोड़ा जाता रहा, मगर इस तरह की फ़िल्मो ने इसके संघर्ष पक्ष को उभारा और सौंदर्य को श्रम से जोड़ा। यह नयी दृष्टि थी।

कहा जाता है कि महबूब ख़ान ने इस फ़िल्म का शीर्षक 'मदर इंडिया' कैथरीन मेयो की इसी नाम से प्रकाशित पुस्तक (1927) के साम्य पर रखा था। यह भी कि मेयो की पुस्तक में तत्कालीन भारतीय नारी की 'गुलामी' का चित्रण किया गया है और समाज में उनकी 'निम्न स्थिति' को रेखांकित किया गया है, जिसका उस समय गांधी जी सहित अन्य कई प्रबुद्ध जनो ने प्रतिवाद किया था और कई लेख लिखे गए थे। अपनी पाठकीय सीमा के कारण हम उक्त पुस्तक का अध्ययन नहीं कर पाए हैं, मगर आलोचक कँवल भारती (जिन्होंने इस पुस्तक का हिंदी अनुवाद किया है) के अनुसार इसमे तत्कालीन भारतीय स्त्री का यथार्थ है। उन्होंने कुरीति में जकड़े तत्कालीन समाज के विरोधाभास की तरफ संकेत किया है है जहां स्त्री सिद्धांत में तो 'देवी' थी मगर व्यवहार में लगभग 'दासी' थी। हमने आलेख के प्रारम्भ में इस बात का जिक्र किया है और यह हकीकत है कि समाज में स्त्री की स्थिति समाज साक्षेप और वर्ग साक्षेप रही है, मगर पितृसत्ता प्रकट या महीन रूप में हर जगह रही है।

आज स्थिति में बहुत कुछ बदलाव हुआ है; आज स्त्री बहुत हद तक अपने अधिकार और अस्मिता के प्रति जागरूक है, और जाहिर है ऐसा करते हुए उसे अपने कर्तव्य का भी बोध है। दरअसल मातृत्व, प्रेम, करुणा मनुष्य के नैसर्गिक गुण हैं, मनुष्यता की पहचान हैं, और यह फ़िल्म हमे एक स्त्री के माध्यम से यह दिखाती है।

[2020]

4. धरती के लाल : ख़्वाज़ा अहमद अब्बास (1946)

1943 का बंगाल का अकाल भीषण त्रासदी थी। लगभग तीस लाख लोग भूख से काल कलवित हो गए थे। माना जाता है कि यह त्रासदी प्राकृतिक कम मानव निर्मित अधिक थी। चावल के उत्पादन में उल्लेखनीय कमी नहीं होने के बावजूद द्वितीय विश्वयुद्ध की परिस्थितियों के चलते ब्रिटिश सरकार की अदूरदर्शिता के कारण, बर्मा पर जापान के कब्जे से चावल का आयात बन्द हो जाने से सरकार ने सैन्य जरूरत के लिए चावल का बड़ा स्टॉक जमा कर लिया था। इधर जापानी हमले की आशंका से बंगाल में नाव, बैलगाड़ी आदि को जब्त किया जा रहा था। इससे चावल के आवक में तेजी से कमी हुई। दाम बढ़ने लगा। अवसर देख बड़े व्यापारी भी जमाखोरी कर ऊँचे दाम में चावल बेचने लगे। जाहिर है इन परिस्थितियों में जनता भूख से मरने लगी।

इस त्रासदी ने संवेदनशील व्यक्तियों, कलाकारों, लेखकों, फिल्मकारों को प्रभावित किया। विभिन्न जनवादी संगठनों ने राहत के लिए चंदा इकट्ठा किए, राहत कार्य किए। इस पर कितनी ही रचनाएं लिखी गईं। जैन उल आब्दीन ने इस पर मार्मिक चित्र बनाएं। बाद में 1946 में ख़्वाजा अहमद अब्बास ने इप्टा के बैनर तले इस विभीषिका पर 'धरती के लाल' फ़िल्म बनाई। यह कई दृष्टियों से महत्वपूर्ण थी; एक तो इप्टा के बैनर तले इसकी निर्माण हुई और इसमे इप्टा से जुड़े कलाकारों ने ही भूमिका निभाई। दूसरी, यह उस दौर में समाजवादी यथार्थवाद से प्रभावित सम्भवः प्रथम फ़िल्म थी। फ़िल्म के आख़िर में 'साझे की खेती' पर जोर है, जो तत्कालीन सोवियत संघ के मॉडल पर आधारित है। आजादी से पूर्व इस तरह की फिल्में सेंसर से स्वीकृत कराना आसान नहीं रही होगी।

इस त्रासदी पर कृष्ण चंदर की कहानी 'अन्नदाता' काफी चर्चित रही है। इस फ़िल्म की स्क्रिप्ट भी 'अन्नदाता' तथा बंगाल के नाटककार बिजन भट्टाचार्य के दो नाटकों 'जबानबंदी' और 'नवान्न' से प्रेरित थी। फ़िल्म का संगीत सितारवादक रविशंकर ने दिया था। संगीतकार के रूप में यह उनकी पहली फ़िल्म थी। गीत अली सरदार जाफरी, वामिक़ जौनपुरी, प्रेम धवन और नेमीचंद जैन ने लिखे थे। फ़िल्म में प्रमुख भूमिका निभाने वाले कलाकार बलराज साहनी, दमयंती साहनी, शम्भू मित्र, उषा दत्ता, अनवर मिर्ज़ा, तृप्ति भादुड़ी, हमीद भट्ट, राशिद अहमद, ज़ोहरा सहगल, डेविड, के.एन.सिंह थे।

फ़िल्म की शुरुआत गांव (अमीनपुर) के एक कृषक परिवार के सामान्य जीवन से होती है। परिवार में माता-पिता के अलावा उनके दो जवान बेटे हैं। बड़ा बेटा निरंजन (बलराज साहनी) विवाहित है, मगर कोई सन्तान नहीं है, इसलिए उसकी पत्नी विनोदनी दुखी रहती है। सास भी वक्त-बेवक्त ताना मारती है। छोटे बेटे रामू का विवाह होता है, पति-पत्नी (राधिका) में प्रेम है। उनका एक बेटा होता है। सास-ससुर खुश होते हैं मगर भाभी नाख़ुश। इसका कारण उसकी संतानहीनता का अहसास है, मगर बाद में उसका ममत्व जाग जाता है और वह बच्चे से प्रेम करने लगती है, यहां तक की उसकी माँ के समान स्नेह करने लगती है।

शुरआत से ही फ़िल्म में अकाल की छाया दिखने लगती है। किसान साहूकार और ज़मीदार के शिकंजे में रहते हैं। व्यापारी अपनी कुटिलता से थोड़ा बहुत धान रहता भी है तो उसे बिकवा लेते हैं। बीज बोने के लिए किसानों को ज़मीन और गहने तक बेचने पड़ते हैं, उस पर भी मौसम की बेवफाई। अनाज की कमी होने लगती है, लोग दाने-दाने को मोहताज़ होने लगते हैं। कुछ लोग ज़मीन ज़मीदार के पास बेच देते हैं, कुछ नहीं बेचते मगर सब का हाल एक जैसा। रामू ज़मीन बेचने की जिद करता है मगर निरंजन द्वारा मना करने पर लड़ाई कर के घर छोड़कर चला जाता है। जैसे-तैसे घास-फूँस खाकर निर्वाह होने लगता है, वह भी एक सीमा तक। लोग मरने लगते हैं। भूखमरी एक दूसरे पर अविश्वास भी पैदा करती है।

इधर कोई रास्ता दिखाई नहीं देने पर गांव वाले शहर (कलकत्ता) जाने का निर्णय लेते है। बिना कुछ सामान के सब पैदल चलते हैं; कई रास्ते में ही मर जाते हैं। इस तरह सैकड़ो गांव के लोग शहर आते रहते हैं। मगर शहर में भी कोई काम नहीं है; लोग भीख मांगकर गुजारा कर रहे हैं, मगर भीख भी कितने लोगों को मिले!लोग जूठे पत्तलों पर टूट पड़ते हैं, लड़ते हैं। इस दृश्य पर एक सम्वाद है "सुनते हैं इंसान पहले बन्दर था अब तरक्की करते-करते कुत्ता हो गया है।" स्त्रियां जिस्म बेचने पर मजबूर हैं। राधिका भी अपने बच्चे की जान बचाने के लिए इस राह पर चलती है। फ़िल्म में एक सम्वाद भी है "अब यहां दो चीज ही बिकती है औरत और चावल।"

कुछ संस्थाएं इस त्रासदी में राहत कार्य करती हैं; कुछ ऐसी भी हैं जिनमे राहत कम राहत का दिखावा ज्यादा है। व्यापारी एक तरफ लगातर ऊँचे दाम पर लाभ के लिए जमाखोरी करते जाते हैं, दूसरी तरफ जन सहायता का ढोंग भी करते रहते हैं। भीख की तरह कुछ संस्थाओं को थोड़ी बहुत राशि भी देते हैं। साँप भी मर जाए और लाठी भी न टूटे! बावजूद इसके कुछ जनसंगठन के लोग रहते हैं जो किसानों, मजदूरों की न केवल सम्भव मदद करते हैं अपितु उन्हें उनकी शक्ति का अहसास दिलाने का प्रयत्न करते हैं। उन्हें गाँव लौटने और संगठित होकर कार्य करने को प्रेरित करते हैं।

अंततः ग्रामवासी कई सदस्यों को खोकर पुनः गाँव वापस जाकर खेती करने का निर्णय लेते हैं। लेकिन इस बार उनका लक्ष्य 'साझे की खेती' है। तर्क-वितर्क के बाद लोग इसे स्वीकार कर लेते हैं। कुछ लोग आपत्ति करते हैं, इसमे निकम्मों को भी बराबर का हक मिलता है, मगर यह कहा जाता है ऐसे लोगों को 'साझे' से अलग कर दिया जाएगा।

इधर रामू का नाटकीय परिस्थिति में अपनी पत्नी से मुलाकात होती है। दोनों को लोगों के गाँव वापसी का पता चलता है। दोनो गाँव आकर बाहर से लोगों की ख़ुशी देखते हैं, अपने बच्चे को ख़ुश देखते हैं और यह सोचकर लौट आते हैं कि उनके न मिलने की कसक लोगों के दिलों की आग को

बुझने न देगी। राधिका कहती है है "हम दो नहीं दो करोड़ हैं" और इसके साथ ही फ़िल्म समाप्त हो जाती है।

फ़िल्म में समाजवादी लक्ष्य इतना स्पष्ट है कि कई जगह साहूकारों, ज़मीदारों को सीधा 'दुश्मन' कहा गया है। यथार्थ के इतने आग्रह के बावजूद फ़िल्म में एक दो बातें खटकती है मसलन जब सब लोग गाँव लौटते हैं तो राधिका नहीं लौटती। वह 'पापबोध' से ग्रस्त है; इसमे कहीं न कहीं तत्कालीन समाज की 'नैतिकतावाद' हावी है। इसी तरह जब किसान साझे की खेती के लिए तैयार नहीं हो रहें होते तो 'मृत मास्टर की आत्मा' को आकर समझाना पड़ता है।

बहरहाल अपने दौर और शासन व्यवस्था की सीमा के भीतर यह फ़िल्म काफ़ी आगे बढ़ी हुई थी। वह महान प्रगतिशील आंदोलन का दौर था जिसने साहित्य, फ़िल्म, कला को एक नयी दृष्टि दी। आज इस चरम लूट-खसोट के पूंजीवादी दौर में ऐसी फिल्मों और जीवन दृष्टि की कल्पना अवश्य हाशिये पर है मगर समानता और शोषण से मुक्ति का स्वप्न हर दौर में था और ख़ात्मे की तमाम कोशिशों के बावजूद आज भी है।

[2020]

5. कागज़ के फूल : आँसू के सिवा कुछ पास नहीं

एक रचनात्मक व्यक्तित्व की विडम्बना बहुधा सांसारिक व्यावहारिकताओं से सामंजस्य न बिठा पाने की होती है। वह बहुत से मामलों में 'असामान्य' कहे जाने के लिए अभिशप्त होता है। झूँठ, फरेब, प्रदर्शनप्रियता, स्वार्थ से भरे लोगों के बीच संवेदनशील और स्वाभिमानी व्यक्ति अनफिट ही रहता है। दरअसल दुनिया बाज़ार के नियमो से चलती है। यहां रिश्ते भी परिभाषित हैं; उनके निर्वहन के अपने मापदण्ड हैं। वे रिश्ते चाहे बोझ बन जायें, चाहे उसमे व्यक्ति घुटता रहे, उनसे मुक्त होना बेहद कठिन है। अतिरिक्त संवेदनशील व्यक्ति के लिए तो और भी।

'काग़ज़ के फूल' के मि.सुरेश सिन्हा (गुरुदत्त) की त्रासदी लगभग ऐसी ही है। वह संवेदनशील और स्वाभिमानी फ़िल्म निर्देशक है। उसकी पत्नी 'बीना' ऐसे घर से है जहां तत्कालीन समय में फ़िल्म में काम करना 'अच्छा' नहीं माना जाता था, उसे नीची निग़ाह से देखा जाता था। इसलिए मि. सिन्हा का फ़िल्म में काम करना उनमे अलगाव पैदा कर देता है। वह अपने माता-पिता के घर रहती है। एक किशोर बेटी 'पम्मी' है,जो बोर्डिंग स्कूल में पढ़ती है। संबंध में दरार इस हद तक आ चुकी है कि उसे अपनी बेटी से मिलने से रोका जाता है। एक बार जब वह एक्सीडेंट में घायल हो जाता है तो पत्नी उसे देखने आने से भी इंकार कर देती है।

फ़िल्म में 'बीना' के चरित्र का विकास नहीं हुआ है। वह लगभग यांत्रिक है; केवल पृष्टभूमि में। उसके अंदर कोई द्वंद्व नहीं है। इसलिए दर्शक यह सोच सकता है कि संवेदनशील सुरेश के साथ उसका विवाह और निर्वहन कई सालों तक कैसे हुआ होगा? बहरहाल फ़िल्मकार की यह मंशा नहीं लगती, सम्भवतः फ़िल्म की समय सीमा 'हर बात' की गुंजाइश भी नहीं छोड़ती।

मि. सिन्हा परिवार से जुड़ना चाहता है, मगर आत्महीनता की शर्त पर नहीं। उसे स्कूल तक में बेटी से मिलने रोका जाता है। इस मानसिक स्थिति में भी वह अपना काम लगन से करते रहता है। इसी बीच शांति (वहीदा रहमान) से उसकी मुलाक़ात होती है। वह आर्थिक रूप से कमजोर वर्ग की महिला है। शान्ति में उसे अपने फ़िल्म के लिए सार्थक कलाकर दिखाई देता है। वह उसे प्रेरित करता है और वह सफल भी होती है। साथ-साथ रहने, एक दूसरे को समझने से आकर्षण भी पैदा होता है। शान्ति भी घर में अकेली है, वह अदृश्य रूप से सुरेश के प्रति आकर्षित होती जाती है। मगर यह आकर्षण आवेग का रूप नहीं लेता जिसमे सब कुछ बह जाता है। यह मद्धिम लौ में जलते रहता है। मि. सिन्हा को अपनी बेटी का बराबर ख़्याल रहता है। उसके पारिवारिक जीवन को जानने के बावजूद भी शांति के प्रेम में कोई अंतर नहीं आता क्योंकि उसके लिए यह अशरीरी के स्तर पर चला गया है। पूरे फ़िल्म में कहीं पर भी दोनों के बीच रोमैंटिक सम्वाद नहीं है, केवल एक जगह भावुक शांति उसके सीने में अपना सिर रखती है।

दोनो का साथ-साथ होना फ़िल्मी गॉसिप बनती है, अखबारों में छपती है। मि. सिन्हा की बेटी पम्मी को उसके स्कूल के फ्रेंड चिढ़ाते हैं, जिससे वह आहत होती है। वह शांति के पास जाकर उनके पिता से दूर रहने का आग्रह करती है। उसे लगता है कि उसके मम्मी-पापा फिर मिल सकते हैं। मि. सिन्हा को शांति का जाना काफ़ी आहत करता है, मगर फिर भी वह पूरी तरह टूटा नहीं रहता। इस बीच पम्मी उसके साथ रहने लगती है। मगर उसके नाना उसे ले जाने आते हैं, वह जाना नहीं चाहती इसलिए मि.सिन्हा उसे जाने नहीं देते। मगर वे लोग मामला कोर्ट में ले जाते हैं। कोर्ट फैसला पम्मी के माँ के साथ रहने का देता है। मि. सिन्हा पर मानो वज्रपात होता है। वह पूरी तरह टूट जाता है। वह एकदम अकेला हो जाता है; उसके साथ न शांति है न बेटी। उसका काम में मन नहीं लगता। गलतियां होने लगती है। फिल्में फ्लाप होती हैं। निर्माता उससे दूरी बनाने लगते हैं; अपनी शर्तों पर काम कराना चाहते हैं, मगर मि. सिन्हा का स्वाभिमान उसे ऐसा करने नहीं देता। निर्माता उससे कहते हैं "तुम खत्म हो चुके हो", मगर वह कहता है "मैं खत्म नहीं हुआ, थक गया हूँ।"

उसे फिल्में नहीं मिलती। बकाया के लिए घर नीलाम कराया जाता है। वह सड़क पर आ जाता है। नशे में डूब जाता है। शराबखानों में पड़ा रहता है। अपमानित होता है। अवसादग्रस्त हो जाता है।

इधर वक्त गुजरता है। निर्माता कोर्ट में केस जीत जाते हैं जिससे शांति जो दूर गांव में बच्चों को पढ़ा रही होती है, उसे फ़िल्म में काम करने के लिए लौटना पड़ता है। इस समय वह मि. सिन्हा की सहायता के लिए उनसे उनके निर्देशन में काम करने का शर्त रखती है जिसे वे मान लेते हैं। मगर मि. सिन्हा का आहत स्वाभिमान इस बात को गवारा नहीं करता कि उसे उसके काम के कारण नहीं बल्कि शांति के कारण बुलाया जा रहा है। ख़ुद शांति यह समझते हुए कि इस शर्त पर वह काम नही करेंगे उसे समझाने का प्रयास करती है, मगर बेबस होकर लौट जाती है।

समय का पहिया चलते रहता है। शान्ति अपने काम से 'स्टार 'हो जाती है। पम्मी विवाह के उम्र में पहुँच जाती है। मि. सिन्हा अपने एक परिचित जो गैरेज का काम करता है, के यहां छोटा-मोटा लिखने-पढ़ने का काम करके जी रहे होते हैं। पम्मी अपने डैडी को बहुत चाहती है इसलिए अपने विवाह के समय उसे ढूंढने का प्रयास करती है। संयोग से वह गाड़ी बनवाने उसी गैरेज में पहुँच जाती है। मि. सिन्हा उसे देख लेते हैं मगर छुप जाते हैं और न बताने को कहते हैं। पम्मी मैकेनिक को पहचान लेती है और अपने डैडी के बारे में पूछती भी है मगर वह अनजान बन जाता है। पम्मी शांति के पास भी जाती है, मगर वह ख़ुद उसके लिए परेशान है, उसे ढूंढती है।

फ़िल्म क्लाइमैक्स की तरफ बढ़ती है। मि. सिन्हा का अन्तस बेटी के विवाह की बात जानकर भीग जाता है। वह उसके लिए गिफ्ट खरीदने के लिए बेताब हो जाता है, मगर पैसे नहीं रहते। जुआघर जाता है मगर वहां भी पुलिस के आ जाने से अपमानित होता है। अधिकारी उसके पूर्व छवि के कारण गिरफ़्तार नहीं करते। अंततः वह उसी स्टूडियो में भेष बदलकर वृद्ध का छोटा रोल करने जाता है जहां कभी वह निर्देशन करता था। कर्मचारी उसे नहीं पहचान पाते मगर शांति जब संवाद के लिए उससे आँखे मिलाती है तो वह ठिठककर सम्वाद नहीं बोल पाता। शांति भी उसे पहचान लेती

है। कर्मचारी संवाद न बोलने के कारण उसे अपमानित कर स्टूडियो से बाहर जाने को कहते हैं। वह तेजी से निकलता है। शांति सबकुछ छोड़कर उसके पीछे दौड़ती है, मगर वह नहीं रुकता। इधर शांति बदहवास उसके पीछे दौड़ते रहती है, मगर भीड़ द्वारा ऑटोग्राफ के लिए घेर ली जाती है और छटपटाकर रह जाती है। मि. सिन्हा दूर निकल जाते हैं। यह दृश्य मार्मिक है, पृष्टभूमि में बजता गीत 'बिछड़े सब बारी-बारी' मार्मिकता को और बढ़ा देता है। शांति का प्रेम उदात्त है। वह मि. सिन्हा के लिए करुणा से भरी हुई है। वह उसके लिए किसी भी हद तक कुर्बानी दे सकती है मगर बेबस है।

पूरी फ़िल्म फ्लैशबैक में है। वृद्ध (उम्र से कम हालात से अधिक) मि.सिन्हा उसी स्टूडियो में जहां कभी वे फ़िल्म निर्देशन करते थे, आकर दूर से फ़िल्म निर्माण देखते हैं और यादों में खो जाते हैं। यह घटना शान्ति द्वारा उसे रोकने की कोशिश के बाद की है। फ्लैशबैक में फ़िल्म चलती है। फिर वह एक क्षण बाद होश में आते हैं। एक क्षण में पूरा जीवन कौंध जाता है। इधर काम खत्म होने के बाद शाम को कर्मचारी स्टूडियो बन्द करके चले जाते हैं, उन्हें मि. सिन्हा की उपस्थिति का पता नहीं चलता। रात किसी क्षण मि. सिन्हा निर्देशक की उसी कुर्सी पर बैठ जाते हैं, जिसमे वह बैठा करते थे।

सुबह जब दरवाज़ा खुलता है कर्मचारी उसे कुर्सी पर छड़ी पकड़े बैठे देखते हैं। कुछ लोग उसे पहचान लेते हैं। एक कर्मचारी जब उनको जाकर छूता है तो सिर एक तरफ लुढ़क जाता है। उनका निधन हो गया होता है। उसी समय निर्माता कहता है "आज फ़िल्म की आख़री शूटिंग है काम नहीं रुक सकता। लाश जल्दी से यहां से हटाओ। क्या कभी मुर्दा नहीं देखा है।" इस तरह मि. सिन्हा एक अतृप्त आकांक्षा लिए दुनिया से चले जाते हैं। यह दुनिया जो कल तक उसे सर-आँखों पर बिठाए रहती थी, उसके लिए उसका मरना जैसे कोई घटना ही नहीं है। उसके जाने से दुनिया रत्ती भर नहीं बदलती "ये खेल है सदियों से जारी"। आज भी जारी है।

फ़िल्म देखते हुए ऐसा भी ख़्याल आता है कि मि. सिन्हा जो अत्यधिक स्वाभिमानी हैं; बेकाम होने के बाद नए सिरे से जीवन के बारें में सोचते क्यों

नहीं? एक प्रतिभाशाली व्यक्ति इतना निस्सहाय कैसे हो सकता है? वह परिस्थितियों से लड़ता क्यों नहीं? दूसरे क्षण यह भी ख़्याल आता है क्या हम व्यक्ति से 'देवता' होने की चाह नहीं रख रहें? द्वंद्वों और अंतर्विरोधों से व्यक्ति यदि न घिरे तो ऐसी परिस्थितियां ही न पैदा हो। बहरहाल लाख न चाहने के बाद भी दुनिया में दुर्घटनाएं होती हैं। "वक्त ने किया क्या हँसी सितम"! फ़िल्म का शीर्षक 'कागज के फूल' की प्रतीकात्मकता में भी इसे देखा जा सकता है। काग़ज़ के फूल केवल दिखने में सुंदर होते हैं, उनमे सुगन्ध नहीं होता। क्या हमारे चारो तरफ़ के ये रंगीन नज़ारे काग़ज़ के फूल नहीं हैं?

[2020]

6. गोदान : त्रिलोक जेटली

प्रेमचंद का कालजयी उपन्यास 'गोदान' सर्वाधिक पढ़े जाने वाले उपन्यासों में है। इस उपन्यास में तत्कालीन कृषक जीवन की विडम्बना को जिस शिद्दत से दिखाया गया वह अभूतपूर्व था। 'होरी' भारतीय कृषक जीवन का प्रतिनिधि पात्र बन गया। उसका चरित्र देशकाल बद्ध होते हुए भी अपनी सम्वेदना में उसका अतिक्रमण कर गया है। यों किसानी जीवन और अर्थव्यवस्था में तब से अब तक काफ़ी बदलाव हुआ है। मगर किसानों की समस्याएं खत्म होने का नाम नहीं लेती। कृषक जीवन सापेक्षिक रूप से आज भी सुखद नहीं हुआ है, खासकर छोटे जोत के कृषकों के संदर्भ में। सामाजिक 'मरजाद' के बंधन आज भी खत्म नहीं हुए हैं। आज भी छोटे कृषक शादी-ब्याह, मरनी-हरनी बिना कर्ज लिए 'उचित' ढंग से नहीं कर पातें।

इस उपन्यास में दो कथाएं साथ-साथ चलती हैं। एक होरी और उसके गांव की कथा। दूसरी रायसाहब, मेहता, मालती आदि की शहरी जीवन की कथा। भिन्न दिखाई देते हूए भी दोनो कथाओं में परस्पर सम्बद्धता है, क्योंकि गांव व्यापार, पुलिस, कोर्ट-कचहरी, रोजगार के लिए पलायन आदि बहुत से कारणों से शहर से जुड़े रहते हैं। फिर राय साहब जैसे ज़मीदार प्रशासन और किसानों के बीच कड़ी बने हुए थे।

गोदान की इस वृहत कथा को जिसमे कई छोटी-छोटी उप कथाएं भी हैं दो-ढाई घण्टे की फ़िल्म में समेटना कठिन है। निर्माता निर्देशक त्रिलोक जेटली की फ़िल्म 'गोदान' (1963) में भी यह समस्या है। शहरी जीवन से सम्बंधित पात्रों की केवल झलक भर है। मेहता-मालती प्रसंग बिना उपन्यास पढ़े केवल फ़िल्म देखकर समझना कठिन है। इसी तरह राय साहब का चरित्र भी खुल नहीं सका है। मगर संकेत अवश्य हैं।

मगर इन सीमाओं के बावजूद होरी और धनिया के पात्र जीवंत बन पड़े हैं। होरी के रूप में राजकुमार और धनिया के लिए कामिनी कौशल की अदाकारी महत्वपूर्ण है। होरी के चरित्र में एक तरह से उदात्तता है; एक तरह का मर्यादाबोध, जो सुख-दुख में सम दिखाई देता है, जो सब को माफ़ कर देता है। यों उसमे बच्चों सा पुलक है जिसको प्रकट होने का मौका बहुत कम मिलता है; जैसे घर में गाय आने पर या कभी बच्चों के साथ छेड़छाड़ पर। मगर जीवन के अभाव में यह पुलक दबा रह जाता है। वह दुख को भी पी जाता है, कभी दहाड़ मारकर नहीं रोता, बस एक बेबसी चेहरे पर उभर आती है। फूल सी बच्ची सोना को एक अधेड़ के साथ विवाह की मजबूरी उसके लिए ह्रदय विदारक है। वह जान रहा है कि एक तरह से उसे बेच रहा है, मगर अपने भावी जीवन की हालत जैसे वह देख लेता है। जैसे उसे अहसास हो जाता है कि वह कुछ दिनों का मेहमान है। पर हर स्थिति में चेहरे में बस एक गहरी उदासी। मृत्यु के अंतिम क्षणों में पूरे जीवन का फ्लैश बैक अत्यंत मार्मिक है। इस दृष्टि से राजकुमार ने होरी के चरित्र को बेहतर निभाया है।

धनिया ग्रामीण लोक जीवन की स्त्री की प्रतिनिधि है जो ऊपर से कठोर मगर अंदर से कोमल होती है। वह समाज के भीतर के खोखलेपन को समझती है, विभिन्न वर्गों के पाखण्ड को जानती है। वह देखती है ये सब कैसे परजीवी की तरह किसानों की मेहनत पर ऐश कर रहे हैं। इसलिए वह कई मौकों पर विरोध करती है मगर अधिकांशतः होरी के कारण उसे चुप हो जाना पड़ता है। समझता तो होरी भी है मगर उसके ऊपर 'मरजाद' इस कदर हावी है कि वह उसे तोड़ने की हिम्मत नहीं कर सकता। यह उस दौर की विडम्बना भी है। फिर भी उनकी करुणा इससे पराजित नहीं होती। होरी-धनिया दोनो गर्भवती 'झुनिया' को घर मे रखने पर सहमत हैं, भले बिरादरी का दंड सहना पड़े। यों धनिया का चरित्र विद्रोही है मगर वह भी अंततः 'लोक मर्यादा' के भीतर ही है। वह सोचती बहुत कुछ है मगर करती इसकी सीमा मे ही है।

फ़िल्म में इन दोनों पात्रों के अलावा अन्य का चित्रण संक्षिप्त है इसलिए उनके चरित्र का सम्पूर्ण चित्रण सम्भव नहीं हुआ है। गोबर और झुनिया का

प्रेम, गोबर का लखनऊ जाना, वापसी, फिर झुनिया को लेकर चले जाना दिखाया अवश्य गया है। गोबर का विद्रोही व्यक्तित्व प्रसंगवश है।

फ़िल्म के गीत अनजान ने लिखे हैं और संगीत रविशंकर ने दिया है। इस फ़िल्म के गीत काफी चर्चित हैं। रफ़ी साहब की आवाज़ में भोजपुरी गीत 'पिपर के पतवा सरीखे डोले मनवा' जहां उल्लास का गीत है, वहीं मुकेश की आवाज़ में 'जीया जलत रहत दिन रैन' मार्मिक है। अन्य गीत भी कर्णप्रिय हैं।

[2020]

7. काबुलीवाला : बिमल राय, हेमेन गुप्ता (1961)

प्रेम और सम्वेदना मनुष्य की सहजवृत्ति हैं। हमारा संवेदनात्मक लगाव केवल 'अपनों' से नहीं अपितु 'दूसरों' से भी हो सकता है। या यों कहें कि जिनसे हमारा लगाव हो जाता है उसे हम अपना समझने लगते हैं। इस लगाव के कई रूप और नाम हैं। स्त्री पुरुष का प्रेमाकर्षण है, मित्रता है, बड़ों के प्रति सम्मान, छोटो के प्रति स्नेह है तो दीन-दुखियों के प्रति करुणा भी है। इन विविध रूपों में एक रूप सन्तान के प्रति प्रेम है। मनुष्य का अपने सन्तान से अत्यधिक लगाव होता है; वह उसकी सलामती और सुरक्षा के लिए किसी भी हद तक जा सकता है। अपनी संतान से तो सब प्रेम करते हैं मगर इसका उदात्त रूप वहां दिखाई देता है जब व्यक्ति 'दूसरे' की संतान को अपनी संतान की तरह प्रेम करने लगता है।

प्रेम और करुणा जाति-धर्म-भाषा-मुल्क के सीमाओं से परे होते हैं मगर विडम्बना है कि नफ़रत के लिए उपर्युक्त आधार आज बेहद प्रचलित हो चले हैं। आज एक व्यक्ति दूसरे व्यक्ति को बिना उसे जाने केवल उसके धर्म या मुल्क के आधार पर उससे नफ़रत कर सकता है, करता है। सामाजिक समरसता आज इस कदर विखण्डित हो रहा है कि लोगों की अपने से भिन्न सांस्कृतिक पहचान समूह से एक अघोषित दूरी बनती जा रही है। ऐसे में 'काबुलीवाला' जैसी कहानी और फ़िल्म में चित्रित प्रेम और सम्वेदना किसी और 'दुनिया' की बात लग सकती है। मगर मनुष्यता ऐसे संकटों से कई बार गुजरती रही है। उम्मीद की जानी चाहिए वह सुबह फिर से आएगी।

फ़िल्म में काबुल का एक पठान (खान) [बलराज साहनी] आर्थिक समस्या के समाधान के लिए पलायन कर हिन्दोस्तान के कलकत्ता शहर आता है।

इस 'आने' को अप्रत्याशित नहीं कह सकते क्योंकि प्राचीन काल से विभिन्न देशों में व्यापार आदि कारणों से भिन्न देश के लोग आते-जाते रहे हैं। आवागमन के यांत्रिक साधनों ने इसमे अवश्य अप्रत्याशित तेजी ला दी है। जाहिर है काबुल (अफ़गानिस्तान) से भी लोग अपने भौगोलिक परिवेश के उपज काजू, पिस्ता, बादाम, सूखा मेवा तथा कारीगरी के सामान, साल आदि को बेचने भारत आते रहे हैं। फ़िल्म का 'काबुलीवाला' भी बचपन से अपने परिवेश में यह देखता रहा होगा; इसलिए भारत आने का विचार उसके मन में आया होगा। अवश्य वह कुछ लोगों के साथ समूह में आया होगा। शहर में ये एक साथ एक जगह रहते भी दिखाए गए हैं।

काबुलीवाला काबुल में अपनी चार-पाँच साल की नन्ही बेटी को अपनी माँ के सहारे छोड़कर आया है। पत्नी नहीं है। बेटी की याद संजोकर रखने के लिए उसकी हथेलियों की छाप कागज पर ले आया है। जब बेटी की याद आती है तो उसे देख लेता है। वह फेरीवाला है। फेरी लगाकर शहर में अपना सामान बेचता है। इसी दौरान एक दिन उसकी 'मिनी' से पहचान होती है। मिनी उसकी बेटी की हमउम्र है। उसे उसमे अपनी बेटी की छवि दिखाई देती है। मिनी एक चंचल बातूनी लड़की है। उसके पिता लेखक हैं। माँ गृहणी है। मिली काबुलीवाले से हिल-मिल जाती है। अपनी स्वाभाविक चपलता में उससे बतियाती है। काबुलीवाला का पितृत्व भी उससे प्रेम करने लगता है। काबुलीवाला अपना कुछ सामान सहजता से उसे देने लगता है, मगर मिनी के पिता अक्सर पैसे दे देते हैं।

मिनी की माँ एक अजनबी परदेशी से उसके घुलने-मिलने को सहज नहीं ले पाती। उसका मन आशंकित रहता है। अक्सर फेरीवालों के प्रति समाज मे एक कल्पित भय अथवा अफ़वाह रहता है कि वे बच्चे चुरा लेते हैं। ऐसा भी नहीं की कभी बच्चा चोरी की घटना हुई ही न हो, मगर अधिकांशतः इसमे अफ़वाह ही रहता है। मगर मिनी के पिता काबुलीवाले के सह्रदयता को देखकर उसके प्रति कभी आशंकित नहीं रहें। पत्नी के कई बार मना करने पर वह द्वंद्वग्रस्त हो जाते हैं, मगर दोनो के एक दूसरे के प्रति लगाव को देखकर कोई न कोई रास्ता निकाल लेते हैं।

टैगोर जी की कहानी छोटी है; इसलिए फ़िल्म को अपेक्षित लंबाई देने के लिए छोटे-छोटे पूरक प्रसंग जोड़े गए हैं, जो सहज बन पड़े हैं। ये कहानी की प्रवृत्ति के अनुरूप हैं। मसलन एक बार मिनी बीमार होती है, और ठीक नहीं हो रही होती है तो माता-पिता के साथ काबुलीवाला भी दुखी रहता है। जब माता-पिता दवा कराते रहते हैं तो वह दुआ करते रहता है। एक दिन तो वह रात-भर मिनी के घर के बाहर बैठकर दुआ मांगता रहता है।

इसी तरह एक दूसरी घटना में जब मिनी की माँ आशंकाग्रस्त होकर उसे रोज़ घर न आने के लिए पति से कहलवाती है तब मिनी उसका रोज़ राह देखा करती है और एक दिन उसे ढूँढने गली में निकल जाती है और भटक जाती है। इधर माँ-बाप परेशान उधर काबुलीवाला भी परेशान होकर ढूंढता है। अफ़वाह फैल जाती है कि काबुलीवाले ने बच्ची चुरा लिया है। संयोग से मिनी काबुलीवाले को ही मिलती है। मगर उसी समय भीड़ आ जाती है काबुलीवाले को पीटने लगती है। मिनी रोने लगती है। संयोग से मिनी के पिता वहां आकर स्थिति सम्हालते हैं और वास्तविकता का पता चलता है।

इसके बाद कहानी में नाटकीय मोड़ आता है। इन घटनाओं से काबुलीवाले के मन मे अपने देश लौटने की इच्छा प्रबल हो जाती है। वह अपना काम समेटने लगता है। मगर उधार में दिए सामान के पैसे वसूलने के दौरान एक ग्राहक के साफ मुकर जाने और गाली-गलौच करने से हुए झड़प में वह उसे चाकू मार देता है। पुलिस जब उसे कैद कर ले जाते रहती है तब मिनी के घर के पास से गुजरती है। मिनी उसे पूछती है आप कहाँ जा रहे हो तब वह कहता है "अपने ससुर के घर"। दरअसल वह मिनी से इसी तरह का मज़ाक किया करता था।

उसे दस साल की सजा हो जाती है। जेल में दिन गुजरने लगता है। समय का चक्र चलते रहता है। आख़िर वह दिन भी आता है जब वह रिहा होता है। वह सबसे पहले मिनी को देखने उसके घर आता है। इधर छोटी मिनी किशोर वय की हो चुकी रहती है। उस समय उसके घर मे शहनाई बज रही होती है। दरअलस उसकी शादी हो रही थी। काबुलीवाला जब वहां आता है तो मिनी के पिता को सुखद आश्चर्य होता है। काबुलीवाला मिनी को

देखना चाहता है। उसके पिता पहले तो शादी के कारण बेमन से मना करते हैं मगर जब काबुलीवाला लौटने लगता है तो ख़ुद को रोक नहीं पाते और मिनी को बुलाते हैं। काबुलीवाला जब मिनी को देखता है तो पहले तो समझ नहीं पाता, उसके मन में नन्ही मिनी बसी थी।उसके लिए समय जैसे दस वर्ष से ठहरा हुआ था, जैसे वह स्वप्न में था। मिनी बचपन की बातें लगभग भूल चुकी थी, वह उसे पहचान नहीं पाती। उसके पिता उसे याद दिलाते हैं। काबुलीवाला अचानक जैसे चेतना में लौटता है और उसे ध्यान आता है कि उसकी बेटी भी बड़ी हो गई होगी। वह भाव विभोर होकर रोने लगता है।

मिनी के पिता सहृदय व्यक्ति रहते हैं। वे मिनी के बचपन में पत्नी के विरोध के बावजूद उसे काबुलीवाले से मिलने देते थे। इस समय भी वह काबुलीवाले की भावना देखकर उसके वतन वापसी के लिए चिंतित हो उठते हैं। कोई उपाय न देखकर मिनी के विवाह खर्च जैसे बाजा, रौशनी मे कटौती कर कुछ रुपयें उसे देते हैं ताकि वह अपने देश लौट सके। मिनी भी अपना एक कंगन उसकी बेटी के लिए उसे देती है। और इस तरह फ़िल्म समाप्त हो जाती है। अवश्य दर्शक के मन यह बात गूंजते रहती है कि इस दौरान इसकी बेटी का क्या हुआ होगा!

इस तरह यह फ़िल्म मानवीय प्रेम और करुणा की अमरता का संदेश भी देती है। हालात कितने भी ख़राब हो जाएं, ये बचे रहते हैं, बचे रहेंगे। फ़िल्म का मन्ना डे के स्वर में गाया गीत "ऐ मेरे प्यारे वतन, ऐ मेरे बिछड़े चमन" काफ़ी लोकप्रिय है। यह गीत काबुलीवाला और उसके साथी अपने वतन (अफ़गानिस्तान) को याद कर गाते हैं। मगर देशप्रेम सार्वभौमिक होता है। हर व्यक्ति अपनी मातृभूमि से प्रेम करता है। हम सब भी जब इस गीत को सुनते हैं अपना देश याद आता है, अफ़गानिस्तान नहीं।मगर इधर कुछ ऐसी हवा चली है कि कुछ लोग कला-साहित्य-संगीत को भी जाति-धर्म की नज़र से देखने लगे हैं। उम्मीद है यह स्थिति हमेशा न रहेगी।

[2020]

8. साहिब बीबी और गुलाम : गुरुदत्त (1962)

मानव सभ्यता के विकास में माना जाता है कि एक दौर मातृसत्तात्मक था। कई जनजातीय समाजो में यह हाल तक रहा है। लेकिन सभ्यता के इतिहास में एक लम्बा दौर सामंतवादी युग का रहा है। औद्योगिक विकास के साथ पूंजीवाद इसे अपदस्थ करता रहा। बावजूद इसके सामंती मूल्य पूरी तरह अपदस्थ न हुए, इनके अवशेष आज भी देखे जा सकते हैं। जरूर विभिन्न सांस्कृतिक समूहों में इसके स्तर भिन्न-भिन्न रहे हैं।

भारतीय 'नवजागरण' की शुरुआत बंगाल से मानी जाती है। ब्रिटिश शासन की सुद्दढ़ता पहले-पहल यहीं से शुरू हुई।जाहिर है इसके सकारात्मक-नकारात्मक प्रभाव भी पड़े। शिक्षा का प्रसार हुआ, विभिन्न धार्मिक सुधार आंदोलनों की शुरुआत हुई; इनमें राजा राममोहन राय का ब्रह्म समाज प्रमुख है। ब्रह्म समाज ने बहुत से 'शुद्धतावादी' परम्पराओं का निषेध किया, जिसके कारण सनातनी परंपरा से उसका द्वंद्व भी रहा।

कलकत्ता भारत मे अंग्रेजो की पहली राजधानी थी। इसलिए इसका 'आधुनिकीकरण' तेजी से हुआ। इस आधुनिकीकरण से सामंती मूल्यों से द्वंद्व हर जगह की तरह यहां भी हुआ। इसलिए एक तरफ जहां आधुनिक शिक्षा, समानता, स्वतंत्रता के मूल्य बढ़ें तो दूसरी तरफ सामंती, ज़मीदारी मूल्य भी द्दढ़ता से जमे रहे। ये मूल्य परम्परागत ज़मीदारों, चौधरियों, रजवाड़ो मे अधिक कायम रहे। इधर ब्रिटिश शासन अपनी जड़ें मजबूत करता रहा और ये किसी और दुनिया मे जीते रहे। अपने सड़ान्ध जीवन मूल्यों और खोखले प्रतिष्ठा से बंधे रात-दिन अय्याशी में डूबे इन सामन्तो का पतन होना ही था। हुआ। इसी बीच बंगाल के विभिन्न सुधार आंदोलनों से

प्रेरित नयी पीढ़ी ब्रिटिश चालबाजी और शोषण के विरुद्ध क्रांतिकारी आंदोलन के तरफ आगे बढ़ी।

संक्षेप में गुरुदत्त की फ़िल्म 'साहिब बीबी और ग़ुलाम' की पृष्ठभूमि यही है। फ़िल्म की कथा का आधार बिमल मित्र का बंगाली उपन्यास 'शाहेब बीबी गोलाम' है।फ़िल्म के केंद्र में एक परम्परागत ज़मीदार परिवार की हवेली है, जहां विभिन्न घटनाएं-दुर्घटनाएं घटित होती हैं। हवेली में तीन भाइयों की बहुएं हैं, बड़ी बहू, मँझली बहू और छोटी बहू। बड़े भाई का निधन हो चुका है;बांकी दोनो भाई सामंती ठसक और अय्याशी में डूबे दुनिया से बेखबर हैं। मंझला चापलूसों से घिरे नाचगान और कबूतर बाजी में मगन है। छोटा दिन-रात एक पतुरिया के कोठे में गुजारता है। देर रात शराब के नशे में डूबे हवेली लौटता है और बरामदे में ही सो जाता है। रोजगार-व्यापार सब मुनीमों के भरोसे;ये केवल हस्ताक्षर करते हैं।इनकी नज़र केवल अपने प्रतिद्वंदी चौधरियों तक जाती है, जो किसी भी हालत में उनसे 'ऊपर' न दिखे। इस मदहोशी में इनका एक दिन पतन होना ही था। होता है। व्यापार में घाटा, कर्ज इसके कारण बनते हैं।

सामंती समाज में स्त्रियों की स्थिति विडम्बनापूर्ण होती है। खासकर अभिजात वर्ग के स्त्रियों की। सबकुछ होते हुए भी इनके पास कुछ नही होता। ये केवल प्रतिष्ठा के लिए होती हैं। कंडीशनिंग इस कदर कि वे इसे स्वाभाविक समझती हैं। पूजा-पाठ और पति सेवा ही इनका जीवन होता है। आश्चर्य नही कि ये कभी हवेली के बाहर की दुनिया नही देखी होतीं। फ़िल्म में बड़ी बहू तो पूजा-पाठ, शुचिता-अशुचिता में दिन काटती है, मँझली के बारे कुछ दिखाया नही गया है, मगर अनुमान लगाया जा सकता है। सबसे त्रासद स्थिति छोटी बहू की है।

छोटी बहू (मीना कुमारी) यों तो सामंती सामाजिक मूल्यों से संस्कारित है, जहां पति कैसा भी हो, उसे देवता माना जाता है। मगर इन स्थितियों के बीच भी उसका स्त्रीत्व जाग्रत है। वह पति से प्रेम चाहती है, उसका साहचर्य चाहती है, जो उसे नही मिल रहा। वह किसी भी हद में जाकर पति का सानिध्य चाहती है। यह जानकर कि भूतनाथ 'मोहनी सिंदूर' के

कारखाने में काम करता है, उसके आकर्षक विज्ञापन से प्रभावित होकर वह उसे भी मंगाती है, मगर सब बेअसर। पति के अय्याशी के लिए उसके कहने पर शराब तक पीने लगती है। अपना जीवन बर्बाद कर देती है, मगर उसे सही दाम्पत्य सुख नहीं मिलता। वह जब भी अपने पति (छोटे बाबू) से अपने जीवन की बात करती है उसे उपेक्षा और उलाहना ही मिलता है। उसे कहा जाता है तुम्हारे पास क्या कमी है, गहने पहनो, गहने तुड़वाओ! इस पर छोटी बहू की मार्मिक हँसी कारुणिक है। वह पितृसत्ता के मूल्यों में पीस रही है। उसकी त्रासदी यह है कि वह इन मूल्यों को स्वीकार नहीं करती मगर उससे बगावत भी नहीं कर पाती। अन्ततः जब उसका पति अपनी अय्याशी में घायल होकर लकवाग्रस्त हो जाता है, तब भी वह उसे देवता की तरह पूजती है, उसकी सेवा करती है। इधर जायदाद बिकती जाती हैं और उनकी आर्थिक स्थिति गिरती जाती है, तब भी उस परिवार की सामंती ठसक नहीं जाती और जब छोटी बहू भूतनाथ (गुरुदत्त) के साथ छोटे बाबू के लिए एक महात्मा से दवाई लेने एक ही पालकी में जाती है, तब यह मँझले बाबू के लिए बर्दाश्त से बाहर हो जाता है कि उनकी बहू किसी पराये मर्द के साथ जाए और उसके इशारे पर गुर्गों द्वारा उनपर हमला कर छोटी बहु की हत्या कर उसे हवेली में दफना दिया जाता है। भूतनाथ केवल घायल होता है।

भूतनाथ और जबा (वहीदा रहमान) की पूरक कथा कहानी को गति देने के लिए है। दोनो में प्रेम है। नाटकीय रूप से विवाह भी होता है। भूतनाथ सहज, सरल, ईमानदार व्यक्ति है, इसलिए सब उसका विश्वास करते हैं, छोटी बहू भी। वह छोटी बहू की सलामती के लिए परेशान रहता है क्योंकि उसे उसकी त्रासद जीवन का अहसास है और वह चाहता है कि स्थिति सुधर जाय। मगर दोष व्यक्ति से अधिक परिस्थिति जनित मूल्य में है, जिससे मुक्त होना आसान नहीं। छोटी बहू का पति कितना भी बुरा हो मगर उसके लिए 'देवता' है। एक बार शराब पीने से रोकने के लिए जब भूतनाथ उसका हाथ पकड़ लेता है तब वह भड़क जाती है कि तुमने पराये स्त्री का हाथ कैसे पकड़ लिया। जबा जैसी आधुनिक स्त्री भी बचपन के बालविवाह के उस पति के लिए प्रतिबद्ध हो जाती है, जिसे उसने कभी देखा तक नहीं है। वह उसके लिए 'जन्म-जन्मांतर' का सम्बन्ध है।

इस तरह फ़िल्म में पितृसत्ता के अधीन दम तोड़ती स्त्री अस्मिता का चित्रण है, जो स्वभाविक रूप से अपने देशकाल से बद्ध भी है। उन्नीसवीं शताब्दी की आखिरी दौर का वह समय बदलाव का दौर था। समाज बदल रहा था, मूल्य बदल रहे थे, नए-पुराने का द्वंद्व था। शहरी जीवन अपेक्षाकृत तेजी से बदल रहा था जबकि बड़ी ज़मीदारी परिवारों मे बदलाव अपेक्षाकृत धीमा था।यह सांस्कृतिक समूह और वर्ग सापेक्ष भी था। बावजूद इन सबके मानवीय प्रेम और करुणा कहीं न कहीं जीवित रहती है। इस फ़िल्म में छोटी बहू और भूतनाथ के चरित्र में इसे देखा जा सकता है।

[2020]

9. जागते रहो : राजकपूर (1956)

जब हम कलाकार से यथार्थ के चित्रण की अपेक्षा रखते हैं तो उसमे अनिवार्यतः यह भी निहित होता है कि कला यथार्थ का पुनः सृजन करती है। कलाकार जीवन (और समाज) के भयावहता और जटिलता को दिखाने के लिए कई छूट और फैंटेसी का सहारा ले सकता है, लेता है। यह यथार्थ से विचलन नहीं बल्कि उसे सम्पूर्णता में दिखाने का उपक्रम है। बहुत बार यह रचनात्मकता की मांग भी होती है क्योंकि कला के हर माध्यम की अपनी सीमाएं भी होती हैं।

फ़िल्म 'जागते रहो' में परिवेश (समाज) की हक़ीक़त को दिखाने के लिए जो कथानक रचा गया है और उसमे जगह-जगह जो छूट लिया गया है, वह दर्शक के तर्क को बाधित नहीं करता बल्कि दर्शक फ़िल्म की लय में उस पर ध्यान ही नहीं देता, और वह उसे सहज लगता है। एक आवासीय अपार्टमेंट में 'चोर' एक कमरे से दूसरे कमरे में रात भर भागते रहता है, और पकड़ में नहीं आता। यह तार्किक रूप से भले विश्वसनीय न हो मगर फ़िल्म में इसका रचनात्मक प्रस्तुतिकरण इसे सहज बना देता है।

इस एक रात की कहानी में समाज की विडम्बनाओं को, पाखंडों को जिस तरह से तरह से दिखाया गया है वह रचनात्मक सूझबूझ का परिचायक है। फ़िल्म में पचास के दशक के जिस यथार्थ को दिखाने का प्रयास किया गया है, देखा जाय तो आज के समय मे भी कुछ खास अंतर नहीं दिखाई देता। विवेकहीन भीड़ आज भी बिना जाँच-पड़ताल के किसी हत्या करने में नहीं हिचकिचाती। फ़िल्म का 'चोर' जो काम की तलाश में शहर आया एक व्यक्ति है, बिना किसी आश्रय के रात में भटक रहा है और प्यास से व्याकुल है, इधर -उधर भटककर पानी पीने एक आवासीय अपार्टमेंट के प्रांगण में दाखिल होता है तो उसे पुलिस द्वारा चोर घोषित कर शोर किया जाता है।

वह डर में अपार्टमेंट में छुपता है। इस बीच अपार्टमेंट के सब लोग जाग जाते हैं और 'चोर-चोर' शोर करने लगते हैं। वह व्यक्ति शहरी जीवन के तौर-तरीकों से अपरिचित अत्यधिक भयाकुल है और जान बचाने एक कमरे से दूसरे कमरे में भागता है। हथियार बन्द भीड़ उसे ढूँढते रहती है।

इस भागने के क्रम में वह अलग-अलग कमरों में दाखिल होता है, और वहां के छुपी हक़ीक़तों को देखता है। कहीं स्त्री-पुरूष का गुप्त प्रेम है तो कहीं शराबी पति का पत्नी पर अत्याचार। कहीं अवैध शराब की तस्करी है तो कहीं जुआ चल रहा है। कहीं बिना डिग्री का डॉक्टर है तो कहीं नकली नोट छपाई चल रही है। कहीं सेवादल के नाम पर चन्दा उगाही है। सभी एक दूसरे का राज़ जानते हैं। आपस मे प्रतिस्पर्धा है, दूसरे से आगे बढ़ने की होड़ है मगर जानते हैं संतुलन में ही सबका हित है, इसलिए संकट मे न्यूनतम साझा भी करते हैं।

स्वार्थ भी लोगों को परस्पर जोड़ता है। मगर 'चोर' के आ जाने से इस 'संतुलन' में खलल पड़ गया है। वह अनजाने में सबको बेनकाब कर रहा है। उधर 'नकाब' को बचाये रखने के भरसक प्रयास किये जा रहे हैं। साम-दाम-दंड-भेद सारे प्रयास किये जा रहे हैं। सब विफ़ल होने पर उसकी हत्या का प्रयास किया जाता है। इधर 'चोर' केवल अपनी जान बचाने का उपक्रम कर रहा है। वह गिड़गिड़ाता है, मगर कोई सुनने वाला नहीं इसलिए आख़िर में वह जान बचाने के लिए हथियार (डंडा) उठाता है तो एक क्षण के लिए सब ठिठकते हैं। इस तरह फ़िल्म में भीड़ के व्यवहार को बखूबी से दिखाया गया है जो अधिकतर अफ़वाह पर आधारित होता है।

फ़िल्म में जगह-जगह नाटकीय मोड़ आते हैं जो रात भर चलते रहते हैं। अंतिम रूप से इसका पटाक्षेप तब होता है जब सुबह होती है। 'चोर' एक घर के बालकनी में उतरता है, जहां एक छोटी बच्ची है। उसे आश्चर्य होता है कि बच्ची उससे भयभीत नहीं होती। रात-भर में पहली बार कोई उससे सहानुभूति दिखाता है। बच्ची उसके ज़ख्मो को सहलाती है उसे विश्वास दिलाती है कि तुम चोर नहीं हो तो डरते क्यों हो, इसलिए वह भी विचलित नहीं होता। पहली बार उसमे आत्मविश्वास आता है और जब बच्ची उसके

जाने के लिए दरवाज़ा खोलती है तो वह आत्मविश्वास के साथ कमरे और अपार्टमेंट से सहजता से बाहर आ जाता है। कोई उसे चोर के रूप में चिन्हांकित नहीं करता। पृष्टभूमि में "जागो मोहन प्यारे" गीत बजते रहता है। यह जागना दरअसल व्यक्ति के आत्मविश्वास का जागना ही है।

फ़िल्म में कई प्रसंग मार्मिक हैं, मसलन 'चोर' का प्यास से व्याकुल होना; कई जगह भय से आक्रांत होना। एक जगह जब वह एक साथ बहुत सारे नोट (यथार्थ में भले वह नकली हो) देखता है तो उसे सूंघता है, छूता है, ज्यादा से ज्यादा इकट्ठा करने का प्रयास करता है। ज़ाहिर इस स्थिति का कारण यही है की जीवन भर वह पैसे के लिए तरसा है। उतने पैसे शायद वह कभी देखा भी नहीं है। यह उसके लालच का नहीं अभाव का मार्मिक चित्र है। छोटी बच्ची जब उससे सहानुभूति दिखाती है तब भी वह भावविभोर हो जाता है। यहां फिल्मकार का उद्देश्य निश्चित रूप से यह भी दिखाना है कि बच्चो सी निष्कलुषता से हम बहुत दूर आ गये हैं।

फ़िल्म में कई जगह रामकृष्ण परमहंस, विवेकानन्द, टैगोर, गांधी, नेहरू की तस्वीर पृष्ठभूमि में है। यह जितना अच्छे लोगों के कमरे में है उससे कहीं अधिक काले कारनामे करने वालों के यहां दिखते हैं। यह आजादी के बाद के व्यापक वैचारिक और नैतिक विचलन को दिखाता है। इस तरह फ़िल्म छोटे से घटनाक्रम में भी समाज के कई विचलनों को दिखाती है। ऐसे विचलन भिन्न नाम और रूप में आज भी हैं।

[2020]

10. बूट पॉलिश : मैं भीख नहीं माँगूँगा (1954)

बच्चे देश के भविष्य होते हैं। किसी देश के वर्तमान और भविष्य का आकलन वहां के बच्चों की स्थिति को देखकर किया जा सकता है। बच्चों को पर्याप्त पोषण, शिक्षा, आवास, प्रेम और संरक्षण न मिले तो उनके साथ समाज का भविष्य भी प्रश्नांकित हो जाता है। बावजूद इसके सभ्यता के विकास में ऐसा कोई दौर नहीं रहा जब दुनिया के तमाम बच्चों को उनके उम्र के अनुसार उचित परिवेश और सुविधा मिली हो। कुछ प्रतिशत बच्चों को छोड़कर अधिकांश विपरीत माहौल में जीते रहे हैं। जिन हाथों में किताबें होनी चाहिए थी वे काम करते रहें, भीख मांगते रहें !उपयुक्त सामाजिक वातावरण न मिलने पर चोरी, नशाखोरी जैसे विचलन भी दिखाई देते हैं। उम्र के अनुसार पोषण तो दूर कहीं दो जून रोटी भी मयस्सर नहीं होती। राजेश जोशी की एक कविता है 'बच्चे काम पर जा रहे हैं'। कवि ने इसे" हमारे समय की सबसे भयानक पंक्ति "कहा है। कवि की सम्वेदना जहां उनके काम पर जाने से) यानी स्कूल न जा पाने की विडम्बना (इतना व्यथित है, उससे अंदाजा लगाया जा सकता है कि बच्चों का भूखा रहना, कितनी बड़ी त्रासदी है!

हमारे देश की स्थिति भी इससे पृथक नहीं रही है। आज भी तमाम कानूनों और प्रयासों के बावजूद भीख मांगते, काम करते, कचड़ा बीनते बच्चे सहजता से दिखाई देते हैं। जाहिर है व्यवस्था के क्रियान्वयन और समाज में ही कहीं न कहीं खोट है। इसे केवल माता-पिता की लापरवाही तक सीमित नहीं किया जा सकता। वह भी है, मगर वह भी इसी विचलित व्यवस्था की ही उपज है। भूखमरी, बेरोजगारी, आवासहीनता व्यक्तिगत विचलन से कहीं अधिक व्यवस्थागत विचलन का परिणाम हैं। ऐसी व्यवस्था जिसमे सब बच्चे हँसते, खेलते स्कूल जाते दिखे अभी एक सपना ही है।

गरीबी, भुखमरी अच्छे-अच्छों को तोड़ देती है तो अबोध बच्चों का अनुमान लगाया जा सकता है। आत्मसम्मान मनुष्य का नैसर्गिक गुण है। हर व्यक्ति जीवन में न्यूनतम सम्मान का आकांक्षी होता है।आत्महीनता एक बड़ा नैतिक विचलन है। मनुष्य ससम्मान रोटी चाहता है, इसलिए श्रम करता है। ज़लील होकर पेट भरना सामान्य परिस्थिति में शायद ही कोई पसन्द करे। मगर अक्षमता, लाचारी आदमी से क्या कुछ न कराती है!

फ़िल्म 'बूट पॉलिश' (राज कपूर 1954) में ऐसे ही दो अनाथ बच्चों की कहानी है, जो अपनी चाची के यहां पल रहे हैं। चाची मजदूरों की बस्ती में रहती है। पति नहीं है। जिस्मफ़रोशी का काम करती है। ख़ुद के बच्चे नहीं हैं। दोनो बच्चों के प्रति क्रूरता से भरी है। बच्चों को भीख मांगने के लिए बाध्य करती है। बात-बात पर पीटती है। स्नेह तो उसके अंदर जैसे है ही नहीं। आश्चर्य होता है कि कोई स्त्री इतनी क्रूर कैसे हो सकती है! ममता की एक बूंद भी नहीं! मगर दुनिया विचित्रताओं से भरी है, यहां अच्छे-बुरे हर तरह के स्त्री-पुरूष हैं। पड़ोस में जॉन चाचा हैं। शारीरिक रूप से थोड़े अक्षम हैं। ब्लैक में शराब बेचते हैं, मगर सह्रदय हैं। बच्चों से प्रेम करते हैं। उन्हें काम करने को प्रेरित करते हैं।

जॉन चाचा से दोनों बच्चे (बेलू और भोला) अत्यधिक प्रभावित हैं। वे जब उन्हें भीख नहीं मांगने की सीख देते हैं तो वे किसी तरह पैसे का जुगाड़ कर बूट पॉलिश का काम करने लगते हैं। प्रारम्भिक असफलता के बाद वे काम सीख जाते हैं और थोड़ा बहुत पैसे कमाने लगते हैं। कुछ समय बाद नाटकीय घटनाक्रम में जॉन चाचा अवैध शराब बेचने के कारण जेल चले जाते हैं। इधर बारिश का मौसम आने से बूट पोलिश का काम नहीं मिलने से दोनो बच्चे परेशानी में पड़ जाते हैं। नाटकीय घटनाक्रम मे दोनो बिछड़ जाते हैं। बेलू को एक सन्तानहीन सह्रदय दम्पत्ति गोद लेकर पुत्रिवत स्नेह करते हैं, मगर बेलू लगातार अपने भाई को याद करते रहती है। इधर भोला को चाची घर से निकाल देती है। वह दिन-रात बहन को ढूंढते रहता है। छोटा-मोटा काम भी करता है, मगर द्दढ़ता से भीख नहीं मांगता।

इधर जॉन चाचा जेल से छूटने पर बच्चों को ढूंढते हैं। उसे बेलू का घर मिल जाता है। उसकी स्थिति देखकर ख़ुश होते हैं। मगर भोला के लिए चिंतित रहते हैं।

फ़िल्म के कलाईमैक्स में बेलू अपने नये माता-पिता के साथ शहर से बाहर जाने रेलवे स्टेशन पँहुचती है। जॉन चाचा को ध्यान आता है कि आज बेलू बाहर जाएगी, इसलिए वह भी मिलने आते हैं। इधर भोला भटकते, काम ढूंढते भूख से परेशान है। वह भीख नहीं मांगने पर दृढ़ है, मगर अंततः काम नहीं मिलने पर हाथ फैला देता है। संयोग से वह उसी स्टेशन पर आता है, जहां बेलू है। वह बेलू के पापा के पास हाथ फैलाता है। बेलू मुड़कर देखती है। दोनो अवाक! भोला भीख मांगने की शर्म से भागने लगता है। बेलू उसके पीछे दौड़ती है। इधर जॉन चाचा भी वहीं आते हैं। नाटकीय रूप से सबका मिलना होता है। बेलू के मम्मी-पापा दोनो बच्चों को अपने पास रख लेते हैं। दोनो बच्चों को स्कूल जाते दिखाया जाता है, और फ़िल्म समाप्त हो जाती है।

इस तरह फ़िल्म का जरूर सुखद अंत होता है, मगर हक़ीकत में लाखों बच्चे आज भी अभिभावक विहीन त्रासद जीवन जी रहे हैं। इस फ़िल्म की महत्ता इस बात में भी है कि यह बच्चों की जिजीविषा को दिखाती है, उन्हें श्रम के लिए प्रोत्साहित करती है। अवश्य बचपन पढ़ने-लिखने के लिए है मगर जिनकी 'तक़दीर' में स्कूल नहीं हैं उनके लिए काम करना भीख से कहीं बेहतर है। फ़िल्म में कई मार्मिक प्रसंग हैं, जिन्हें फ़िल्म देखकर ही जाना जा सकता है।बहरहाल समतावादी समाज का स्वप्न हर दौर में मनुष्य की आँखों मे रहा है और जब तक वह प्राप्त न हो जाय, रहेगा।

[2020]

11. सुजाता : बिमल राय (1969)

अश्पृश्यता भारतीय समाज के लिए कलंक रही है। किसी व्यक्ति को जन्म के आधार पर हीन अथवा कमतर समझना जितना अमानवीय है, ऐसी व्यवस्था के औचित्य के लिए तर्क गढ़ना उतना ही कुत्सित। सामंती समाजों के दौर में इसका चेहरा अत्यंत घिनौना था; औद्योगिक पूंजीवादी दौर में इसमें उल्लेखनीय कमी अवश्य आई,मगर इसमे संविधान प्रदत्त समानता के अधिकार एवं शिक्षा की भी अहम भूमिका रही है। बावजूद इसके यह पूरी तरह खत्म नहीं हो सकी है। आज भी इसके अवशेष और कुप्रभाव समय-समय पर दिखाई पड़ते हैं। इधर इसके स्वरूप में बदलाव आया है और यह महीन हो चली है। जो इस कुप्रथा से प्रभावित हैं वे इसे भौतिक रूप से भले न प्रदर्शित करते हों, मगर मानसिक रूप से दूरी बनाने का प्रयास करते हैं,इसलिए वे कुछ जातिगत अथवा धार्मिक समुदायों के पड़ोसी बनने से बचते दिखाई देते हैं। इसमे हाल के जातिवादी, साम्प्रदायिक राजनीति के उभार की भी महत्वपूर्ण भूमिका है, जो विभिन्न समूहों के बीच अविश्वास पैदा करने में काफ़ी हद तक सफल रही है।

फ़िल्म 'सुजाता' की नायिका सुजाता (नूतन) को उसके तमाम अच्छाइयों के बाद भी कई बार सिर्फ इसलिए उपेक्षा का शिकार होना पड़ता है क्योंकि वह 'अछूत कुल' में जन्मी है। बचपन से अनाथ होने पर उसका पालन पोषण करने वाले दंपति सहृदय हैं, मगर सामाजिक जीवन के 'मूल्यों' के आगे असहाय। कुछ हद तक उससे प्रभावित भी। उनके सहृदयता और सामाजिक मूल्यों का द्वंद्व फ़िल्म की शुरुआत से अंत तक है। वे सुजाता को बचपन में किसी को देने अथवा अनाथालय भेजने की बेमन से कोशिश करते हैं मगर अपने वात्सल्य के आगे अंततः हार जाते हैं। इस तरह सुजाता उनके घर मे ही रहती है, लगभग उनकी बेटी की तरह ही उसका पालन-पोषण होता है। अवश्य कई घटनाएं उसके बालमन और युवामन को

अहसास दिलाते रहती हैं की सबकुछ सामान्य नहीं है। मसलन 'रमा' (बेटी) की तरह वह स्कूल-कालेज नहीं गई। रमा की तरह उसका जन्मदिन नहीं मनाया जाता। सुजाता के दिल में यह बात चुभती रहती है जब उसका परिचय बेटी नही 'बेटी जैसे' के रूप में कराया जाता है। एक तरह से उसमे अलगाव आने लगता है और वह महफिलों से दूर रहने लगती है।

इसी बीच उनके घर रमा के पिता के बुआ के नाती 'अधीर' (सुनील दत्त) का आना होता है। परिवार की चाह है कि रमा और अधीर एक दूसरे के करीब आएं और उनका विवाह हो, मगर अधीर सुजाता के प्रेम में पड़ जाता है। अधीर पढ़ा लिखा शोधार्थी युवक है जो जाति बंधन और छुआछूत को नहीं मानता। उसके प्रेम निवेदन और दृष्टिकोण से सुजाता भी उससे प्रेम करने लगती है, मगर जब उसे जब पता चलता है कि परिवार के लोग रमा और अधीर का विवाह चाहते हैं तो वह द्वंद्वग्रस्त हो जाती है। वह अधीर को समझाने की कोशिश करती है, उससे दूर जाने का प्रयास करती है।

नाटकीय घटनाक्रम में रमा की माँ को जब मालूम होता है कि अधीर सुजाता से विवाह करना चाहता है तो वह आवेश में आकर सुजाता को भला-बुरा कहती है और इसी बीच सीढ़ी से गिरकर घायल हो जाती है। उसकी जान बचाने के लिए खून की आवश्यकता पड़ती है, मगर घर के किसी सदस्य का खून उनसे मेल नही खाता। अंततः सुजाता का खून मेल खाता है, जिससे उनकी जान बचती है।

इस तरह उसको अपनी भूल का अहसास होता है और उसे गले लगा लेती है। रमा की भूमिका बहुत सहज है वह अधीर के प्रति उस तरह आकर्षित ही नहीं थी, उसे शुरुआत से ही अहसास था कि अधीर का आकर्षण सुजाता की तरफ है। इस तरह फ़िल्म का सुखद अंत होता है और सुजाता-अधीर का विवाह हो जाता है।

फ़िल्म का परिवेश पचास के दशक का सम्पन्न बंगाली परिवार है। स्त्री दृष्टि से देखें तो वे पढ़ी-लिखीं तो हैं, मगर परम्परागत मूल्यों से प्रभावित हैं जिसमे अभी ज्यादा बदलाव नहीं हुआ है, मगर अधीर के माध्यम से

जागरूक युवाओं का चित्रण हैं। सुजाता कथित अछूत कुल की लड़की है, दूसरों के घर पली, उनके प्रति प्रेम जनित कर्तव्यबोध से संपृक्त, आधुनिक शिक्षा से वंचित, इसलिए तत्कालीन सामाजिक व्यवस्था के अनुरूप उसका चरित्र गढ़ा गया है। उससे अधिक उम्मीद नहीं की जा सकती थी। बहरहाल एक सामान्य कथानक में भी यह फ़िल्म सामाजिक विडम्बना को रेखाँकित करती है, जो सार्थक है।

[2020]

12. तीसरी कसम : न कोई इस पार हमारा, न कोई उस पार

रेणु की चर्चित कहानी 'तीसरी कसम उर्फ़ मारे गए गुलफ़ाम' पर आधारित फ़िल्म 'तीसरी कसम' (1966) की काफ़ी चर्चा होती रही है। फ़िल्म के निर्माता गीतकार शैलेन्द्र थे। उन्होंने बहुत उत्साह और जोख़िम से फ़िल्म का निर्माण कराया था, मगर अपेक्षित सफलता नही मिलने पर काफ़ी आहत भी हुए थे, जिसकी एक अलग कहानी है।

कहानी और फ़िल्म के कथानक में थोड़ी भिन्नता भी है, जो फ़िल्म निर्माण के माध्यम के मांग के अनुसार किया गया होगा। मसलन कहानी में हीराबाई का हिरामन के प्रति एक तटस्थता का भाव है। उसके लिए हीरामन एक सहज, सरल, ईमानदार व्यक्ति है, इसलिए वह उस पर भरोसा करती है और उसका संग-साथ उसे अच्छा लगता है।उसके अंदर भावना तो है मगर वह व्यवहारिक दुनिया को जानती है। सम्भवतः नौटंकी में काम करने के कारण और भी। हिरामन के प्रति उसके मन में प्रेमाकर्षण नहीं है,मगर वह हिरामन के भोलापन को पसन्द करती है। आख़िर में जब जाने के समय रेलवे स्टेशन में उससे मिलती है तो उसका गला भी भर आता है। यह मानवीय प्रेम है। कहानी में इस बात के संकेत हैं कि तत्कालीन समय में स्त्री का नौटंकी में काम करने को अच्छी निग़ाह से नहीं देखा जाता था। उस समय हीराबाई का भावुक होना सम्भवतः उसके मन में जीवन की अनिश्चितता और सुप्त आकांक्षा का एक क्षण के लिए कौंध जाने के कारण है।

फ़िल्म में कुछ अतिरिक्त बातें जोड़ी गई हैं, वह कहानी के परिवेश के अनुरूप ही है। मसलन ज़मीदार का पात्र। वह सामंती रौब से हीराबाई को खरीदना चाहता है और सफल न होने पर बल प्रयोग का प्रयास करता है।

फ़िल्म में हीराबाई का हिरामन के प्रति दबा सा प्रेमाकर्षण भी है। वह चाहती है कि वह रोज उसके कार्यक्रम देखने आए और उसके न आने और नाराज हो जाने से बेचैन हो जाती है। हालांकि उसके अंदर अंतर्द्वंद्व भी है। वह हीरामन से नौंटकी की 'हक़ीकत' को छुपाए रखती है और एक जगह कहती भी है "कब तक उससे सती-सावित्री होने का नाटक करूंगी।" जाहिर है यह आरोपित सामंती मूल्य परिवेश जनित है, जो कहानी के देश-काल के अनुरूप है। उसे ज़मीदार के आगे हिरामन का छोटा दिखना भी आहत करता है। आख़िर में नौंटकी को छोड़कर जाने का एक कारण ज़मीदार द्वारा हिरामन को नुकसान पहुँचाये जाने की सम्भावना भी दिखाया गया है।

हिरामन सहज, सरल स्वभाव का गाड़ीवान है। पत्नी नहीं है। गवन से पहले उसका निधन हो गया था। दूसरा विवाह नहीं किया है। निर्णय भाभी पर छोड़ दिया है। वह कुंआरी लड़की ढूंढ रही है, जो इस उम्र (गांव के हिसाब से) में कठिन है। हिरामन बेफिक्र है। उसकी दुनिया सीमित है। गाड़ी में माल-असबाब ढोता है। एक बार चोरी का माल ढोने के कारण मुश्किल से जान बची तो चोरी की माल न ढोने की कसम खायी। दूसरी बार बांस ढोने के कारण असुविधा के कारण लोगों से गाली खायी तो बांस न ढोने की कसम खायी। इस बार हीराबाई को गाड़ी से मेले तक (फारबिसगंज) ले जाने का काम मिलता है। वह जनाना सवारी का अभ्यस्त नहीं है। थोड़े संकोच के बाद हीराबाई के बातचीत की सहजता से खुल जाता है। वह हीराबाई के रूप के आकर्षण और मीठी बोली दोनो से आकर्षित है। राह के लंबे सफर में कई पड़ाव आते हैं जिससे दोनों घुलमिल जाते हैं।

मेले में पहुँचने पर हीराबाई उसे नौटंकी देखने का आग्रह करती है और 'पास' दिलवा देती है। हिरामन अपने साथियों के साथ कार्यक्रम देखता है। उसके साथी भी हीराबाई के रूप के दीवाने हैं। कार्यक्रम शुरू होता है तो दर्शक दीर्घा में कई तरह की बातें होने लगती है। बहुतों की निग़ाह में हीराबाई 'बाज़ारू औरत' है , वे उसे 'रंडी' तक कहते हैं। ये बातें हीरामन को चुभती हैं और वह उनसे भिड़ जाता है, जिससे कार्यक्रम में बाधा पँहुचती है।

इस तरह हिरामन के अंतस में हीराबाई के प्रति प्रेम उत्पन्न हो गया होता है, जिसे वह ख़ुद नहीं समझ पाता, मगर धीरे-धीरे उसे अहसास होने लगता है, पर व्यक्त नहीं करता। इसी कारण वह उससे नौटंकी का काम छोड़ने का आग्रह करता है। हीराबाई इसको समझने लगती है जिसका ऊपर जिक्र किया जा चुका है।

फ़िल्म के अंतिम दृश्य में जब हीराबाई नौंटकी को छोड़कर दूसरे नौंटकी में काम करने वापस जाती है तो हीरामन उससे मिलने रेलवे स्टेशन आता है। हीराबाई उसके पैसे, जो उसके पास धरोहर के रूप में थे उसे लौटाती है और अपना शाल भेंट में देती है। हीरामन हतप्रभ हो जाता है, उसे उम्मीद नहीं थी हीराबाई इतनी जल्दी चली जायेगी। वह अपने दिल की बात दिल मे रखे ठगा सा महसूस करता है। हीराबाई चली जाती है और वह अपनी खीझ बैलों पर निकालते हुए कहता है कि कसम खाओ किसी नौटंकी वाली बाई को गाड़ी में नही बिठाएंगे। यही उसकी तीसरी कसम है।

कहानी की पृष्ठभूमि में महुआ घटवारिन की लोककथा गूंजती रहती है जिसे एक सौदागर ख़रीद ले जाता है मगर वह किसी तरह वापस आ जाती है। इस बार हीराबाई को मानो किसी सौदागर ने खरीद लिया है और शायद वह कभी वापस नहीं आएगी! हिरामन पहले अकेले होकर भी अकेला नहीं था क्योंकि उसे इसका अहसास नहीं था। वह अपनी दुनिया में मगन था।हीराबाई के कारण उसके अंदर यह अहसास पैदा हुआ। हिरामन के लिए यह अहसास पहले मीठा था क्योंकि उसमें हीराबाई थी, भले ही उसके कल्पना लोक में। हीराबाई के जाने के बाद उसे इसका वास्तविक बोध होता है। पर किसे दोष दे! "चिठिया हो तो हर कोई बाँचे, भाग न बाँचे कोय"।

[2020]

13. गाइड : देवानंद (1965)

बहुधा जीवन एक रेखीय नहीं होता। इसमें कई उतार-चढ़ाव आते रहते हैं। दृढ़ व्यक्तित्व में भी परिस्थितिवश विचलन आ जाया करता है। सफलता मनुष्य के अस्मिताबोध को और तीव्र कर देती है और कभी-कभी यह अहंकार का रूप भी ले लेती है, जिसके लिए अक्सर बाद में पछताना भी पड़ता है।

फ़िल्म 'गाइड' में राजू (देवानंद) और रोज़ी (वहीदा रहमान) की सफलता को इस संदर्भ में देखी जा सकती है। रोज़ी जिस तरह मार्को (किशोर साहू) के यहाँ घुट रही थी और आत्महत्या के कगार पर पहुंच गई थी, उसे उस कैद से मुक्ति दिलाने और अपनी पहचान बनाने में राजू का ही सर्वाधिक योगदान है। पूरी तरह भी कहा जा सकता है। इसके लिए राजू अपने पेशे, घर, परिवार, समाज सब से पृथक हो जाता है, मगर रोज़ी का साथ नहीं छोड़ता। अंततः रोज़ी सफल होती है। वह बड़ी नृत्यांगना बन जाती है। इस दौरान दोनों एक-दूसरे से प्रेम करने लगते हैं और विवाह करने की सोचते हैं।

रोज़ी की सफलता में राजू का ख़ुश होना स्वभाविक था। उसने रोज़ी में जो संभावना देखी, वह सार्थक हुई। रोज़ी को भी अपनी महत्ता का अहसास हुआ। मगर सफलता कभी-कभी आदमी में विचलन भी ला देती है। राजू पैसे पानी की तरह बहाने लगता है। नशा, जुआ में डूबकर घर में मज़मा लगाए रहता है। रोज़ी पैसे देने में मना नहीं करती मगर राजू का इस तरह का व्यवहार उसे खटकने लगता है। इधर रोज़ी की महत्ता के कारण लोग बिना राजू की मध्यस्थता के उससे मिलने लगते हैं, इससे राजू असहज होता है। रोज़ी भी कई बार राजू की उपस्थिति को सामान्य ढंग से लेती है।

हालात बदलने लगते हैं। दोनो में नोक झोंक होने लगती है। राजू तो यहां तक कह देता है यदि मैं न होता तो तुम इस जगह न होती। रोज़ी भी अब उसके प्रति पहले सी समर्पण नहीं दिखाती। इसी बीच मार्को की रोज़ी के नाम पुस्तक पार्सल आता है। यह पुस्तक उसी गुफा से सम्बंधित है जिसकी खोज में वह और रोज़ी राजू गाइड की सम्पर्क में आए थे।राजू मार्को को रोज़ी से न मिलने देता है न ही रोज़ी को पुस्तक दिखाता है।आगे मार्को राजू से कहता है कि लॉकर में रोज़ी के कुछ गहने हैं जिसको निकालने के लिए उसके हस्ताक्षर की आवश्यकता है। राजू इसे रोज़ी को न दिखाकर उसका जाली हस्ताक्षर कर देता है।वह यह कार्य वह इस आशंका से करता है कि कहीं रोज़ी और मार्को में सहज सम्बन्ध न स्थापित हो जाय।ज़ाहिर है यह प्रेम जनित ईर्ष्या है।

मगर यह कार्य आगे उसके लिए आघात देने वाला साबित होता है। राजू और रोज़ी का द्वंद्व बढ़ते जाता है। रोज़ी जैसे-जैसे 'सचेत' होते जाती है, उसका ध्यान राजू की तरफ कम होता जाता है, जिससे वह एक तरह का हीनता महसूस करता है। उसका आत्म सम्मान यह गवारा नहीं करता और वह अपने घर अपने पुराने काम के लिए लौट आता है। इधर मार्को को अवसर मिलता है और वह जाली हस्ताक्षर के आरोप में राजू को गिरफ़्तार करवा देता है। रोज़ी के पास एक अवसर था यदि वह झूठ बोल देती कि हस्ताक्षर उसी का है तो वह बच सकता था। मगर वह ऐसा नहीं करती और राजू को दो साल की सजा हो जाती है।

राजू के जेल जाने के बाद कहानी में नाटकीयता आती है। अपने अच्छे आचरण के कारण वह छः माह पहले रिहा हो जाता है। मगर बदनामी से बचने वह घर नहीं जाने का निर्णय लेता है और दूसरी राह निकल पड़ता है। बिना मंज़िल के चलते वह साधुओं के एक दल के साथ हो लेता है,जो गांव के एक पुरानी मंदिर में रुकता है। सुबह जब वह जागता है तो साधुओं का दल वहां नहीं रहता और एक साधु उसके ऊपर पीली धोती ओढ़ा दिया रहता है, जिसके कारण गांव वाले उसे भी साधु समझने लगते हैं। परिस्थितियां ऐसी बनती हैं कि गांव वाले उसे सिद्ध महात्मा समझने लगते हैं, और उसके लिए भोजन आदि की व्यवस्था करने लगते हैं। राजू शुरू में

असहज महसूस करता है, मगर एकाकी जीवन के कारण वह इसे स्वीकारने भी लगता है। वह अपने सहज ज्ञान से लोगों को अच्छी बातें बताते रहता है। इन्ही बातों में एक दिन वह एक साधु की कहानी सुनाता है जिसने गांव में पानी न गिरने पर बारह दिन का उपवास किया था और जिसके कारण बारिश हुई थी।

विडम्बना कि यह कहानी उसके जीवन मे घटित होनी थी! गांव में बारिश न होने से दुर्भिक्ष की स्थिति आ जाती है। लोग भूख से मरने लगते हैं। चोरी, लूट-पाट, हत्या होने लगती है। लोग आशा भरी निग़ाह से राजू की तरफ़ देखने लगते हैं। उस पर उपवास रखने का नैतिक दबाव बन जाता है। वह यह नहीं चाहता। वह बताना चाहता है कि वह कोई सन्त नहीं एक साधारण आदमी है, मगर परिस्थितियाँ उसके नियंत्रण से बाहर हो चुकी हैं। मगर इस दौरान उसके अंदर इंसानियत भी उभर कर आता है, वह लोगों की भुखमरी से मुक्ति चाहता है, किसी भी तरह, चाहे उसकी जान क्यों न चली जाय। ज्यों-ज्यों अपवास के दिन आगे बढ़ते जाते हैं उसकी चेतना और निर्मल होती जाती है। उसके अंदर मानवीय और 'दैवीय' चरित्र का द्वंद्व बढ़ता जाता है, मगर अंत मे 'दैवीय' पक्ष की विजय होती है। उसका चित्त 'निर्मल' हो जाता है। यहां कथाकार ने अद्वैतवादी चिंतन का सहारा लिया है। यानी शरीर मरता है, आत्मा अमर होती है। राजू का शरीर कमजोर होते जाता है और जिस दिन उसकी मृत्यु होती है उसी दिन तेज बारिश होती है।

मृत्यु पूर्व उसकी माँ, रोज़ी, दोस्त सब उसके करीब आ चुके होते हैं। इस तरह इस दुखांत में लोक कल्याण की भावना जुड़ जाती है। फ़िल्म में चरित्र मुख्यतः तीन ही हैं मार्को, रोज़ी और राजू। मार्को एक पुरातत्वविद है, सम्पन्न है, प्रतिभावान है, अपने काम के प्रति उसमे जुनून है मगर उसमे मानवीयता नहीं है। उसने रोज़ी से विवाह किया मगर महज एक अहसान भाव से, उसकी खुशियों, इच्छाओं यानी उसकी जिंदगी का उसे कोई परवाह नहीं। वह सामंती पितृसत्ता के मूल्य से ग्रस्त है जहां स्त्री की कोई निजी पहचान नहीं होती। मगर वही मार्को रोज़ी के प्रसिद्ध होने पर उससे जुड़ना चाहता है तो इसका कारण केवल उसका स्टेटस है।

रोज़ी एक देवदासी की पुत्री है। शिक्षित है, नृत्यकला में पारंगत है मगर उसकी 'सामाजिक छवि' उसके जीवन के लिए अभिशाप है। मार्को से बेमेल विवाह का कारण यही है। बावजूद इसके वह समझौता करती है और ख़ुशी ढूंढने का प्रयास करती है, मगर मार्को उसे कदम-कदम पर आहत करता है। राजू के सम्पर्क में आने से उसे अपनी अस्मिता का बोध होता है और उसके सानिध्य में वह अपनी पहचान बनाती है।

राजू एक गाइड है। महलों, खंडहरों का जानकार। मगर इसके अलावा संवेदनशील इंसान है। मार्को और रोज़ी से उसका सम्पर्क उसके पेशे के कारण ही होता है। इस दौरान वह मार्को के अमानवीय और दोहरे चरित्र को देखता है। रोज़ी के जीवन की विडम्बना उसे असहज करती है। वह बार-बार प्रयास करता है कि दोनों का दाम्पत्य सहज हो जाय, मगर असफल रहता है। इस दौरान वह रोज़ी के करीब आते जाता है, उसे आत्महत्या से बचाता है, उसकी मदद करता है, उसे अपनी पहचान बनाने में सहयोग करता है। स्वाभाविक रूप से इस क्रम में दोनो के बीच प्रेम पैदा हो जाता है।

फ़िल्म आर.के. नारायण के अंग्रेजी उपन्यास 'द गाइड' (1958) पर आधारित है, निर्माता देवानंद और निर्देशक विजय आनंद है। फ़िल्म में मोहम्मद रफ़ी के कुछ बेहतरीन गीत हैं।

[2020]

14. आनंद : लंबी नहीं बड़ी ज़िन्दगी

मृत्यु अवश्यंभावी है, मगर मनुष्य की जिजीविषा भी अनंत है। जीवन से मोह, दुनिया से आसक्ति उसे कर्मरत रहने को प्रेरित करती है। यों अनासक्त कर्म की भी बात की जाती है, क्योंकि कई बार मोह जकड़न का काम करती है। इस तरह 'कर्म' आसक्ति और अनासक्ति के द्वंद्वात्मकता में निहित है।

सामान्यतः मृत्यु भयभीत करने वाली घटना है। क्योंकि इसके बाद कुछ भी नहीं! मृत्यु से पूर्व का भय 'अपने' लोगो के भविष्य को लेकर भी होता है, हालांकि उसे देखने के लिए व्यक्ति उपस्थित नहीं होता। जबकि मृतक से गहरे जुड़े व्यक्तियों का भय और दुःख उसकी अनुपस्थिति से उत्पन्न कमी के कारण होता है।

जीवन से लगाव इतना गहरा है (होना भी चाहिए) कि मनुष्य मृत्यु के यथार्थ को सहज ढंग से नहीं ले पाता। सभ्यता के प्रारंभिक काल से इसे झुठलाने के लिए 'दर्शन' गढ़ता रहा है । यों यह तत्कालीन ज्ञान की सीमा जनित भी था। विभिन्न सभ्यताओं में मृत्यु के 'बाद' की सम्भावनाओं जनित कल्पनाएं उत्पन्न हुई और तदनुरूप कर्मकांड विकसित हुए। अमूमन सभी सभ्यताओं में 'आत्मा की अमरता' जैसी अवधारणा देखी जा सकती है। विकासमान ज्ञान प्रकृति के बहुत से अज्ञात पहलुओं को लगातार उजागर करते रहता है बावजूद इसके प्रकृति के व्यापकता के कारण ऐसा समय शायद कभी नहीं आएगा जब हम सबकुछ जान लें। यह 'जानने की सीमा' ही कई तरह के रहस्यवाद और भाववादी चिंतन का आधार रहा है।

इस बात से शायद ही कोई असहमत हो कि जीवन से लगाव की सार्थकता जीवन को भरपूर जीने में है। ज़िंदगी की लंबाई की अपेक्षा उसकी गहराई

ज्यादा महत्वपूर्ण है। इसे फ़िल्म का नायक आनंद कहता भी है "जिंदगी लंबी नहीं बड़ी होनी चाहिए"। अधिकांशतः जिंदगी को 'भरपूर' जीना चाहते भी हैं, मगर इस 'चाहने' को बहुत से कारक प्रभावित करते हैं। मसलन आर्थिक, पारिवारिक, शारीरिक आदि। व्यक्ति के सुखी जीवन के लिए मूलभूत आवश्यकताओं की पूर्ति अपेक्षित होता है।

मगर एक दूसरा पहलू भी है। कुछ लोग बेवज़ह दुखी रहते हैं। ओशो के शब्दों में कहें तो "दुःख में भी एक अहंकार होता है"। महत्वाकांक्षी होना अच्छी बात है, नित नए उपलब्धि हासिल करने की सोचने में बुराई क्या है? मगर इसके लिए वर्तमान को तिलांजलि देकर;जो है उसकी खुशी न मनाकर, जो नहीं मिल सका है उसके लिए रात-दिन दुःखी रहना भी एक बीमारी है। कहना न होगा कि कर्तव्यहीन भोगवाद एक दूसरी चीज है, जहां व्यक्ति अराजकतावाद में चला जाता है।यह सार्थक नहीं है।

'आनंद' फ़िल्म का नायक आनंद (राजेश खन्ना) 'भरपूर जीवन जीने' का उदाहरण है। वह गंभीर बीमारी (कैंसर) से ग्रस्त है और उसे मालूम है कि तीन माह से अधिक उसकी ज़िंदगी नहीं बची है, फिर भी वह जैसे मौत की हँसी उड़ाता है। मौत आएगी तब आएगी अभी से उसका ग़म क्या! ऐसे व्यक्तित्व विरले होते हैं। अपनी क्षुद्रताओं में घिरे हम सब स्वीकार नहीं पाते कि जिंदगी ऐसी ज़िन्दादिली से जी जा सकती है।

मानवीय करुणा से लबरेज आनंद सबसे प्रेम करता है; सबको अपना बनाना चाहता है, दिलों को जोड़ने का काम करता है। इसका मतलब यह नहीं कि उसे ज़िंदगी से प्रेम नहीं है। वह जीना चाहता है मगर हालात ने उसे अवसर नहीं दिया, इसलिए वह यथार्थ को स्वीकारता है और शेष ज़िंदगी को भरपूर जीता है। प्रथम दृष्टया ऐसा लग सकता है कि यदि उसकी जिंदगी लंबी होती तो क्या वह ऐसा जीता? कहीं यह मृत्यु के भय को छुपाने का उपक्रम तो नहीं है? निश्चित रूप से यदि ऐसा होता तो उसकी ज़िंदगी लंबे समय तक सहज नहीं रह पाती। उसके चरित्र की निर्दोषिता सहज है। ऐसा भी नहीं कि वह मानवीय कमजोरियों और दुःखों

से परे है। फ़िल्म में इसके संकेत है। उसे अपना असफल प्रेम याद आता है।

बहरहाल फ़िल्म, आनंद के जिंदादिली और और उससे जुड़े लोगों के संवेदनशीलता, ख़ासकर डॉ बैनर्जी (अमिताभ बच्चन) के उदात्त चरित्र और सम्वेदना प्रभावित करती है। ज़ाहिर है ऐसी फिल्में निर्देशन, पटकथा, संवाद, अभिनय के समन्वित प्रयास से ही सम्भव होती हैं।

[2021]

15. फ़िल्म आस्था और बाज़ार के द्वन्द्व

मनुष्य के सामाजिक जीवन का चुनाव का एक दीर्घकालीन अनुभव का प्रतिफल रहा है। पशु तक एकाकी जीवन मे असुरक्षित रहते हैं। मनुष्य में बात केवल सुरक्षा तक न रह गई। सामाजिक जीवन के विकास में श्रम विभाजन हुआ। लोग अलग-अलग कार्य करने लगे जिसमे परस्पर पूरकता थी। एक के बगैर दूसरे का गुजारा कठिन था।

'पशुत्व' से 'मनुष्यत्व' की यात्रा में उसने यह भी जाना कि स्त्री-पुरुष का पारस्परिक प्राकृतिक यौनाकर्षण अनिवार्य है जिससे समाज की निरंतरता बनी रहती है। सन्तानोत्पत्ति, प्रेम और साहचर्य के लिए साथी का चुनाव परस्पर सहमति पर आवश्यक है। मनुष्य 'यौन उन्मुक्तता' की मंज़िल को छोड़ आया है, जिसमे इच्छा के बरक्स शारीरिक बल का पाशविक चरित्र ही अधिक प्रभावी रहता है। कहना न होगा यह अराजकतावाद है। अवश्य बाद के सामंती और पूंजीवादी आधुनिक समाज मे भी इसके अवशेष बचे हुए हैं और स्त्री इच्छा के बरक्स पितृसत्ता आज भी अधिकांशतः प्रभावी है।

दाम्पत्य की सफलता एक-दूसरे की अस्मिता के स्वीकारबोध में निहित है। मगर विडम्बना यह है कि जहां जीवन की मूलभूत समस्याएं मुह बाए खड़ी हो वहां व्यक्तिगत चाह बहुत हद तक द्वितीयक हो जाती है। निम्न आर्थिक वर्ग के परिवारों में इसे बहुधा देखा जा सकता है। यदि सदस्यों में कोई 'अराजकतावादी' न हो तो एक अघोषित समझौता सा हो जाता है और सीमित संसाधनों के अनुरूप घर 'चलते' रहता है। अवश्य बच्चे इसके अपवाद हो सकते हैं। और यह कोई 'पराजयवाद' नहीं है अपितु परिस्थितियों से सामंजस्य है।

मगर इंद्रियों की अपनी जैविक सत्ता है, जो इच्छा की पूर्ति चाहती हैं, उसके लिए मनुष्य के सामाजिकता का कोई अस्तित्व नहीं है और बाज़ार उसके इस कमजोरी को जानता है। उसे भुनाता है। उसके औचित्य लिए भ्रांत तर्क गढ़ता है। वह सपने गढ़ता है। कृत्रिम आवश्यकता पैदा करता है। विलासिता को अनिवार्यता के रूप में प्रस्तुत करता है। सहज जीवन शैली को हीन और पिछड़ा हुआ प्रचारित करता है। ज़ाहिर है कोई भी 'जैविक व्यक्तित्व' यदि दृढ़ वैचारिक शक्ति से लैस नहीं हो तो इसके मायाजाल से आसानी से मुक्त नहीं हो सकता।

दूसरी बात व्यवस्था की विडम्बना के कारण आय में भयावह असमानता रहती है। श्रम का उचित मूल्यांकन न होने से कई पेशे महज जीवन निर्वाह भर की आय दे पाते हैं जबकि उनका 'सामाजिक योगदान' कम नहीं होता। इस सब कारणों से समाज मे बहुत से 'विचलन' पैदा होते हैं।

ऊपर संकेत किया गया कि 'यौन नैतिकता' मुख्यतः सामंती जीवन मूल्यों से जुड़ा हुआ है और इस पर पितृसत्ता हावी है, इसलिए व्यवहार में स्त्री और पुरुष के लिए दोहरे मापदंड होते हैं। मगर हम दाम्पत्य जीवन का चुनाव करते हैं तो अनिवार्यतः परस्पर प्रेम और 'यौन ईमानदारी' की अपेक्षा करते हैं। यह मनुष्य के जैव-मनोवैज्ञानिक-सामाजिक आवश्यकता है। यदि कोई भी पक्ष जैविक रूप से 'अक्षम' है तो बात दूसरी है वहाँ ऐसे सम्बन्ध से अलग हो जाने की सहज व्यवस्था होनी चाहिए। यों दाम्पत्य भी कोई अनिवार्य 'बन्धन' नहीं होनी चाहिए यह दोनों पक्ष के समझ और इच्छा पर ही निर्भर हो सकता है।

फ़िल्म 'आस्था' में 'मानसी' एक 'घरेलू' महिला है। पति है और एक छोटी बच्ची है। पति 'अमर' एक कॉलेज में प्राध्यापक है, आय कम है (तब कॉलेज के प्राध्यापकों की आय कम थी)। परस्पर प्रेम है। कमियां हैं, मगर जीवन से कोई बड़ी शिकायत नहीं दिखाई पड़ती। या शिकायतें कहीं अवचेतन में दबी तो नही है? घर दूसरे का है, टेलीफोन नहीं है, बच्ची का महंगे स्कूल में एडमिशन करा दिया गया है मगर उचित व्यवस्था नहीं हो पा रही है। उसके जूते फट गए हैं मगर स्कूल के अनुरूप जूतों के लिए पर्याप्त पैसे

नहीं हैं। बच्ची तो अभी अबोध है उसे क्या! इस अभाव से पति-पत्नी अवगत हैं, अमर के व्यक्तित्व में कहीं हीनताबोध नहीं है, वह कम सुविधाओं में भी सहजता से जी सकता है, जीता है। उसके अंदर कहीं दबी आकांक्षा नहीं है जो उसके व्यक्तित्व को तोड़ सके। वह बाजार के मायाजाल को समझता है और उससे टकरा भी सकता है। वह एक लोकतांत्रिक व्यक्तित्व है, उसके चरित्र में कहीं स्त्री-पुरूष के लिए दोहरे मापदंड नहीं है।

कह सकते हैं मानसी का व्यक्तित्व अमर जितना दृढ़ नहीं है, मगर वह किसी भी धारा में बह जाने वाली भी स्त्री नहीं है। वह परिस्थितों से सामंजस्य बनाती है और सीमित संसाधन में बेहतर व्यवस्था का प्रयास करती है। मगर ये कमियां उसके अवचेतन को कहीं प्रभावित करती हैं, अवश्य उसका चेतन मन इतना प्रभावी है कि वे उभर नहीं पातीं।

मगर मनुष्य का सामाजिक जीवन बाज़ार से घिरा हुआ है जिसमे उसके अभावों को हीनताबोध में बदलने की जबरदस्त ताकत है। वह मनुष्य की जैविकी के अनुरूप अपने अस्त्र तैयार करता है और सहजता और अराजकता के भेद को मिटाने का प्रयास करता है। मानसी अपने बेटी के लिए ब्रांडेड जूते नहीं खरीद पा रही है। वह अंदर से कहीं असहज है। रीना इसे भाँप लेती है। वह जूते दिला देती है। मानसी का अवचेतन (जो पहले से असंतुष्ट है) उसके इस तत्कालीन अहसान में बहती चली जाती है, जिसकी परिणीति अंततः ज़िस्म बाज़ार होती है।

यही कारण है कि वह जब पहली बार 'पर पुरुष' से शारिरिक सम्बन्ध बनाती है तो प्रारम्भिक असहजता के बाद उसके अंदर यौन संतुष्टि का भाव दिखाई देता है। ज़ाहिर है शरीर (इंद्रियों) का अपना जैविक गणित है, जहां कोई 'पराया' नहीं होता। मानसी को इस 'काम' से पैसे भी मिलते हैं, बच्ची के साथ उसकी अपनी 'जरूरतें' भी पूरी होती हैं, मगर उसके अंदर का द्वंद्व पूरी तरह खत्म नहीं होता और एक समय के बाद उसे यह अहसास होने लगता है कि यह 'राह' भी कोई 'हल' नहीं है न ही शारीरिकता ही जीवन का सबकुछ है। बाज़ार की मृगतृष्णा लुभाती तो है मगर वहां प्रेम नहीं है, केवल शरीर है, उत्पाद हैं। वह एक तरफ आपकी 'जरूरतें' पूरी करता है

और दूसरी तरफ नयी 'जरूरतें' पैदा करता है और इस सिलसिला का कोई अंत नहीं।

मगर मानसी बाज़ार में ख़त्म नहीं हो जाती, वह बह जाती है मगर उसके अंदर परिवार को खुश रखने की चाह है। वह अमर से कभी असंतुष्ट नहीं रही, इसलिए उसके प्रति प्रेम में कभी कमी भी नहीं आती। वह अमर को ख़ुश देखने के लिए उसके लिए हीरे की अंगूठी भी खरीदती है। दरअसल मानसी के अवचेतन में जो कमी है वह आर्थिक है, जिसकी कोई अंतिम सीमा नहीं है और उसके शारीरिक 'संतुष्टि' को अधिक से अधिक नयेपन का अहसास कहा जा सकता है।

अमर दृढ़ चरित्र का लोकतांत्रिक व्यक्ति है, वह बाज़ार के मायाजाल को समझता है तो पितृसत्ता के सामंती मूल्य को भी इसलिए वह स्त्री पुरूष के दोहरे मापदंड नहीं रखता और मानसी के 'विचलन' को मानवीय 'चूक' के ही रूप में लेता है। वह जानता है कि वह चाहती तो उससे अलग भी हो सकती थी, आत्महत्या कर सकती थी, मगर उसने ऐसा नहीं किया और वापस लौटी। अमर एक सामान्य इंसान है, उसके पास ज्यादा कुछ नहीं मगर प्रतिरोध का सौंदर्य है, जिससे वह बाजार के मायाजाल से लड़ सकता है। मानसी के पास सुंदर शरीर तो है मगर प्रतिरोध का सौंदर्य नहीं है इसलिए एक हद तक वह बाजार के मायाजाल में फँस जाती है।

क्या इस फ़िल्म का भिन्न 'स्त्री पाठ' हो सकता है? यानी यहां 'विचलन' स्त्री में ही क्यों है? घर मे कमी स्त्री ही क्यों महसूस करती है? प्रतिरोध का सौंदर्य स्त्री में क्यों नहीं? ज़ाहिर है 'विचलन' पुरूष में भी होते है और दृढ़ता स्त्री में भी। इस पर भी फ़िल्मे बनती रही हैं। यहां फिल्मकार ने स्त्री को ध्यान में रखा है तो इसका एक कारण यह भी हो सकता है कि बच्ची के अभाव को सामान्यतः माँ अधिक देख पाती है और बाज़ार भी उसके शरीर को एक 'वस्तु' के रूप में प्रस्तुत करता है, इसलिए द्वंद्व का चित्रण के लिए स्त्री पक्ष अधिक अवसर देता है।

[2021]

16. दो आँखें बारह हाथ : वी. शांताराम (1957)

मनुष्य का जीवन पशुओं से इस माने भी भिन्न है कि वह पूर्णतः इन्द्रिय बोध से संचालित नहीं है। अपने विवेक से उसने बेहतर सामाजिक व्यवस्था का प्रयास किया है। अवश्य यह पूर्णतः समतावादी भले न हो पाया हो मगर पशुता से काफी आगे बढ़ा हुआ है। फिर भी वह विभिन्न कारणों से अपने अंदर के 'पशुत्व' को छोड़ नहीं पाया है, इसके कई जैव-सामाजिक-आर्थिक-मनोवैज्ञानिक कारण हो सकते हैं।इससे 'समाज' मे विचलन आता है। हत्या, बलात्कार, लूट आदि विचलनों के कुछ उदाहरण हैं।मगर यहां यह भी ध्यान रखना आवश्यक है कि वर्ग विभाजित समाज मे 'प्रभुवर्ग' अपने हितों की रक्षा के लिए 'विचलन' की परिभाषा अपने हिसाब से गढ़ता भी है।

बहरहाल कुछ अत्याचार और 'अमानवीय हिंसा' इतने स्पष्ट होते हैं कि उसको 'जस्टिफाई' नहीं किया जा सकता। भावावेश या क्रूरता में उठाये गए ये कदम बहुत बार ख़ुद 'अपराधी' को ग्लानि से भर देते हैं, और वे महसूस करते हैं कि उनसे गलती हुई है। देखा यह भी गया है कि जेलों में बंद अधिकांश कैदी सामान्य जीवन जी सकते हैं और उनमें से कई तो ऐसे होते हैं जिनके पक्ष की पैरवी ठीक से नहीं हो सकी थी।

बावजूद इसके अपराध होते हैं, होशो-हवास से होते है और गंभीर भी होते हैं जो मानवता को तार-तार कर देते हैं। इसे रोकने के मुख्यतः दो उपाय सभ्यता के विकास के साथ ही प्रचलित रहे हैं पहला दंड और दूसरा सुधार। गम्भीर अपराधों में कठोर दंड मसलन फाँसी दिया जाता रहा है। कम गम्भीर अपराधों में हल्का दंड मसलन कैद, जो कम या अधिक अवधि का

होता है, दिया जाता रहा है। 'कैद' की अवधारणा ही यही है कि व्यक्ति में सुधार हो सकता है, इसलिए जेल को 'सुधार गृह ' भी कहा जाता है।

जैसा कि हमने कहा अधिकांश 'अपराध' भावावेश या उत्तेजना में होते हैं, जिन्हें व्यक्ति सामान्य परिस्थितियों में नहीं करता, इसलिए सभ्यता के विकास के साथ ही व्यक्ति के 'हृदय परिवर्तन' कर उसे हिंसात्मक और आपराधिक वृत्ति से हटाकर अहिंसात्मक मार्ग पर लाकर सामान्य जीवन जीने के लिए प्रेरित करने के प्रयास किए जाते रहे हैं और बुद्ध से लेकर गांधी तक दर्शन के कई रूप पैदा हुए हैं।

बुद्ध को उस व्यक्ति पर भी गुस्सा नही आया जिसने उनके ऊपर थूंक दिया था और गांधी जी कहा करते थे 'घृणा अपराध से करो अपराधी से नही'। दरअसल अहिंसा के जितने भी रूप हों, वह मानकर चलता है कि व्यक्ति में सुधार किया जा सकता है। मनुष्य कमजोरियों का पुतला है इसलिए वह गलतियां करता है मगर अंततः वह सम्वेदना रहित नहीं होता, उसकी सम्वेदना विभिन्न कारणों से दब भले गई हो मगर खत्म नहीं हो जाती; उसे उभारा जा सकता है, जगाया जा सकता है और व्यक्ति एक नया जीवन जी सकता है जो प्रेम और करुणा से लबरेज होगा। मगर यह रास्ता उतना आसान नहीं होता जितना दिखाई पड़ता है, इसके लिए सशक्त 'आत्मबल' की आवश्यकता होती है, और दूसरों को प्रेरित करने वाले व्यक्ति को स्वयं अपने जीवन का उदाहरण प्रस्तुत करना पड़ता है; और इतिहास ऐसे उदाहरणों से खाली नहीं है।

फ़िल्म 'दो आँखे बारह हाथ' का नायक भी जो एक जेल अधिकारी है इस अहिंसा के सिद्धान्त को मानता है। उसे प्रेम में दृढ़ आस्था है और महसूस करता है कि व्यक्ति निश्छल हो, सच्चा हो तो उसकी आँखों मे सच्चाई की ताकत होती है, जिसका सामना झूँठ और फ़रेब से नहीं किया जा सकता। उन आँखों के आगे तमाम चालाकियाँ परास्त हो जाती हैं। एक सच्चा व्यक्ति ही उन आँखों से आँखे मिला सकता है।

वह अपने इस दृढ़ विश्वास के कारण जेल से छः 'खूंखार' कैदियों को सुधारने के लिए, एक नए जीवन का अवसर देने के लिए शासन से विशेष अनुमति लेकर एक उजड़े फार्म हाउस को इनकी मेहनत से गुलज़ार करने के लिए ले जाता है। वहां कोई पहरा नहीं, कोई कैद नहीं, कोई हथकड़ी नहीं, जो कुछ भी है जेलर का उन पर विश्वास है और उसका प्रेम।कैदी चाहे तो आसानी से भाग सकते हैं, भागने की कोशिश भी करते हैं, मगर लौट आते हैं, उन्हें ऐसा लगता है जैसे दो आँखे उनका पीछा करती हैं, उन पर नज़र रखती हैं। यह बंधन उनके 'आत्म' का ही है, जो जेलर के प्रेम से पैदा हुआ है; जेलर को धोखा देना यानि ख़ुद को धोखा देना हो जाता है, जो कोई भी आसानी से नहीं कर सकता।

कैदी सुधरते जाते हैं और फार्म हाउस उनके मेहनत से गुलजार हो जाता है। हालांकि कई जगह फ़िल्म में नाटकीयता आती है, जिससे 'परिवर्तन' यांत्रिक नहीं लगता। इस क्रम में उनके द्वारा जेलर की हत्या कर भागने की योजना बनती है, भेदभाव का आरोप लगाते हैं, बाजार से शराब पी कर आते हैं मगर अंततः पश्चाताप करते हैं। वे सुधार की 'अंतिम मंज़िल' तब पार कर जाते हैं जब बाज़ार में मार खा कर भी प्रतिहिंसा नहीं करते और अधमरे हो जाते हैं।

जेलर अपनी 'साधना' में सफल हो जाता है और उन अधमरे कैदियों की जान बचाने 'सांड' भीड़ जाता है जिससे उसकी मृत्यु हो जाती है। ज़ाहिर है यह क्लाइमैक्स 'प्रभाव' को चरम पर ले जाता है और सहृदय दर्शक इससे प्रभावित हुए बिना नहीं रह जाता।

इस तरह यह फ़िल्म इस मान्यता को कि इंसान को बदला जा सकता है, बहुत प्रभावी ढंग से प्रस्ततु करती है। इस 'दर्शन' की अपनी अपनी सीमा है और हमारी समझ मे कई बार आततायी का सक्रिय प्रतिरोध भी आवश्यक है मगर फिर भी समाज को, जीवन को सुंदर बनाने के लिए अहिंसा का रास्ता बहुत दूर तक प्रभावी है।

[2021]

17. आवारा : राजकपूर (1951)

सामंती जीवन मूल्य और पितृसत्ता में घनिष्ठ सम्बन्ध है। समाज मे जिस अनुपात में सामंती जीवन मूल्य रहेंगे उसी अनुपात में पितृसत्ता भी। पुरूष केंद्रित इस व्यवस्था में स्त्री को द्वितीयक समझा जाता रहा है, उसके साथ बराबरी का व्यवहार नहीं किया जाता। वहां स्त्रियों से तो 'पति अनुकूल' आचरण की अपेक्षा की जाती है, मगर पुरुषों से 'पत्नी अनुकूल' आचरण पर जोर नहीं दिया जाता। इस 'मूल्य' में स्त्री देह के प्रति विचित्र ढंग से 'रहस्यमयता' का आरोपण किया जाता है और उसे अपनी 'प्रतिष्ठा' के 'साधन' के रूप में देखा जाता है। ज़ाहिर है इस रूप में स्त्री जैविक इकाई न रहकर एक 'वस्तु' का रूप ले लेती है, भले ही वह 'मूल्यवान वस्तु' हो। स्त्री को उसकी जैविकता से काटकर देखने का एक दुष्परिणाम यह भी होता रहा कि उसकी यौनिकता को भी सहज नहीं लिया जाता रहा और उसके साथ 'पवित्रता/अपवित्रता/शुचिता/अशुचिता' जैसे भ्रान्त अवधारणाएँ जुड़ती रहीं। इस तरह स्त्री को अपने अहं का प्रतीक बना लेने से उसके साथ अमानवीय व्यवहार और अन्याय किया जाता रहा। किसी 'पर पुरुष' द्वारा बलात अपहरण/बालात्कार कर लिए जाने से उसका समाजिक बहिष्कार किया जाता रहा, जिसमे उसका कोई दोष नहीं था।

फ़िल्म 'आवारा ' के जज 'रघुनाथ' समाज से विद्रोह करके एक 'विधवा' से शादी करते हैं मगर पत्नी के एक डाकू द्वारा अपहरण कर लेने के बाद वापिस आने पर उसे घर मे नहीं रख पाते। 'लोकोपवाद' का भय उन पर इस कदर हावी है कि उनकी प्रारम्भिक 'प्रगतिशीलता' हवा हो जाती है और अपनी गर्भवती पत्नी को घर से निकाल देते हैं। आगे उनके चरित्र के 'विकास' को देखकर आश्चर्य भी होता है कि कभी उन्होंने विद्रोह करके एक 'विधवा' से शादी किया था, क्योंकि उनके अंदर सामंती नैतिकतावाद और अभिजनवाद कूट-कूट कर भरा है। फ़िल्म के अंत मे उनके 'हृदय

परिवर्तन' और 'पितृत्व' के जागृत होने को फिल्मकार के आशावादी सन्देश के रूप में ही देखा जाना चाहिए।

'राज' के माध्यम से फूटपाथ में बशर करने वाले जिंदगियों की विडम्बना का मार्मिक चित्रण है। सुविधाविहीन, अस्वस्थकर, तिरिस्कृत परिवेश व्यापक विचलन पैदा करते हैं। ज़ाहिर है जहां रहने और खाने के लाले हों बच्चे 'अपराध ' की तरफ उन्मुख होते हैं और युवावस्था तक आते-आते 'आवारा' हो जाते हैं। इन परिस्थितियों के लिए बहुत हद तक असमानतावादी समाजिक व्यवस्था जिम्मेदार है। नागरिकों के लिए न्यूनतम आवास, शिक्षा, सम्मानपूर्वक जीवन की गारंटी सरकारों की होनी चाहिए। पचास के दशक में यह समस्या थी, बहुत हद तक आज भी है।

'राज' का विचलन उसके मानवीयता को खत्म नहीं कर देता। अनुकूल अपरिस्थितियों में वह बेहरत जीवन जीने का आकांक्षी हो जाता है। तिरिस्कृत जीवन मे 'रीता' का प्रेम उसे नयी जिंदगी की तरफ खींचता है।

फ़िल्म में नाटकीय परिस्थितियां आती हैं। राज की माँ का निधन हो जाता है। जज साहब को अपनी गलतियों का अहसास होता है और फ़िल्म का एक तरह से सुखद अंत होता है। फ़िल्म की कहानी अपने लिए नयी भले रही हो बाद के दौर में इस तरह की कहानियों का काफी दोहराव हुआ। बचपन मे नायक-नायिका का प्रेम, नायक का गरीबी में उपेक्षित जीवन मगर खुद्दार, इस तरह की फार्मूलाबद्ध फिल्में बनने लगीं, जिनमे समस्या का कोई वस्तुगत निराकरण न होकर केवल 'लम्पट सर्वहारा' वाला दृष्टिकोण अधिक दिखाई देता है।

बहरहाल यह फ़िल्म राजकपूर-नरगिस के रोमांस और अदाकारी, पृथ्वीराज कपूर की अदाकारी तथा गीत-संगीत के लिए जाना जाता रहा है।

[2021]

18. अर्थ : महेश भट्ट (1982)

जीवन का अर्थ या उसकी सार्थकता का प्रश्न जीवन के सम्मान में निहित है। एक-दूसरे की स्वतंत्रता, अस्मिता, निजता का सम्मान किए बगैर एक समतावादी समाज की कल्पना नहीं की जा सकती। सम्बन्धों की सार्थकता उसमे निहित प्रेम में है और यदि ये सम्बन्ध स्त्री-पुरुष के बीच हो तो जटिलता और बढ़ जाती है। आधुनिक समाजो में सम्बन्धों में लोकतंत्रात्मकता का विकास हुआ है मगर पूरी तरह नहीं।

समाज की निरंतरता के लिए स्त्री-पुरुष का यौन साहचर्य अनिवार्य और प्राकृतिक है। मगर यह सम्बन्ध केवल जैविक नहीं होता इसके विविध सामाजिक और मनोवैज्ञानिक आयाम हैं, इसलिए यदि यह सम्बन्ध समतावादी न हो तो "ताल्लुक़ बोझ" हो सकता है। किसी समुदाय का स्तर यदि सामंती जीवन मूल्य से आगे न बढ़ा हो तो बहुधा स्त्री पितृसत्ता को स्वाभाविक मान लेती है और द्वंद्व उभर नहीं पातें। ज़ाहिर है द्वंद्व का यह शमन अस्वाभाविक है।

आधुनिक पूंजीवादी समाजों में स्त्री एक हद तक अपनी अस्मिता के प्रति जागरूक हुई है,तदनरुप वह नौकरीपेशा-व्यवसायी होकर आत्मनिर्भर भी हुई है और कई एकल जीवन भी व्यतीत कर रही हैं। यानी उनके पास चुनाव की स्वतंत्रता है।

बावजूद इसके दाम्पत्य, सन्तान की चाह मनुष्य की सहजवृत्ति है। मगर दाम्पत्य समानता पर आधारित होना चाहिए, चालाकियाँ इसमे ज़हर भर देती हैं।

फ़िल्म 'अर्थ' में 'पूजा' (शबाना आज़मी) और 'इंदर'(कुलभूषण खरबंदा) का वैवाहिक जीवन अभाव के बावजूद 'सुखमय' है। कम से कम पूजा की तरफ से तो स्पष्ट है, भौतिक सुविधाओं की चाह के बाबजूद उसकी कमी पर इंदर से उसे कोई शिकायत नहीं है। यों प्रकटतः इंदर को भी पूजा से कोई शिकायत नहीं है, मगर उसका चरित्र ढुलमुल है। साथ काम करते-करते उसे 'कविता' (स्मिता पाटिल) से 'स्वाभाविक प्रेम' हो जाता है और इस 'स्वाभाविक प्रेम' की परिणति पूजा से अलग रहने और अंततः तलाक देने में होती है। यों इंदर को भी पूजा से कोई शिकायत नहीं है। वह कविता के 'स्वाभाविक प्रेम' के कारण उससे दूर होता जाता है। एक हद तक दोनो के साथ भी रहने की कोशिश करता है मगर कविता की बीमार हालत के कारण उसे पूजा से अलग होना पड़ता है।

फ़िल्म में कविता का चरित्र खुल नहीं पाया है। वह प्रसिद्ध अभिनेत्री है। इंदर से प्रेम करने लगती है, उसकी मदद करती है, यह जानते हुए भी कि वह विवाहित है। शुरू में वह इंदर के 'आधा' समय से संतुष्ट है, मगर धीरे-धीरे वह वह उसे 'पूरा' चाहने लगती है और इंदर पर पूजा से अलग होने का दबाव डालती है। दरअसल वह एक मानसिक रोग से ग्रस्त है जिसके कारण उसमे तीव्र असुरक्षाबोध है। बार-बार इसका 'अटैक' भी आता है। इसलिए उसका चरित्र अस्थिर है। पूजा के प्रति इसके मन में एक काल्पनिक भय है, जो उसके स्वयं मानसिक जनित है, इसलिए पूजा से मिलकर भी उसका 'भय' बरकरार रहता है। मगर इन सब के बीच उसका एक 'जाग्रत मन' भी है, जिसमे कहीं 'अपराध बोध' भी है, जिसे वह पहले स्वीकार नहीं रही थी। आखिर में इस द्वंद्व में उसे इस बात का अहसास होता है कि कुछ गलत हो रहा है। वह इंदर से कहती है कि "तुम मेरे लिए पूजा को छोड़ सकते हो किसी और के लिए मुझे भी छोड़ सकते हो।" इंदर ठगा सा रह जाता है।

कल्पना की जा सकती है कि इंदर और कविता का 'प्रेम' किन परिस्थितिओं में हुआ होगा। साथ काम करते, मिलते जुलते स्त्री-पुरूष का परस्पर आकर्षण अस्वाभाविक नहीं है। मगर व्यक्ति अपने लिए यदि 'सामाजिक' जीवन का चुनाव करता है तो उससे सम्बंधित कुछ जिम्मेदारियां अवश्य

होती हैं, उसको नज़रअंदाज़ करना 'उच्छृंखलता' है। यानी ग़लत यह है कि इंदर के सामने पूजा का पक्ष सिरे से गायब है, मानो उसकी सहमति-असहमति की कोई जरूरत ही नहीं।

पूजा का चरित्र विकासमान है। वह पहले इंदर के 'बेवफाई' से आहत होती है, उसे पाना चाहती है, जो उसका स्वाभाविक मानवीय रूप है, मगर धीरे-धीरे उसे अपनी अस्मिता का बोध होता है। उसे अहसास होने लगता है कि मेरी अपनी भी तो कोई राह , कोई मंज़िल हो सकती है जिसके लिए किसी और (पुरुष) की आवश्यकता नहीं है। यानी सम्मान बराबरी का न हो तो अपनी राह बेहतर है।

हालांकि पूजा स्त्री अस्मिता के प्रति जागरूक होती है, मगर वह पितृसत्ता के 'मूल्यों' से पूरी तरह मुक्त नहीं है। कविता को 'रंडी' कहना इसी मूल्य जनित शब्द है जिससे कम से कम प्रारम्भ में वह मुक्त नहीं है। पूरी फ़िल्म में पूजा, कविता, नौकरानी इस मूल्य से ग्रस्त हैं। कविता की तो जैसे अपनी कोई अस्मिता ही नहीं है, उसके लिए इंदर के अलावा बाकी दुनिया मानो शून्य है। इंदर का स्वीकार और अस्वीकार उसके लिए महज मानसिक विक्षेप का मामला दिखाई पड़ता है। केवल पूजा को आखिरी में इससे मुक्त होता दिखाया गया है, इसलिए जब इंदर आखिरी में 'लौटकर' आता है तो वह उसे ठुकरा देती है। यहां तक कि 'राज' के प्रेम निवेदन को स्वीकार नहीं करती जो पितृसत्तात्मक मूल्यों से मुक्त दिखाई देता है।

इंदर का चरित्र ढुलमुल तो है मगर उसमे क्रूरता नहीं है। वह पूजा से अलग रहकर भी उसकी भलाई चाहता है। एक हद तक वह परिस्थितियों का 'मारा' जान पड़ता है। बहुत से काम वह कविता की जान बचाने करता दिखाई पड़ता है, मगर यह परिस्थियां उसने स्वयं निर्मित की है।फ़िल्म में संकेत नहीं मगर ऐसा निष्कर्ष निकाला जा सकता है कि वह सुविधाओं की चाह में कविता के सामने अपनी स्थिति को स्पष्ट नहीं कर पाया होगा और बहता चला गया होगा । अंततः उसे कहीं किनारा नहीं मिलता।

मनुष्य के सारे कार्य-व्यापार और सम्बन्ध किसी पूर्व निर्धारित सांचे में ढले नहीं होते। फिर स्त्री-पुरुष का परस्पर सहमति का यौन साहचर्य कोई 'अनैतिक' कार्य नहीं है मगर मूल्यों की केवल अपने 'अनुकूल' व्याख्या स्वीकार नहीं की जा सकती। अपने दायित्वबोध से कटा केवल इन्द्रियबोध से संचालित जीवन पशुओं में हो सकता है और मनुष्य पशुता की मंज़िल से आगे बढ़ चुका है।

[2021]

19. जख्म : महेश भट्ट (1998)

साम्प्रदायिकता अनिवार्यत: नस्लीय शुद्धता के सिद्धान्त से जुड़ी होती है। वह मानकर चलती है कि दो धर्म अनिवार्यतः भिन्न होते हैं और उनके अनुयायियों का मिलन अस्वाभाविक, असामाजिक और अंततः कुकृत्य है। यह धार्मिक भिन्नता धीरे-धीरे इस 'विचारधारा' से ग्रस्त लोगों के ज़ेहन में नस्लीय भिन्नता का रूप ले लेती है, और फिर उससे आगे बढ़कर भिन्न धर्म/मज़हब/नस्ल के प्रति घृणा में परिवर्तित हो जाती है।

लेकिन धार्मिकता और 'साम्प्रदायिकता' दो भिन्न अवधारणाएँ हैं, इसलिए किसी सम्पूर्ण धार्मिक समूह पर सांप्रदायिकता का आरोप अनुचित है। किसी एक धार्मिक समूह में कई साम्प्रदायिक समूह हो सकते हैं या परिस्थिति वश पैदा होते रहते हैं। साम्प्रदायिकता के लिए ऐसी परीस्थितियाँ अन्य कारणों के अलावा राजनीतिक लाभ-हानि के गणित के हिसाब से कुछ राजनीतिक सत्ताओं/संगठनों द्वारा भी पैदा की जाती हैं। ज़ाहिर है ऐसी सत्ताएं किसी 'उपयुक्त मौके' की तलाश में रहती हैं।

फ़िल्म 'ज़ख्म' में यह परिस्थिति मुंबई दंगे (1992-93) के कारण पैदा हुई है, मगर फ़िल्म का 'उद्देश्य' दंगे की भयावहता का चित्रण करना नहीं है, वह केवल पृष्टभूमि है। फ़िल्म धार्मिक भिन्नता जनित भेदभाव के जड़ मूल्यों और मानवीय संवेदना के द्वंद्व को दिखाती जान पड़ती है।

फ़िल्म के नायक 'अजय' (अजय देवगन) की माँ (पूजा भट्ट) मुस्लिम है, वह एक हिन्दू पुरुष रमन देसाई (नागार्जुन) से प्रेम विवाह किया है मगर रमन की माँ रूढ़िवादी महिला है और इस सम्बंध को स्वीकार नहीं करती। सम्बन्ध स्वीकार तो दूर उसके मन मे दूसरे मज़हब की स्त्री के प्रति घृणा है। घृणा इस कदर की बेटे के ज़िद करने पर आत्महत्या का प्रयास करती

है। 'मजबूर' बेटा अंततः माँ के कहे अनुसार दूसरी स्त्री से विवाह कर लेता है।

अजय और उसकी माँ के पास भौतिक संसाधनों की कमी नहीं मगर वे सामाजिक उपेक्षा के शिकार हैं। दुनिया की नज़र में उसकी माँ 'रखैल' है। ज़ाहिर है पितृसत्ता से ग्रस्त इस समाज मे उन्हें कदम-कदम पर अपमानित होना पड़ता है। इस बीच उसके एक और भाई का जन्म होता है और उसके पिता अंततः अपनी माँ को लताड़ कर जब उसे देखने आते रहते हैं तो उनका एक्सीडेंट में निधन हो जाता है।

फ़िल्म में यह नाटकीय परिवर्तन कथा के विकास के लिए आवश्यक था। अजय और उसकी माँ उसके छोटे भाई 'आनंद' से माँ की मुस्लिम पहचान छुपाये रखते हैं और पूरा परिवार हिन्दू परिवार की तरह जीवन-यापन करता है।

समय अंतराल में अजय संगीतकार हो जाता है, वह विवाहित है। उसका छोटा भाई आनंद एक साम्प्रदायिक संगठन का सदस्य हो जाता है। इसी बीच मुंबई दंगे की शुरुआत होती है उनकी माँ की हत्या विपरीत धर्म के सिरफिरे द्वारा कर दी जाती है। मगर यह सिरफिरा धर्मिक आस्था में पूरे 'होशो-हवास' में है! मानो विपरीत धर्म के व्यक्ति की हत्या उसका स्वाभाविक कर्तव्य है! फ़िल्मकार ने इस छोटे से पात्र से बड़ी बात कही है।

आनंद अपनी माँ की हत्या का बदला उस हत्यारे की हत्या कर लेना चाहता है। अजय उसे दृढ़ता से रोकता है और सम्बंधित को पुलिस के हवाले करता है। घटना में नाटकीयता आती है। अजय जब आनंद को बताता है, जिसे तू गन्दा ख़ून कहकर नफ़रत करता है तेरी-मेरी रगों में वही ख़ून है। आनन्द अवाक रह जाता है। पहले इंकार करता है, फिर बात समझ मे आती है।

अजय की माँ एक मुस्लिम स्त्री है; उसने अजय से इच्छा व्यक्त की थी कि मौत के बाद के बाद उसे उसी रीति से दफ़्न किया जाय। ऐसा ही किया

जाता है। अवश्य साम्प्रदायिक संगठन कुछ बाधा पैदा करते हैं मगर फ़िल्म का एक तरह से सुखद अंत दिखाया जाता है।

फ़िल्म में अजय का चरित्र उदात्त है। वह धर्म को मानवीयता पर तरजीह नहीं देता। बचपन से उसे समाज से उपेक्षा मिली है मगर इससे उसका चरित्र दृढ़ ही हुआ।

जैसा कि हमने ऊपर कहा इस फ़िल्म की 'मुख्य समस्या' समाज मे धार्मिक रूढ़िवाद जो कहीं-कहीं नफ़रत की हद तक चली जाती है, और उससे जनित सामाजिक समस्या को दिखाना है। यह समस्या पहले थी, आज भी है; साम्प्रदायिक ताकतें इसका लाभ पहले भी उठाती थीं, आज उससे कहीं अधिक उठाती हैं। मगर इनके सामने अजय जैसा चरित्र एक चुनौती था, है और रहेगा।

[2021]

20. बाज़ार : सागर सरहदी (1982)

सामंती जीवन मूल्यों में स्त्री की स्थिति अजीब रहती रही। एक तरफ जहां उसकी स्वतंत्र अस्मिता को स्वीकार ही नहीं किया जाता रहा, उसकी वैवाहिक इच्छाओं-अनिच्छाओं का सम्मान नहीं किया जाता रहा वहीं दूसरी तरफ उसे 'इज़्ज़त' का सवाल भी बनाया जाता रहा। यह विडम्बना दरअसल उसके 'वस्तुकरण' और आदिम पाशविक जीवन के यौनिक एकाधिकारवादी प्रवृत्ति की अवशेष जान पड़ती है। समाजिक विकासक्रम में इसे समतावादी प्रवृत्ति की ओर बढ़ना था लेकिन सामंती सामाजिक मूल्यों में अपने ऐतिहासिक कारणों से ऐसा न हो सका। आधुनिक समाजों में भी इसके अवशेष बाक़ी हैं, और पूंजीवादी-जनतांत्रिक सामाजिक मूल्यों में अवश्य एक हद तक स्त्री अस्मिता रेखांकित हुई है मगर साथ ही उपभोक्ता वादी बाज़ार ने नए ढंग से उसका 'वस्तुकरण' भी किया है।

ये सामंती अवशेष देशकाल अनुरूप लगभग सभी क्षेत्रों, समाजों और धर्मों में रहे हैं। सामंती समाज के विघटन के साथ ही कई राजाओं-नवाबों और अभिजात वर्गों की स्थिति कमजोर हुई। कई 'प्रतिष्ठित घरानों' के लिए अपने पूर्व 'स्टेटस' बरकरार रखना सम्भव न रहा। कई तो मजदूर वर्ग की स्थिति में आ गयें। यशपाल की कहानी 'परदा' और शानी के उपन्यास 'काला जल' में मुस्लिम समाज के परिवार की ऐसी ही विडम्बना का चित्रण हैं।

फ़िल्म 'बाजार' में जिस मुस्लिम परिवेश और परिवार (जो हैदराबाद का है) का चित्रण है वहां भी 'नज़मा' (स्मिता पाटिल) का परिवार अपना 'वैभव' खो चुका नवाबी परिवार है, मगर उसकी 'ठसक' कम से कम पुरुषों में बाक़ी है। उसकी माँ के व्यक्तव्य से यह स्पष्ट है कि उस परिवार में जो स्वयं नौकर रखते थे, नौकरी करना तौहीन समझा जाता है। अकर्मण्यता इस हद तक की उसकी माँ उसे नौकरी की अपेक्षा 'ज़िस्म फ़रोशी' की 'आसान'

राह अपनाने को कहती है। नज़मा के प्रश्न करने पर कि क्या इससे इज़्ज़त नहीं जाती, वह गोपनीयता का हवाला देती है।

नज़मा को यह स्थिति स्वीकार्य नहीं, वह अख़्तर की सहानुभूति तथा शादी करने के आश्वासन से घर छोड़ उसके साथ चली जाती है, मगर घर में पैसे भेजते रहती है। अख़्तर कहने को तो अमीर घर से है मगर वास्तव में उसके चरित्र में अवसरवाद है। वह नज़मा से शादी न कर पाने का केवल बहाने बनाता है। वह शाक़िर अली के पैसों से मुफ़्तख़ोरी में जी रहा है, इसलिए उसके हर नाजायज़ शर्त को मानता है और नज़मा पर मानने के लिए दबाव डालता है।

एक चरित्र सलीम (नसीरूद्दीन शाह) का है, जो लेखक है, वह समाज और बाज़ार के इस पाखंड को समझता है, मगर वह 'शक्तिहीन' है। बाज़ार के मूल्यों में सम्वेदना और खुद्दारी का स्थान नहीं होता इसलिए सलीम की 'समझ' की यहां कोई कीमत नहीं। वह कभी नज़मा का जीवनसाथी बनना चाहता था, मगर उसके घरवालों को यह 'नकारा' सम्बन्ध स्वीकार्य नहीं हुआ। नज़मा संवेदनशील है, सलीम की इज़्ज़त करती है मगर तब वह 'सामाजिक मूल्यों' के आगे उंसके महत्व को समझ नहीं सकी, अवश्य उससे दोस्ताना सम्बन्ध बरकरार है।

धनाढ्य शाक़िर अली साहब बाजार की शक्ति के प्रतीक हैं। वे पैसे के दम पर और उसके अहसान से सबकुछ खरीद सकते हैं, ख़रीदते हैं, और समाज में 'इज़्ज़त' से रहते हैं। उनकी सम्पन्नता के आगे सारे नैतिक मूल्य नतमस्तक हैं, इसलिए उनकी बुराई कोई बुराई नहीं है। वे अंततः मासूम शबनम को ख़रीद लेते हैं, जिससे सज्जू और शबनम के कोमल प्रेम का त्रासद अंत होता है। कहने को अवश्य इस खरीदी-बिक्री को विवाह का रूप दिया जाता है।

इस फ़िल्म का परिवेश जैसा कि हमने कहा विघटित नवाबी परिवार का है और उनमें से अधिकांश मजदूर की श्रेणी में आ गए हैं। गरीबी और तंगहाली में कन्याओं के लिए वर नहीं मिलता। लोग शादी करने में सक्षम

भी नहीं हैं। लड़कियों को एक तरह से बेचने की लिए बोली लगती है। ऐसा लगता है कि सारा पुरूष वर्ग अकर्मण्य हो चुका है और अपनी अकर्मण्यता को बेबसी का नाम देता है। अवश्य सज्जू जैसे श्रमशील अपवाद हैं, मगर उनको भी महत्व नहीं दिया जाता।

स्त्रियां 'नियति की मारी' मुर्दा रस्मो को ढो रही हैं। किसी के दिल मे कहीं कोई चिंगारी कहीं आग नहीं। शादी हो जाना ही जैसे उनके जीवन की सार्थकता है। ज़ाहिर है यह परिवेश के सामाजिक मूल्यों के संस्कार हैं जिनसे वे ग्रस्त हैं, उस पर अतिरिक्त संवेदनशीलता परिवार की 'मर्यादा' के लिए उनका बलिदान लेती है। शबनम की 'नियति' यही है। नज़मा भी इसी राह पर चलती है, मगर उसकी चेतना खत्म नहीं हुई है। वह पहले एक जकड़बन्दी से आज़ाद होने अख़्तर के साथ जाती है। मगर अख़्तर भी एक छलावा है, अवश्य कुछ बेहतर रूप में। यह बात उसे अंततः समझ आती है और इसमे सलीम की अहम भूमिका होती है।

नज़मा का सलीम के साथ हो जाना एक नयी राह का संकेत है, क्योंकि यह साथ अपनी अस्मिता के साथ है। नज़मा का आख़िर में यह स्वीकारबोध सार्थक है कि इस 'गुनाह' में मैं भी भागीदार हूँ। दरअसल यह स्वीकारबोध उस सामंती नैतिकतावाद से बिना लड़े समर्पित हो जाने का अपराधबोध है जो 'कमज़ोर' को तो ख़त्म कर देता है मगर 'सक्षम' के लिए बच निकलने के हजार रास्ते देता है।

[2021]

21. सलाम बॉम्बे : मीरा नायर (1988)

बॉम्बे, भारत का सबसे बड़ा महानगर कहा जाता है बॉम्बे कभी सोता नहीं। करोड़ो की आबादी वाले इस महानगर के कई रूप हैं। एक तरफ जहां बड़े-बड़े बिल्डिंग, पाँच सितारा होटलें, भव्य व्यवसायिक प्रतिष्ठान, पूंजी का केन्द्रीयकरण है तो दूसरी तरफ दुनिया की सबसे बड़ी स्लम बस्ती भी यहीं है। लाखो लोग आज भी यहां फूटपाथ और रेलवे प्लेटफॉर्म पर बशर करते हैं। इनमें तमाम तरह के चेहरे हैं, अनाथ, बेबस, विक्षिप्त, अपराधी, जिस्मफरोश, दलाल, नशेड़ी, गंजेड़ी। बॉम्बे का फुटपाथ सब को 'आश्रय' देता है। जो सफेदपोश अपराधी हैं, इनसे दूर रहते हैं, मगर उनको जोड़ने वाली कड़ियाँ होती हैं। मगर बॉम्बे की यह हक़ीक़त आज तमाम महानगरों की हक़ीक़त हो गई है; होना तो यह चाहिए था कि स्थिति में सुधार होती मगर! बहुत से 'मगर' के साथ यह भी बरकरार है।

फ़िल्म में एक किशोर 'कृष्णा' के माध्यम से फुटपाथ के इस जीवन का चित्रण है। चित्रण में किसी भी प्रकार के अतिरिक्त बैकग्राउंड ध्वनि, रोमानियत, उपदेशात्मकता, अतिनाटकीयता से बचने के कारण यथार्थ मुखरता से प्रकट हुआ है। संवाद कम हैं, वातावरण ही जैसे सबकुछ कह देता है।

यह माहौल जिसमे कृष्णा, बहुत सारे किशोर और बच्चे हैं, जिनमे से बहुतों को कानून की भाषा मे 'अपचारी' कहा जाता है, आवास विहीन, मूलभूत सुविधाओं से रहित हैं, इनका 'अपना' कोई नहीं है। नालियों के किनारे बहुत घनी आबादी छोटे-छोटे कुनबों में रहती हैं, बहुतों के लिए तो सोने के लिए भी जगह नहीं है, फुटपाथ ही उनका आवास है। ऐसे में 'स्वच्छ' और 'स्वस्थ' जिंदगी की कल्पना कैसे की जा सकती है? यह 'सम्भ्रांत' दुनिया से दूर एक दूसरी दुनिया है, जिसे 'सम्भ्रांत' जन बहुधा हिक़ारत से देखते हैं।

'ड्रग्स' में बर्बाद होती जिंदगियां हैं; जिस्मफ़रोशी में ऐच्छिक-अनैच्छिक रूप से लिप्त किशोरी-स्त्रियां हैं, 'अपराध' में लिप्त किशोर हैं। दूसरा रास्ता है भी कहां? जहां हर तरफ़ भूख, ग़रीबी, असुविधा, उपेक्षा, अशिक्षा, गंदगी हो वहां 'स्वस्थ' वातावरण महज 'नैतिक उपदेश' और अभिजातीय 'धिक्कार' से नहीं आ सकता।

मगर इस 'बीमार' वातावरण के बीच भी मानवीय सम्वेदनाएँ जीवित हैं। लोग एक वक्त 'इस दुनिया' की विभीषिका को महसूसते हैं, कभी न ख़त्म होने वाली इन गलियों के अंधेरों से ऊबते हैं। अवश्य कुछ देर तक अराजकता और 'लम्पट सर्वहारा' की मिथ्या चेतना वश 'हीरोइज़्म' की नशीली दुनिया में भी खो जाते हैं, मगर यथार्थ का भयावह चेहरा कदम-कदम पर दिखाई देता है। 'कृष्णा' इस वातावरण से जैसे असंपृक्त किशोर है। उसे हमेशा ध्यान रहता है कि उसे घर लौटना है, उसके कई विचलन भी इसी उद्देश्य के लिए है। नशे के गिरिफ्त में मरणासन्न 'चिलम' के प्रति भी असीम सम्वेदना है। वह इस वातावरण के खोखलेपन को समझता है इसलिए 'सोला साल', 'मंजू' और उसकी माँ जो जिस्मफ़रोशी में लिप्त है सब को यहाँ से निकालने की आकांक्षा रखता है। मगर व्यवस्था और हालात की विडम्बना के आगे सब विफल हो जाते हैं। दरअसल इस समस्या का समाधान व्यापक स्तर पर व्यवस्था में बदलाव से ही सम्भव है। एक कलाकार की यह सार्थकता है कि वह समाज के इस हालत को सार्वजनिक करता है।

'मंजू' जो एक 'कॉलगर्ल' की बेटी है, के माध्यम से फिल्मकार ने ऐसे माहौल में बच्चों के मानसिक आघात और उसके दुष्प्रभाव को दिखाया है। मंजू को 'घर' मे कभी जगह नहीं मिलती, उसे 'ग्राहकों' के कारण हमेशा बाहर रहना/सोना पड़ता है, उसको समय देने वाला कोई नहीं, ऐसे में उसके कोमल मन पर नकारात्मक प्रभाव पड़ना स्वाभाविक है। यही कारण है कि 'सुधार गृह' में जब उसकी माँ उससे मिलने आती है तो उसकी प्रतिक्रिया बहुत 'ठंडी' रहती है। उसकी माँ भी परिवेशगत 'कंडिशनिंग' के बावजूद उसकी कमी महससुस करती है, उसे साथ रखना चाहती है। इस परिवेश के प्रति उसके अंदर एक विरोध भी है। 'बाबा' का साथ उसने इससे मुक्ति

के लिए ही चुना था, मगर परीस्थितियों की जटिलता और सम्भवतः दृढ़ इच्छाशक्ति के अभाव में यह सम्भव नहीं हो पाया।

इस तरह फ़िल्म आख़िर में एक बिखराव से ही ख़त्म होती है, मानो इस रात की कोई सुबह नहीं! मगर अँधेरा का चित्रण ही समर्थ कलाकार कहीं उजाले की चाह में करता है, करता रहेगा।

[2021]

22. शतरंज के खिलाड़ी : सत्यजीत राय (1977)

अवध के अंतिम नवाब वाजिद अली शाह (शासन1847-1856 ई.) इतिहास के उन पात्रों में हैं जिनकी 'प्रचलित' छवि उनके व्यक्तित्व के कई आयामों को छुपा देती है। शाह की 'छवि' सामान्यतः नवाबी रंग में डूबे, लोक कल्याण से विमुख, अय्याश और लापरवाह शासक की है। बताया जाता है उनकी दो सौ से अधिक स्थायी -अस्थायी पत्नियां थीं। इनमें कुछ सच्चाई भी है, मगर उसके व्यक्तित्व के अन्य पहलू भी हैं। मसलन वे संगीत-नृत्य के अच्छे जानकार और संरक्षक थे, रचनाकार थे। चर्चित ठुमरी "बाबुल मोरा नैहर छूटा जाय" उन्ही के द्वारा रचित है।

दरअसल वाजिद अली शाह पतनशील सामन्तशाही के अंतिम कड़ियों में थे, इसलिए सामंती जीवन की भोगवृत्ति उनके जीवन में सहज थी। मगर सहज का अर्थ यह नहीं कि वह सही थी। उसके समय तक पूरा अवध एक तरह से अप्रत्यक्ष रूप से कम्पनी के अधीन आ ही गया था। दरबार मे ब्रिटिश रेजिडेंट था, सैन्यव्यवस्था कंपनी देखती थी, जिसका खर्च रियासत उठाती थी। अवध की रियासत अंग्रेजों के लिए खुला खजाना बन गया था, जब चाहो, जितना चाहो निकाल लो।

अवध को कंपनी द्वारा हड़पना ही था, बहाना बनाया गया कुशासन का, कहा गया रियाया बादशाह से नाखुश है। जबकि यह दुष्प्रचार अधिक था। श्री सुंदरलाल के 'भारत मे अंग्रेजी राज' (द्वतीय खण्ड) के हवाले से देखे तो स्पष्ट पता चलता है कि अंग्रेजों के आरोप षड्यंत्र के हिस्से थे, वे रियासत को अधिग्रहित करने के बहाने थे। वैसे तब तक कंपनी इतनी शक्तिशाली हो गई थी और रियासते इतनी कमजोर हो गई थीं कि बहाना बनाने की जरूरत भी न थी, लेकिन कंपनी को यह प्रचार करना था कि यह कार्य वह

'जनहित' में कर रही है। वैसे उनके इस 'जनहित' की पोल साल भर बाद ही सन सत्तावन की क्रांति में खुल जाती है, जिसमे सबसे तगड़ा विरोध उन्हें अवध में ही मिलता है।

'फ़िल्म शतरंज के खिलाड़ी' की पृष्ठभूमि प्रेमचंद की इसी नाम से लिखी कहानी है, मगर फ़िल्मकार ने इसमे कुछ परिवर्तन किए हैं, फिर कला के अलग माध्यम का अपना कुछ अलग प्रभाव भी होता है। कहानी में जहां पाठक के अन्तस् में चित्र कथाकार द्वारा 'प्रस्तुत' चित्र से भिन्न होने की संभावना अधिक होती है, जो मुख्यतः पाठक के 'संस्कार' जनित होता है वहीं फ़िल्म में दर्शक को स्पष्टः एक 'दृश्य' प्राप्त होता है इसलिए इसमे 'पाठ भिन्नता' की संभावना अपेक्षाकृत कम होती है। मगर फिर भी दर्शक की विश्व-दृष्टि और इतिहासबोध की सीमा फ़िल्म अथवा किसी भी कृति के 'पाठ' ग्रहण को प्रभावित करती है।

कहानी में प्रेमचंद की दृष्टि मुख्यतः पतनशील नवाबी की अव्यवस्था और भोगलिप्सा पर अधिक केंद्रित दिखाई पड़ती है। वाजिद अली शाह के प्रति सहानुभूति के संकेत कहानी में नहीं है, इसलिए कहानी में वे केवल पृष्टभूमि में हैं। इसके विपरीत फ़िल्म में वाजिद अली शाह के प्रति सहानुभूति दिखाई पड़ती है और वे फ़िल्म में पार्श्व में न होकर उसका हिस्सा हैं। कहना न होगा इससे फ़िल्म की प्रभाविकता बढ़ गई है और शतरंज के वास्तविक खिलाड़ी जो कि मिर्जा सज्जाद अली और मीर रौशन अली न होकर ब्रिटिश प्रशासन है, के संकेत को समझने में दर्शक को मदद मिलती है।

मिर्जा सज्जाद अली और मीर रौशन अली उस दौर के रईस हैं। ये दिन दुनिया से बेखबर नहीं हैं बल्कि अकर्मण्य हैं। इन्हें कम्पनी की नीयत और कार्यवाही की जानकारी है मगर कायरता की हद तक की अकर्मण्यता के कारण इनका स्वार्थ केवल अपनी स्थिति को बनाये रखने तक है। नवाब के प्रति इनकी सहानुभूति महज जुबानी है। शतरंज का खेल बौद्धिक खेल है मगर जिनकी बुद्धि केवल अवसरवाद और स्वार्थ के लिए क्रियाशील हो वहां यह भी महज बुद्धि विलास हो जाता है। इनका चारित्रिक और बौद्धिक

पतन दरअसल तत्कालीन 'उच्च आर्थिक वर्ग' के पतन का प्रतीक है, जिसके कारण कम्पनी को अपनी 'चाल' में सफलता मिलती गई।

इस तरह फ़िल्म (और कहानी) में देखा जा सकता है कि शतरंज के असली खिलाड़ी ब्रिटिश अधिकारी थे, जो बड़ी चालाकी से अपनी चाल चल रहे थे और अंततः जीत गए। फ़िल्म में इस विडम्बना को रेखांकित किया गया है कि भारत मे जन्मे शतरंज के इस खेल के 'वज़ीर' को अंततः 'क्वीन' ने स्थानापन्न कर ही दिया।

[2021]

23. तेरा मेरा साथ रहे : महेश मांजरेकर (2001)

मनुष्य के प्रेम सम्बन्धों के कई आयाम होते हैं। प्रेम का एक रूप पारिवारिक होता है, भाई-बहन, माता, पिता इस तरह। दूसरा मित्रता। तीसरा दाम्पत्य। फिर व्यक्ति के संवेदनात्मक लगाव के अनुसार इसका क्षेत्र व्यापक होता जाता है। प्रेम सम्बन्धों की संवेदनात्मक तीव्रता और स्थिरता कई कारकों और परिस्थितियों पर निर्भर करती है। यही कारण है कि कहीं "तेरे बिन मैं कुछ भी नहीं" है तो कहीं "कसमें वादे प्यार वफ़ा सब बातें हैं बातों का क्या" वाली स्थिति भी है।

शारीरिक-मानसिक 'अक्षमता' एक त्रासद स्थिति है जो व्यक्ति को बहुत हद तक 'पर निर्भर' बना देती है। इससे ग्रस्त व्यक्ति के सम्मान को बनाए रखते हुए उसका उचित देखभाल एक चुनौती होती है। बहुत से स्वयंसेवी संस्थाएं और सरकारी संस्थाएं इसका प्रबंधन करती हैं, इनमें कई बहुत अच्छे भी होंगे फिर भी व्यक्ति अपने घर-परिवार में जो आत्मीयता और लगाव महसूस करता है वह अन्यत्र दुर्लभ है।

ऐसे व्यक्ति के 'सहज' जीवन के लिए कम से कम एक समर्पित व्यक्ति की आवश्यकता होती है, जो निःस्वार्थ भाव से उसकी देखभाल करे। ऐसे व्यक्ति होते रहे हैं; हैं। मगर इन व्यक्तियों की भी अपनी ज़िंदगी होती है और कई बार उनकी निजी आकांक्षाओं और उनके सहयोग के बीच द्वंद्व पैदा हो जाता है, खासकर तब जब सहयोग करने वाला अकेला हो। यह परीक्षा की असली घड़ी है। ज़ाहिर है किसी के निजि आकांक्षाओं को नज़रअंदाज नहीं किया जा सकता, इसलिए रास्ता इस द्वंद्व के बीच ही कहीं है जो मानवीय प्रेम और करुणा में निहित है।

फ़िल्म का नायक 'राज' इसी द्वंद्व से ग्रस्त होता है। उसका पंद्रह वर्षीय भाई राहुल किसी बीमारी वश शारीरिक रूप से काफ़ी हद तक 'अक्षम' है। नित्यकर्म के लिए बहुत हद तक राज पर निर्भर है। जितना शारीरिक उससे कहीं अधिक मानसिक। उसकी दुनिया मे राज के अलावा जैसे कोई और नहीं है। अवश्य एक सहृदय केयर टेकर है; 'सोसायटी' के लोग भी उसे प्रेम करते हैं, मगर सब की अपनी सीमाएं है, समय है, उसके बाद राज ही उसका सबकुछ है। राज भी उससे बेहद प्रेम करता है। नौकरी के बाद का सारा समय उसी को देता है। उसकी देखभाल के लिए उसने अविवाहित रहने का निश्चय किया था।

कहानी में नाटकीयता राज के माधुरी के संपर्क में आने से आती है। राहुल की ज़िंदगी और माधुरी को लेकर उसके अंदर द्वंद्व पैदा हो जाता है। उसे लगता है कि विवाह से वह राहुल का देखभाल नहीं कर पाएगा। माधुरी भी उसे किसी अच्छे संस्थान मे भेजने की सलाह देती है। माधुरी का चरित्र फ़िल्म में केवल औपचारिकता निर्वहन के लिए है, वह राज को राहुल को 'खोने' के शर्त पर पाना चाहती है। अवश्य आखिर में उसका 'हृदय परिवर्तन' होता है।

माधुरी को 'पाने' के लिए एक समय राज का द्वंद्व चरम पर होता है और इस स्थिति में उसकी निजी आकांक्षाएं मुखर हो उठती हैं। उसके अवचेतन में दबी इच्छाएं और कुंठाएं जो एक हद तक मानवीय है उभर आती हैं; इस तरह माधुरी तो केवल निमित्त बनती है। वह राहुल पर खीझता है, केयर सेंटर न जाने पर उसे मारता है, डराता है। यहां तक की आवेश मे यह कहता देता है "मैं तुम्हारे बाप का नौकर नहीं हूँ" और जबरदस्ती उसे सेंटर पहुँचा देता है।

जाहिर है इस अमानवीय व्यवहार से राहुल बहुत आहत और भयभीत होता है, क्योंकि उसके जीवन मे कभी ऐसी स्थिति नहीं आई थी। इधर राज को राहुल से अलग होने के बाद उसकी अहमियत समझ आती है और उसे अहसास होता है कि यह उसका भ्रम था कि राहुल के अलग होने से वह स्वतंत्र होकर बेफ़िक्र जीवन जियेगा। आत्मग्लानि और अपराधबोध से ग्रस्त

होकर वह अत्यधिक बेचैन हो जाता है। राहुल की स्मृतियां उसे कचोटती है। रात-भर सो नहीं पाता और सुबह राहुल को लाने सेंटर पहुँच जाता है। राहुल पहले तो डरता है, गुस्सा दिखाता है मगर उसका प्रेम उमड़ पड़ता है और वह भाई से लिपट कर रोने लगता है।

इस तरह यह फ़िल्म मानवीय प्रेम, करुणा और द्वंद्व की कहानी है। शारीरिक-मानसिक अक्षमता बहुत बड़ी त्रासदी है मगर प्रेम और उचित देखभाल से ऐसे बच्चे अच्छी ज़िंदगी जी सकते हैं। जरूरत होती है समर्पित अपनों का होना। हमे देखना चाहिए कि कहीं हमारे आस-पास किसी 'राहुल' को हमारी जरूरत तो नहीं!

[2021]

24. सतह से उठता आदमी : मणि कौल (1980)

मुक्तिबोध का साहित्य मानवीय कमजोरियों के स्वीकारबोध और उससे उबरने की ईमानदार कोशिश का साहित्य है। मगर ये 'मानवीय कमजोरियां' किसी 'नैतिक' विचलन अथवा 'आध्यात्मिक' हीनता का पापबोध नहीं है; वरन ये आम आदमी जो सड़को में, मिलों में, दफ्तरों में, फुटपाथों में घर- गृहस्थी के निर्वहन के लिये दिन-रात खटते हैं, के हित साधन और उसके उचित मान रक्षण की आकांक्षा मगर उसे पूरा न कर पाने की बेबसी है।

मुक्तिबोध के साहित्य का 'नैतिक विचलन' दरअसल आधुनिक समाज के अभिजन वर्ग जो शासक वर्ग भी रहे हैं के पाखंड का पर्दाफ़ाश है। बिना किसी लाग लपेट के वे सीधे इसे पूंजीवाद के संकट के रूप में रेखांकित करते हैं। 'कीर्ति व्यवसायी' इस युग में निम्न मध्यमवर्ग का कामकाजी व्यक्ति कैसे व्यक्तित्व की गरिमा को बचाये रखने के लिए जूझता है और कदम-कदम पर अपमानित होता है इसके विवरण उनके साहित्य में रचे-बसे हैं।

मध्यवर्ग, निम्न मध्यवर्ग का यह व्यक्ति अपने व्यक्तित्व की गरिमा को बनाये रखने के लिए जो संघर्ष करता है, उसके साथ रोटी का प्रश्न सीधा जुड़ा हुआ है, इसलिए यह संघर्ष दोहरा हो जाता है। एक तो रोटी, उस पर सम्मानजनक ढंग से रोटी! मगर विडम्बना यह कि यह हो नहीं पाता। इसलिए समझौता विहीन व्यक्तित्व के सामने विकट आत्मसंघर्ष और द्वंद्व पैदा होता है। ज़ाहिर है द्वंद्व उसी में पैदा होता है जो संवेदनशील है। इस संवेदनशीलता के कारण व्यक्ति समस्याओं से भागता नहीं मगर उसे सुलझा भी नहीं पाता। वह घर-परिवार, परिवेश में अभावग्रस्त, न्यूनतम

सुविधाओं के लिए संघर्षरत जन को देखता है जिसका हिस्सा वह ख़ुद है तो अपनी 'नाकामी' पर खीझता है। दूसरी तरफ ऐसा वर्ग भी देखता है जो मिलों के मालिक हैं, अखबारों के सम्पादक हैं, दफ्तरों के बॉस हैं जिनकी 'प्रतिष्ठा' स्वतः है, जो हर चीज को ख़रीदने की हैसियत रखते हैं।

इस विडम्बना का चित्रण मुक्तिबोध के साहित्य का एक प्रमुख विषय है। मगर उनके चित्रण का ढंग एकदम 'सपाट' नहीं है बल्कि उसमे शिल्प की विशिष्टता है, खासकर कविताओं में और कुछ हद तक 'डायरी' और कहानियों में। शिल्प की यह विशिष्टता एक हद तक तो फैंटेसी के प्रयोग के कारण है, जिसमे यथार्थ को स्वप्न और गहन रूपकात्मकता में व्यक्त किया जाता है, जिससे रचनाकार को जटिल यथार्थ के विभिन्न आयामों को व्यक्त करने में सुविधा होती है और प्रदीर्घता से बचा जा सकता है। उनका मानना है कि यह शैली भले 'यथार्थवादी' न हो मगर यथार्थ को बेहतर ढंग से व्यक्त कर सकती है।

'डायरी' में अधिकांशतः दो मित्रों जिनमे एक 'केशव' है, के बीच संवाद के माध्यम से उन्होंने अपने समय के यथार्थ और पाखंड तथा साथ ही एक निम्नमध्यम वर्गीय रचनात्मक व्यक्तित्त्व (लेखक) के विडम्बनाओं, उलझनों को रेखांकित किया है। कहना न होगा इसमे स्वयं मुक्तिबोध के रचनाकर्म की प्रक्रिया और उसमे निहित बेचैनियों का पता चलता है। कहानियों में भी उनकी 'चिंता' के विषय लगभग यही हैं और वहां भी कहानी मुख्यतः संवाद के माध्यम से कही गई है।

जैसा कि हमने कहा मुक्तिबोध ने अपने साहित्य में 'कथ्य' की विभीषिका और तीव्रता को व्यक्त करने के लिए फैंटेसी का सहारा लिया, जिसके कारण उनके यहां वातावरण अक्सर एकांत, निर्जन, कुआं, बावड़ी, खंडहर, सीढ़ियां, रात, अंधेरा, घुघ्घूओं, सियारों के रुदन के रूप में आते हैं। उनके काव्य अथवा डायरी के चरित्र अक्सर द्वंद्वग्रस्त, परेशान, सोचते हुए से दिखाई पड़ते हैं। इस 'कथ्य' को ज़ाहिर है पाठक अपने विवेक और समाजीकरण के अनुसार ग्रहण करता है। मुक्तिबोध यह भी मानते प्रतीत होते हैं कि इसकी सम्प्रेषणीयता 'सरल' कहे जाने वाले शिल्प की तुलना में

पाठकों से एक न्यूनतम तैयारी की मांग करती है। इसलिए उन्होंने 'जनता का साहित्य किसे कहते हैं' जैसा आलेख लिखा।

इस कथ्य को यदि 'पाठ' के रूप में ग्रहण करने के लिए ही अपेक्षित तैयारी की आवश्यकता है तो ज़ाहिर है इसे 'दृश्य' रूप में प्रस्तुत करने की अपनी कठनाइयाँ होंगी। फिर भी इन भाव-चित्रों के अमूर्तन, जो कि जिंदगी के यथार्थ के हैं, को मूर्त रूप में प्रस्तुत करने के प्रयास किये जाने चाहिए। 1980 में बनी फिल्म 'सतह से उठता आदमी' में निर्देशक मणि कौल द्वारा यह प्रयास किया गया है। यह फ़िल्म 'मध्य प्रदेश कला परिषद' के तत्वाधान में बनाई गयी थी। इसकी 'पटकथा' में कोई एक कहानी नहीं है, न ही यह मुक्तिबोध की कहानी 'सतह से उठता आदमी' के आधार पर बनाई गयी है। इसमे 'कहानी' नहीं 'कहानियां' हैं जो मुक्तिबोध के कई कहानियों, डायरियों, कविताओं के आधार पर बनाई गयी है।

निर्देशक ने प्रस्तुत कथ्य को सहजता से दृश्य में परिवर्तित करने का प्रयास किया है। तदनुरूप उससे जुड़े स्थलों, पात्रों, सम्वाद, कवितांश जो मुक्तिबोध साहित्य से लिए गए हैं, का चयन किया गया है। सिनेमेटोग्राफी भी रात, अंधेरा, नीम रोशनी, मन की बेचैनी को उभारने में सहायक है। फिर भी एक दर्शक की दृष्टि में हमे लगा कि इसमे मुक्तिबोध के साहित्य से अपरिचित दर्शक के लिए कठिनाइयां है। सम्भव है यह 'सीमित' दर्शकों के लिए ही बनाई गयी हो।

बहरहाल इधर तकनीकों के और बेहतर होते चले जाने से यह संभावना बनी है कि मुक्तिबोध साहित्य के बेचैनियों को बेहतर ढंग से 'साउंड-लाइट इफैक्ट' से प्रदर्शित किया जा सकता है। कुछ प्रयोग हुए भी हैं। यहां हम इस बात का उल्लेख कर देना उचित समझते हैं कि हमे फ़िल्म के तकनीकी पक्ष की अपेक्षित जानकारी नहीं है, इसलिए हमारी प्रतिक्रिया और आकांक्षा एक दर्शक की प्रतिक्रिया है। बहरहाल मुक्तिबोध युवा रचनाकारों में बेहद लोकप्रिय रहे हैं और उनके साहित्य को दृश्य माध्यम में प्रस्तुत करने के ईमानदार प्रयास की सराहना हमेशा की जाती रहेगी।

[2021]

25. गरम हवा : एम. एम. सथ्यू (1974)

1947 में देश का विभाजन बहुत बड़ी त्रासदी थी। यह ब्रिटिश साम्राज्यवाद की विजय थी और स्वतंत्रता आंदोलन की एक तरह से असफलता। लेकिन सिर्फ इससे स्वतंत्रता के लिए संघर्ष करने वाले व्यक्तियों का महत्व कम नहीं हो जाता। बहुतों ने अपने प्राणों की आहुति दी, बहुतों ने अपना जीवन दांव पर लगाया और आज हमारे होने में उनके संघर्षों का योगदान निःसन्देह है।

विभाजन की पड़ताल अलग-अलग दृष्टियों से की जाती रही है। आज भी अपने राजनीतिक हितों के अनुरूप 'तथ्यों के चुनाव' में बलाघात का अंतर दिखाई पड़ता है। एक तो विभाजन एक बड़ी त्रासदी थी उस पर साम्प्रदायिकता ने जो कहर ढाया उससे हजारों लोग मारे गए; बेघर और बर्बाद हो गए। दिक्कत यह है कि यदि यह तात्कालीन परिस्थितियों की प्रतिक्रिया मात्र होती तो एक समय बाद यह 'गरम हवा' ठंडी हो जाती। मगर विडम्बना कि यह हवा आज भी पूरी तरह ठंडी नहीं हुई है, बल्कि बीच-बीच मे इसकी गर्माहट बढ़ जाती है। ज़ाहिर है इसके पीछे ऐसी शक्तियों का हाथ होता है, जिनका हित इससे सधता है।

विभाजन ने बहुत हद तक दिलों का भी विभाजन कर दिया था। असुरक्षा, अफ़वाह, अनिश्चितता के उस वातावरण में जितना ही स्वार्थी और अराजक तत्व लाभ उठा रहे थे, उतना ही सामान्य नागरिकों, व्यापारियों, मजदूरों को समस्या का सामना करना पड़ रहा था। धर्म आधारित देश का विभाजन कुछ हद तक धर्म आधारित लोगों में दूरियां भी पैदा कर रहा था।

लेकिन इससे यह निष्कर्ष निकालना खुशफ़हमी होगा कि समान धर्म के लोगों में इससे प्रेम और भाईचारा बढ़ गया होगा। फ़िल्म के सहारे ही कहें

तो स्वार्थ, ईर्ष्या और व्यावसायिक प्रतिस्पर्धा के आगे 'मज़हबी लगाव' कुछ नहीं है, हाँ स्वार्थ साधने के लिए जरूर इसकी दुहाई दी जाती रही है। मगर जरूरत के वक्त कोई काम न आता था।

फ़िल्म की पृष्ठभूमि गांधी जी के शहादत के बाद की है। मिर्जा सलीम (बलराज साहनी) आगरा में जूतों के बड़े व्यापारी हैं। भरा-पूरा परिवार है। कारखाने में बहुत से मजदूर काम करते हैं। दूसरे और भी व्यापारी हैं जो इसी पेशे से जुड़े हैं; सभी मुसलमान हैं, परस्पर प्रतिस्पर्धा है। विभाजन से बदले माहौल में एक अफ़रातफ़री है, अविश्वास है। बहुत से मुसलमान पाकिस्तान जाने लगे हैं तो लोगों की ऐसी धारणा बन गई है कि सब एक-एक कर चले जायेंगे। ऐसे माहौल में व्यापार का वर्षों से बना ढांचा चरमरा गया है। लेन-देन में अविश्वास पैदा गया है। मिर्जा सलीम को काम के 'ऑर्डर' नहीं मिल रहे हैं। मिल भी रहे हैं उसे कारीगरों और पूंजी के कमी के कारण पूरा नहीं कर पा रहे है। बैंक तो बैंक साहूकार भी कर्ज नहीं दे रहे हैं। कारण वही पाकिस्तान चले जाने की आशंका!

ऐसा नहीं कि यह केवल आशंका है, लोग बिना लेन-देन निपटाये गए भी हैं। ख़ुद मिर्जा सलीम के परिवार के सदस्य चले गए, यहाँ तक कि जो खुद को भारत मे मुसलमानों का रहनुमा बता रहे थे, वे चले गए! ऐसे में मिर्जा जैसे लोगों को इसका खामियाजा भुगतना पड़ा जो अपनी ज़मीन को छोड़कर कहीं जाने वाले नहीं थे। ऐसा नहीं कि सब शौक से जा रहे हैं, परीस्थितियाँ ऐसी निर्मित हो गई है कि बहुतों का गुजारा संभव नहीं हो पा रहा है। अवश्य कुछ भ्रष्टाचार करके भी गए हैं।

मिर्जा सलीम का चरित्र उदात्त है। लगातार ठोकर खाते हुए भी कहीं पर भी वे साम्प्रदायिकता से ग्रस्त नहीं होते। वे अंदर से टूटते रहते हैं मगर ख़ुद और परिस्थिति को संभालने का हर सम्भव प्रयास करते हैं। वे ख़ुद को स्थापित करने के लिए कभी भ्रष्टाचार का सहारा नहीं लेते मगर एक हद तक बाजार के बदलते 'मूल्य' के अनुरूप अपने में बदलाव भी नहीं लाते। जब बाजार 'फैशन' पर आधारित हो रही थी तब भी वे गुणवत्ता की बात करते रहे। ज़ाहिर है यह भी उनके लिए नुकसानदायक हुआ। मगर वे श्रम

से कभी भागते नहीं। अंततः एक श्रमिक के समान कार्य करना प्रारम्भ करते हैं, मगर उनको बर्बाद करने पर तुले लोगों का इस पर भी जी नहीं भरता। उन पर जासूसी का आरोप लगाया जाता है। वे बेदाग साबित होते है मगर ये घटनाएं उनको तोड़ती जाती हैं।

वे परिस्थिति को संभालने का भरसक प्रयास करते हैं और लगातार गिरती जा रही आर्थिक स्थिति को संभालने का प्रयास करते हैं। हवेली बिक जाती है, कारखाना जल जाता है, लगभग मजदूर की श्रेणी में आ जाते है फिर भी उनका संघर्ष जारी रहता है। मगर लगातार अपनों के साथ छोड़कर चले जाने और अपनी माँ के निधन से उनका हौसला पस्त होता जाता है। उस पर उनकी बेटी के जीवन की विडम्बना और उसकी आत्महत्या जैसे उन्हें तोड़ देती है और उनके मन में भी देश छोड़कर जाने का ख्याल आ ही जाता है।

व्यापारियों की जहां अपनी समस्याएं हैं, वहीं युवाओं को रोजगार नहीं मिल रहा है। आजादी के लिए संघर्ष के दौरान जो सपने देखे थे मानो सब झूठे साबित हो रहे हैं। भ्रष्टाचार इस कदर हावी है कि जो सीमित नौकरियां हैं वे भी बिक जाती हैं, ऐसे में युवाओं के पास संघर्ष के अलावा क्या राह हो सकती है?

फ़िल्म में आमना का चरित्र मार्मिक मगर 'परंपरागत' है। उसके जीवन की विडम्बना दर्शकों में सहानुभूति जगाती है मगर स्त्री नज़रिए से देखे तो उसमे ज़रा भी अस्मिता बोध नहीं है। विवाह ही जैसे उसके जीवन का लक्ष्य है। अवश्य उसे पिता और परिवार से गहरा प्रेम है और पिता के दर्द को जैसे वही सबसे अधिक महसुस करती है, मगर वह हालात से लड़ने और उसे बदलने का ज़रा भी प्रयास नहीं करती। अवश्य उंसके समक्ष अपने समय और समाज की सीमा भी है और दूसरी बात फ़िल्मकार का जोर दूसरी समस्या पर है जो विभाजन के बाद के बदले माहौल पर है इसलिए उसका चरित्र पिता के चरित्र का अनुषंगी है और उसकी आत्महत्या फ़िल्म के तनाव को चरम में ले जाने में सहायक है।

मिर्जा सलीम अंततः देश छोड़ने को 'तैयार' हो जाते हैं, मगर उनका बेटा सिकन्दर उन्हें युवाओं के संघर्ष में शामिल होने की सलाह देता है। मिर्जा इसे सुनकर भी अनसुना करते हैं और पत्नी और पुत्र के साथ स्टेशन के लिए निकल पड़ते हैं। रास्ते मे युवाओं का जुलूस दिखाई पड़ता है जो सरकार से रोटी और रोजगार की मांग कर रही है। मिर्जा और सिकन्दर में जैसे आँखों-आँखों मे कुछ बात होती है; जैसे दिल का तूफान बाहर आ जाता है और पहले सिकन्दर जुलूस में शामिल हो जाता है फिर मिर्जा भी पत्नी को वापस घर भेजकर संघर्ष में शामिल हो जाते हैं और 'इंकलाब जिंदाबाद' के नारे के साथ फ़िल्म समाप्त हो जाती है।

फ़िल्म का यह चरम सार्थक है। यह 'गरम हवा' जो परिस्थिति वश कम स्वार्थ की राजनीति से अधिक पैदा होती है और जिसमे शासक वर्ग अमूमन मूक दर्शक बनी रहती है अथवा सम्मिलित होती है; इसका समाधान संघर्ष के रास्ते ही है।

[2021]

26. वारिस : रविन्द्र पीपत (1988)

'वारिस' स्त्री अस्मिता के बोध का आभास दिलाती अंततः पितृसत्ता के मूल्यों पर दम तोड़ती फ़िल्म है। सामंती जीवन मूल्य, जो मुख्यतः औद्योगिक समाज के पूर्व कृषि आधारित अर्थव्यवथा जनित हैं और जिसमे बड़े-बड़े भूस्वामी और ज़मीदार भी हुआ करते थे, औद्योगिक समाज के संक्रमण के बावजूद भी बचे हुए हैं। यहां तक कि आज भी हजारों एकड़ के भूस्वामी देखे जा सकते हैं।

सामंती सामाजिक मूल्य पितृसत्ता पर आधारित होता है। इस व्यवस्था में सम्पत्ति जो मुख्यतः ज़मीन होती है, का हस्तानांतरण पिता से पुत्र में होता है। इसलिए पुत्र. की 'चाह' सबसे बड़ी चाह होती है। ऐसा नहीं कि पुत्रियों का सम्मान नहीं होता या उनसे प्रेम नहीं किया जाता, यह सब होता है मगर चूंकि सम्पत्ति का 'वारिस' पुत्र होता है इसलिए उसकी केन्द्रीयता होती है। पुत्र का न होना दुःख का कारण बन जाता है। यहां तक कि स्त्रियां भी इन 'मूल्यों' से 'सांस्कारित' होती हैं और बहुधा अपनी स्थिति को सहज और 'उचित' मानती हैं।

चूंकि भूमि की मिल्कियत से ही इन भुस्वामियों की शक्ति और प्रतिष्ठा रहती है, इसलिए इसके लिए संघर्ष भी होते हैं। अपने तमाम धार्मिक-नैतिक-सामाजिक मूल्यों की 'व्यवस्था' के बावजूद व्यावहारिक जीवन की शक्ति की चाह तमाम 'नियमों' से परे होती है और जरूरत के अनुसार उसे ध्वस्त भी कर देती है। यह भी ग़ौरतलब है कि ये 'मूल्य' आम जनता में अधिक प्रभावशाली हुआ करते हैं; प्रभु वर्ग के लिए इससे बच निकलने के हजार रास्ते होते हैं।

ऐसा नहीं कि सामंती प्रभु वर्गों में अच्छे और बुरे लोग नहीं होते। अपने वर्गीय हितपरक मूल्यों से 'संचालित' होते हुए भी वैयक्तिक गुणों-दुर्गुणों का प्रभाव सर्वत्र होता है। फ़िल्म 'वारिस' का 'दुल्ला सिंह' अयोग्य और आपराधिक प्रवृत्ति का है जिसके कारण उसके पिता ने उसे और उसकी संतानों को उनके हिस्से के अलावा अपने लिए रखी ज़मीन में हिस्सेदारी नहीं दी और जिसके कारण दुल्ला ने उसकी हत्या कर दी। जबकि गज्जन सिंह और उसका बेटा श्रवण मानवीयता से लबरेज हैं। इस व्यक्तिक दुर्गुण के कारण ही दुल्ला अपने भाई और उसके पुत्र की हत्या करता है।

'पारो' सामान्य किसान की बेटी है। उसका विवाह श्रवण से होता है मगर उसकी हत्या दुल्ला और उसके बेटों द्वारा करा दी जाती है, ताकि उनके ज़मीन का कोई वारिस न हो और अंततः उन्हें मिल जाये। मगर पारो उनकी चाल समझती है और ज़मीन के वारिस के लिए अपनी छोटी बहन शिबो का विवाह अपने ससुर से करा देती है जिससे सम्पत्ति का वारिस 'पुत्र' पैदा होता है। इस नाटकीय घटनाक्रम में कई मोड़ आते हैं और दुल्ला और उसके बेटे मारे जाते हैं मगर पारो भी मारी जाती है। बचते हैं शिबो, उसका बेटा और शिबो का प्रेमी बिंदर। इस तरह अंततः सम्पत्ति का सही 'वारिस' बच जाता है।

फ़िल्म में 'पारो' (स्मिता पाटिल) के चरित्र को संघर्षशील रचा गया है। वह दुल्ला के षड्यंत्रों का बराबर जवाब देती है, साहसिक निर्णय लेती है, हथियार भी उठाती है। अपने व्यक्तिक दुःखों को भूलकर ज़मीन की हिफाज़त करती है, उसकी सही वारिस तैयार करती है। एक जगह वह स्त्रियों को पितृसत्ता के गुलामी के लिए लताड़ती भी है।

मगर इन तमाम संघर्षों के बीच वह पितृसत्तात्मक मूल्यों से ही संचालित होती रही है। उसे वारिस चाहिए मगर वारिस बेटा ही हो सकता है! इसके लिए अपने बहन की खुशियों का गला घोंट देती है। कारण वही बेटा चाहिए! वह यह नहीं सोच पाती की वह स्वयं ज़मीन की वारिस है और आगे अपने अनुसार उसका नियमन कर सकती है। मगर उसके ज़ेहन में तो

रक्त सम्बन्ध आधारित वारिस की छवि है! वह आगे स्वयं विवाह कर सकती थी मगर फिर वही वारिस 'दूसरे' रक्त का होता!

दरअसल ये प्रश्न इसलिए भी उठते हैं क्योंकि फ़िल्म का सामंती समाज आधुनिक है, जरूर परिवेश ग्रामीण है, मगर यदि पारो को स्त्री अस्मिता और संघर्ष का उदाहरण बनाया जाय तो ये प्रश्न स्वाभाविक रूप से उठते हैं। बहरहाल एक मनोरंजक फ़िल्म से इस तरह तार्किक अन्विति की अपेक्षा सम्भव है जरूरत से ज्यादा हो!

[2021]

27. एक रुका हुआ फैसला : बासु चटर्जी (1986)

मानव समाज के सुचारू रूप से संचालन के लिए न्याय व्यवस्था अत्यंत आवश्यक है। न्याय नहीं होने से व्यवस्था के प्रति जनता का विश्वास ख़त्म होने लगता है। मगर विडम्बना की सत्ता स्वयं कई बार अन्यायपूर्ण हुआ करती है! यदि सत्ता न्यायपूर्ण है तो भी बहुत बार न्याय करने वालों, पैरवी करने वालों की मनः स्थिति, उनके व्यक्तिगत राग-द्वेष, उनके वर्गीय संस्कार, उनके पूर्वग्रह, उनकी विश्व-दृष्टि उनके न्याययिक निर्णय को प्रभावित करते हैं।

अपराध का घटित होना किसी भी स्वस्थ समाज का लक्षण नहीं है और अभी तक हम ऐसी मंज़िल में नहीं पहुँच सके हैं जहां अपराध घटित न हो। यदि पूरी तरह अपराध मुक्त समाज की कल्पना बेमानी लगे तो कम से कम न्यूनतम की बात तो की ही जा सकती है। फिर 'अपराध' भी कुछ हद तक सापेक्षिक हुआ करता है। कभी अपने हक और अधिकार के लिए संघर्ष भी किसी की नज़र में 'अपराध' हो सकता है। बहरहाल ऐसे बहुत से व्यक्तिगत और सामूहिक विचलन हैं जिनके 'अपराध' होने में मतभेद नहीं होते।

आधुनिक समाजों में एक लोकतांत्रिक न्याय प्रणाली द्वारा न्याय करने का प्रयास किया जाता है, मगर इसका रास्ता आसान नहीं है बहुत बार साक्ष्यों के अभाव, अस्पष्टता अथवा पूर्वग्रह के कारण भी अपराधी बच निकलते हैं अथवा निरपराध भी दोषी साबित हो जाते हैं।

'फ़िल्म 'एक रुका हुआ फैसला' में एक उन्नीस साल के युवा को अपने बाप की हत्या के आरोप में न्यायालय द्वारा मृत्युदंड दिया गया है, मगर फैसले

को एक बारह सदस्यीय ज्यूरी के निर्णय के अधीन कर दिया गया है। इस ज्यूरी को आपस मे बहस कर अंतिम निर्णय पर पहुँचना है कि व्यक्ति दोषी है अथवा निर्दोष। निर्णय के लिए सभी का एकमत होना जरूरी है।

ज़ाहिर है न्यायायिक प्रक्रिया वर्तमान में ऐसी नहीं होती। अब न्यायालय के फैसले पर पुनर्विचार के लिए किसी ज्यूरी का गठन न्यायालय द्वारा नहीं किया जाता। दरअसल यह फ़िल्म सिडनी लुवेट के 1957 में बनी अंग्रेजी फिल्म 'टुवेल्व एंग्री मैन' पर आधारित है और यह फ़िल्म भी रेजीनॉल्ड रोज़ के 1954 में प्रदर्शित नाटक 'टुवेल्व एंग्री मेन' पर बनी थी। अमेरिका में न्यायायिक प्रणाली में यह व्यवस्था है कि जज अपराध केस को एक ज्यूरी को सुपुर्द कर देता है जिसे मुल्ज़िम के अपराधी होने या न होने के सम्बन्ध में राय देनी होती है। मगर भारत में वर्तमान में ऐसी व्यवस्था नहीं है।

बहरहाल इस फ़िल्म का मुख्य आकर्षण दो घण्टे से कुछ अधिक की अवधि में दर्शक को एक ही कमरे में घटित घटनाओं में बांधे रखना है। फ़िल्म में केवल बहस है। एक कमरे में बारह व्यक्ति हैं, जो कानून के विशेषज्ञ हैं और जिन्होंने कोर्ट की पूरी कार्यवाही देखी है। अब उन्हें मुल्ज़िम के दोषी अथवा निर्दोष होने का सर्वसम्मति से फैसला लेना है।

प्रारम्भ में ग्यारह व्यक्ति 'क़सूरवार' और केवल एक व्यक्ति 'बेक़सूर' होने के पक्ष में है; मगर फ़िल्म के क्लाइमेक्स आते-आते सभी लोग 'बेक़सूर' के पक्ष में निर्णय देते हैं। दोषी से दोषमुक्त की इस यात्रा में कई मोड़ आते हैं, झगड़े, बदसलूकी, दुराग्रह से लेकर भावनात्मकता के कई क्षण आते हैं। जो भी है सब सम्वाद में है। व्यक्तियों के नाम नहीं केवल सीट नम्बर है। नाम की जरूरत महसुस होती भी नहीं। युवा हैं तो बुजुर्ग भी। अलग-अलग आर्थिक और सामाजिक स्थिति के प्रतिनिधि हैं, इसलिए दृष्टिकोण में भिन्नता भी है।

न्याय तो तटस्थता की बात करता है मगर विडम्बना सामान्यतः अधिकांश व्यक्ति अपने पूर्वाग्रह से मुक्त नहीं हो पाते। ये पूर्वाग्रह व्यक्ति के सामाजिक-आर्थिक-मनोवैज्ञानिक जनित होते हैं जो उसके विवेक को

प्रभावित करते हैं। मसलन फ़िल्म में एक विशेषज्ञ निम्न आर्थिक वर्ग के कामकाजी व्यक्तियों, मजदूरों, फुटपाथ में बशर करने वालों लोगों से नफ़रत करता है, उन्हें जन्मजात अपराधी मानता है, उन्हें ख़त्म कर देने की चाह रखता है और चूंकि मुल्ज़िम इसी वर्ग का है इसलिए उसे इसके अपराधी होने में कहीं कोई शंका नहीं है। ज़ाहिर है यह उसका पूर्वाग्रह है। अब कल्पना की जा सकती है कि ऐसा व्यक्ति न्याय की कुर्सी पर बैठे तो क्या न्याय करेगा!

एक व्यक्ति जो अपेक्षाकृत वृद्ध है और जो सबसे आख़िरी में बेक़सूर के पक्ष में आता है, दरअसल अपने बेटे की उपेक्षा का शिकार है। उसका बेटा उसका सम्मान नहीं करता, अभद्र व्यवहार करता है, मार डालने की धमकी देता है और उसे छोड़कर चला गया है। वृद्धावस्था में वह बेसहारा सा जीवन जी रहा है, इसलिए उसके अवचेतन में युवाओं के प्रति नफ़रत भर गया है। बहस करते समय वह भूल जाता है कि मुल्ज़िम उसका नहीं किसी और का बेटा है। अंततः उसे इस बात का अहसास होता है।

ज्यूरी के कुछ सदस्य तो मानो औपचारिकता के लिए हैं, दोष सिद्ध हो या न हो उन्हें कोई मतलब नहीं। वे जैसे औपचारिकता निर्वहन के लिए हैं। वे चाहते हैं किसी भी तरह यह 'जंजाल' खत्म हो और वे छुट्टी पायें। उनका अपना कोई तर्क नहीं, कोई अध्ययन नहीं है। देखा जा सकता है कि महत्वपूर्ण समितियों का गठन और जिम्मेदारी का निर्वहन किस तरह होता है!

मगर ऐसे लोग भी हैं जो तर्कों और तथ्यों के महत्व को समझते हैं और अपने निष्कर्षों में बदलाव की क्षमता भी रखते हैं। ऐसे लोगों की ही संख्या अधिक है इसलिए न्याय का पड़ला भारी होता जाता है और अंततः एक निर्दोष व्यक्ति के पक्ष में उचित फैसला लिया जाता है।

पूरी फ़िल्म में व्यक्तिगत 'संस्कार', शिष्टता-अशिष्टता, राग-द्वेष, सम्वेदना के कई क्षण आते हैं जिससे ख़ुद को बुद्धिजीवी कहने वाले कइयों के नकाब भी उतरते हैं तो कइयों की सम्वेदनशीलता और शिष्टता का पता भी चलता

है। बहरहाल यह फ़िल्म अपने जीवंत सम्वाद और कलाकारों की अदाकारी, जो अच्छे निर्देशन के बिना सम्भव नहीं था, के कारण दर्शकों को बांधे रखने में सफल लगती है।

[2021]

28. मंथन : श्याम बेनेगल (1975)

सहकारिता समाजवाद का गोमुख है। एक समतावादी समाज का निर्माण उसके सदस्यों के पारस्परिक सहयोग और भाईचारा से ही सम्भव है। प्राकृतिक संसाधनों और उससे निर्मित उत्पादों का नियंत्रण एवं नियमन समाज के सदस्यों द्वारा किये जाने पर ही प्रत्येक व्यक्ति को उसके योगदान के अनुरूप प्रतिफल प्राप्त हो सकता है। सभ्यता के प्रारंभिक मंज़िल से गण समाजो तक मानव जाति इसका अनुभव कर भी चुकी है, अवश्य तत्कालीन समय मे उत्पादन के साधनों और सम्बन्धों में जटिलता कम थी।

मगर सभ्यता के विकास के साथ निजी सम्पत्ति की अवधारणा बलवती होती गई और प्राकृतिक संसाधनों पर व्यक्ति विशेष अथवा कुछ व्यक्तियों का अधिकार होता गया, उससे अनिवार्यतः बहुजन को उसके परिश्रम का उचित फल नहीं मिल सका। इसे इतिहास के राजशाही/सामंती काल मे देखा जा सकता है। औद्योगिक क्रांति के फलस्वरूप उत्पन्न पूंजीवादी लोकतांत्रिक शासन प्रणाली में पूंजी की केन्द्रीयता और बढ़ती गयी। सामंती रूढ़िवाद एक स्तर पर कम हुए मगर दूसरे स्तर पर जातिवाद बढ़ता गया। शिक्षा का स्तर बढ़ा, आमजन को कुछ अधिकार भी मिले, मगर सत्ता और नीति निर्धारण मे उसकी भूमिका सीमित रही।

इधर संविधान प्रदत्त 'व्यक्ति की गरिमा' का यह हश्र हुआ है कि कहीं व्यक्ति की पीट-पीट कर हत्या की जा रही है, कहीं सत्ता की आलोचना को राजद्रोह कहा जा रहा है। संकट काल मे तो आलम यह होता है कि व्यक्ति एक ऑक्सीजन सिलेंडर न मिल पाने के कारण मर जाता है।

इस व्यक्ति केन्द्रित सत्ता का विकल्प समाजवाद ही हो सकता है, मगर इधर तो एक-एक कर सार्वजनिक क्षेत्र के उद्यमों का निजीकरण किया जा

रहा है जिसका दुष्परिणाम महंगी सेवा के रूप में दिखाई देने लगा है। अवश्य यह भी कहा जाता रहा है कि समाजवाद के प्रयोग 'असफल' रहे हैं। हमारे देश मे ही सार्वजनिक क्षेत्र के कई उपक्रम घाटे में चलते रहे है। इसमे आंशिक सच्चाई है मगर बेचा तो उन्हें भी गया है जो लाभ में रहे हैं। दूसरी बात समाजवादी मॉडल की 'असफलता' के कई आंतरिक-बाह्य कारण रहे हैं, उन पर बहस होती रही है। प्रयोग की असफलता मात्र से उद्देश्य की अव्यावहारिकता सिद्ध नहीं हो जाती। मानव के दुखों से सामूहिक मुक्ति के स्वप्न हमेशा जिंदा रहेंगे।

फ़िल्म 'मंथन' ऐसे ही मानव के सामूहिक प्रयास को रेखांकित करती फ़िल्म है। गुजरात के खेड़ा जिले के 'दुग्ध क्रांति' जो किसानो की सहकारिता का मिसाल रही है, से प्रेरित यह फ़िल्म किसानों के पैसे से ही निर्मित है। इस फ़िल्म को बनाने के लिए सोसाइटी के पांच लाख किसानों ने अपने एक दिन का पगार प्रत्येक दो रुपये (कुल दस लाख) दिए थे, जिसमे उनके संघर्षों का ही प्रतिबिम्ब है।

फ़िल्म में दूध बेचने वाले किसानों की सहकारी समिति (सोसाइटी) बनाने और उसमे आने वाली कठनाईयों का चित्रण है। एक युवा वेडनरी डॉक्टर राव जो मानवतावादी और समाजवादी मूल्यों से ओतप्रोत है गांव आकर सोसाइटी बनाने का प्रयास करता है। लोगों को उसका महत्व समझाता है। गांव के लोग लंबे समय से एक नेतानुमा व्यापारी 'मिश्रा जी' के डेयरी में दूध बेचते रहे हैं, मगर वह वाजिब कीमत से बहुत कम कीमत देता रहा है। चूंकि वह साहूकार भी है इसलिए किसान उस पर कई तरह से आश्रित हैं। वह 'घाघ' भी है और संकट पैदा करके 'सहायता' की कूटनीति पर भी चलता है। इन सब कारणों से किसानों का उसके चंगुल से निकलना आसान नहीं था।

फिर गांव की अपनी सामंती सामाजिक परीस्थितियाँ, जातिवाद, जिसके कारण ऊँच-नीच का भेदभाव भी एक बड़ी बाधा रही है। गांव का सरपंच 'ऊँची' जाति का है और इसे अपना स्वाभाविक अधिकार समझता है, इसलिए मानता है कि वह सोसाइटी के अध्यक्ष पद का स्वाभाविक

अधिकारी है। और जब वह एक 'दलित' जाति के प्रत्याशी से चुनाव हार जाता है तो इसे अपनी 'प्रतिष्ठा' का प्रश्न बना लेता है और षड्यंत्र रचता है।

'दलित' जातियां परम्परागत 'संस्कारों' और निम्न आर्थिक स्थिति के कारण पिछड़ी हुई हैं और स्वयं को 'सत्ता' से दूर रखती हैं जिसके कारण शोषण को और बढ़ावा मिलता है। डॉ राव इस स्थिति में बदलाव लाने का प्रयास करते हैं, उन्हें अपने अधिकारों के प्रति जागरूक करते हैं। इस समूह मे 'भोला' जैसे पात्र भी हैं जो चीज़ों को समझते हैं मगर उचित मार्गदर्शन और सहयोगी नही मिलने के कारण अपने आक्रोश को सही दिशा नहीं दे पाते। फ़िल्म में भोला पर डॉ राव के विचारों का सकारात्मक प्रभाव पड़ता है।

दलित वर्ग में ही 'बिंदु' जैसी स्त्रियां हैं जो साहसी तो है मगर सामाजिक विसंगति के अतिरिक्त पति के निकम्मापन और हिंसा का शिकार हैं। फ़िल्म में अन्य समूह के स्त्रियों का चित्रण नहीं है मगर स्थिति का अनुमान लगाया जा सकता है। कुल मिलाकर तत्कालीन समय में एक गांव की स्थिति और उसकी समस्याओं को भी फ़िल्म में शामिल करने का प्रयास किया गया है।

सोसाइटी की प्रारंभिक सफलता के बाद मिश्रा जी और सरपंच द्वारा अपने-अपने कारणों से उसे ध्वस्त करने और डॉ राव की टीम को वहां से भगाने के षड्यंत्र किये जाते हैं। कई नाटकीय घटनाक्रम होते हैं और अंततः डॉ राव को वहां से वापस बुलवाने का आदेश जारी करवा लिया जाता है। फ़िल्म के क्लाइमेक्स में डॉ राव रेलवे स्टेशन जाते हैं, भोला उन्हें रोकने दौड़ते हुए आता है मगर तब तक रेल छूट जाती है। मगर भोला निराश नहीं होता डॉ राव की बाते उसे याद है कि सोसाइटी उनको ही चलाना है; और वह फिर अपने लोगों को इकट्ठा कर सोसाइटी ले जाने में सफल हो जाता है।

इस तरह फ़िल्म का सुखांत होता है। आज सबकुछ बिकने और बेचे जाने के इस दौर में सहकारिता की अवधारणा जरूर हाशिये पर है, मगर मनुष्यता और व्यक्ति की गरिमा के सम्मान का रास्ता यहीं से है। अवश्य

इसके लिए व्यक्ति को भी अपने स्वार्थ से ऊपर व्यापक समाज के हित के बारे में सोचना होगा वरना दुनिया तो किसी भी तरह चलती ही रही है, चलती रहेगी।

[2021]

29. निशांत : श्याम बेनेगल (1975)

सामंतवाद इतिहास का एक भयावह दौर रहा है। इसकी नींव ही किसानों, कारीगरों के शोषण पर टिकी थी। एकाक 'अच्छे' शासकों के अलावा इसमें स्वेच्छाचारिता का सर्वत्र बोलबाला रहा है। इसमें सामंत की इच्छा ही 'न्याय' हुआ करता था और वह जो भी करता था 'सही' करता था। ज़ाहिर है ऐसे में लोग उसके 'करम' से बचने में ही भलाई समझते थे। अपने ऐतिहासिक कारणों से सामंतवाद का पतन होना ही था मगर स्वतंत्रता के पूर्व तक यह ब्रिटिश संरक्षण में भिन्न रूप में ज़मीदारी के रूप में फलता-फूलता रहा और आज भी इसके अवशेष कहीं-कहीं बांकी रह गए हैं, जो एक तरह से लोकतंत्र की असफलता है।

फ़िल्म 'निशांत' की पटकथा आज़ादी के पहले सन् पैंतालीस के तमिल प्रदेश के एक ज़मीदार के अत्याचार और शोषण पर आधारित है। ज़मीदार अपने वर्ग चरित्र के अनुरूप पूरे गांव को अपनी जागीर समझता है। किसान उसकी ज़मीन को 'किराये' से जोतते हैं। वह मनमाफ़िक लगान वसूलता है और पूरी न होने पर किसी को कभी भी बेदखल कर देता है। लोग उस पर आश्रित हैं, कर्ज में डूबे हैं। वह जब चाहे किसी को घर, ज़मीन से बेदख़ल कर देता है।

उसके तीन बेटे हैं। दो, बाप के सामंती चरित्र के अनुरूप हैं। किसानों को परेशान करते हैं, बेगारी कराते हैं। यहां तक कि किसी की भी बहु-बेटी को उठा लेते हैं। छोटा भाई 'विश्वमं' सामंती परिवेश में भी भिन्न स्वभाव का है। शराब की लत नहीं, किसी को परेशान भी नहीं करता। ज़ाहिर है उसे घर मे एक 'कमजोर' व्यक्तित्व के रूप में देखा जाता है। उसके व्यक्तित्व में एक दब्बूपन है भी जिसके कारण असहमत होकर भी वह गलत का विरोध नहीं कर पाता। फ़िल्म की शुरुआत में उसके भाइयों द्वारा देवालय से गहनों

की चोरी में उसकी संलिप्तता इसी ढंग की रही होगी। उसकी पत्नी भी है, कोई अनबन भी नहीं फिर भी सम्बन्धों में एक ठंडापन है, मानो उसने विवाह भी अनिच्छा से किया होगा।

विश्वं स्कूल के मास्टर, जो दूसरे गांव से आया है, की पत्नी 'सुशीला' के प्रति आकर्षित हो जाता है। मगर सुशीला उसका घूरना पसंद नहीं करती। इधर उसके दोनो भाई उसकी इच्छा को ताड़कर सुशीला को जबरदस्ती उठाकर हवेली ले आते हैं। विश्वं को सुशीला से सहानुभूति है मगर उसके भाई उसके साथ बलात्कार करते हैं। वह उसे पाना चाहता है, उसका ध्यान रखता है और नाकाम रहने पर उस कसक में अपने अंदर सामंती रौब पैदा करना चाहता है मगर कर नहीं पाता। लेकिन उसकी नर्मदिली से अंततः सुशीला समर्पण कर देती है और यह समर्पण प्रेम में बदलता दिखाई पड़ता है।

मास्टर साहब मानवीय व्यक्तित्व के हैं, उनकी पत्नी सुशीला और एक बच्चा है। वह गांव में नए हैं। ज़मीदार के बेटों की मनमानी उसे अजीब लगती है और जब उसकी पत्नी को सबके सामने जबदस्ती उठा लिया जाता है तो स्तब्ध हो जाते हैं। रोकने की नाकाम कोशिश करते हैं। गांव की पुलिस से लेकर शहर में कलेक्टर, पत्रकार तक जाते हैं मगर कहीं कुछ नहीं होता। मजबूर होकर बच्चे के पास गांव वापस आते हैं, मगर उनके अंदर एक आग लगी रहती है और अपनी 'अक्षमता' की ग्लानि भी।

सुशीला और मास्टर साहब में पति-पत्नी का स्वाभाविक प्रेम है। कहीं कोई असामान्यता नहीं दिखाई देती। दोनों का एक बच्चा है। सुशीला शिक्षित नहीं जान पड़ती। उसे जब हवेली में जबरदस्ती ले जाया जाता है तो वह स्वाभाविक रूप से उसका विरोध करती है। एक दिन खाना नहीं खाती। उसका जबरदस्ती शारीरिक शोषण होता है, छटपटाती है, मायूस रहती है। मगर इसके बाद ज़िंदगी जैसे अपना रास्ता ढूंढ लेती है। वह खाना खाने लगती है। कुछ-कुछ 'अपने' घर की तरह जीने लगती है। नौकरानी से बच्चे और पति का हाल पूछती है। उसके द्वारा पति के दुखी न दिखाई देने के

झूठ को जैसे सहज स्वीकार लेती है। सम्भवतः पितृसत्ता का जो रूप वह देखती आयी हो उसके कारण उसे इस पर विश्वास हुआ हो।

वह असहज है मगर उसके अंदर स्थिति के प्रति गंभीर प्रतिरोध नहीं है। न तो किसी क्षण वह बहुत आक्रोशित दिखाई देती है न वहां से भाग जाने का कोई प्रयास करती है। बल्कि कुछ दिन बाद विश्वं को स्वीकार कर लेती है और अपना हक के रूप में अलग रसोई मांगती है। मोटर से देवालय जाती है और वहां पति को देखकर थोड़ा भावुक होती है मगर उसे धिक्कारती अधिक है, मानो उसने उसे छुड़ाने के लिए कुछ न किया हो! सुशीला का यह व्यवहार दर्शक को थोड़ा आश्चर्य में अवश्य डालता है, वरना देवालय से ही पति के साथ भाग जाने का प्रयास किया जा सकता था। इस व्यवहार की चरम परिणीति तब होती है जब जनता हवेली में हमला कर ज़मीदार और उसके दो बेटों को ख़त्म कर देती हैं तब वह विश्वं के साथ भाग जाती है, अवश्य वह 'रूखमणी' को भी बराबर पुकारती है।

सोचा जा सकता है कि सुशीला में बदलाव किस कारण से आया होगा! वह जिस सामंती अत्याचार से पीड़ित है, उसी से मुक्ति में सहयोग क्यों नहीं देती! विश्वं से उसके लगाव को यदि उसके एकनिष्ठ 'प्रेम' के कारण सहज मान भी लिया जाय तो शुशीला का व्यक्तित्व बहुत 'साधारण' रह जाता है। आखिरी क्षण में उसे अपना बच्चा याद तो आता है मगर पति का जैसे उसके लिए अस्तित्व ही खत्म हो गया है। यदि उसके इस व्यवहार को पितृसता के उस मूल्य के कारण माना जाय जहां एक बार स्त्री 'लांक्षित' हो जाती है तो उसकी वापसी संभव नहीं तो फ़िल्म की इस नाटकीयता का औचित्य बहुत साधारण रह जाता है।

ऐसा प्रतीत होता है कि फ़िल्मकार का उद्देश्य मानवीय प्रेम की अद्वितीयता की प्रतिष्ठा करना है। सुशीला और विश्वं मानवीय व्यक्तित्व हैं, उनमें प्रेम हो जाता है, परिस्थितियां भले दवाबमूलक रही हों। अंतिम में विश्वं का उसके गोद मे लेट जाना, सुशीला का उसे सहलाना और पार्श्व में 'पिया बाज प्याला पीया जाय न' गीत का बजना इसे इंगित भी करता है। ऐसे में इस तरह की

नाटकीयता और दोनो का अंत असम्भव तो नहीं मगर फ़िल्म के कथानक के विकास की दृष्टि से दर्शक को स्वाभाविक नहीं लगता।

मास्टर साहब का चरित्र उदात्त और संघर्षशील है, अवश्य उसे अकेले व्यक्ति के अक्षमताबोध का अहसास भी है। वह अपनी पत्नी की मुक्ति के लिए तमाम 'वैध प्रयास' करता है, मगर असफल रहता है। वह ज़मीदार परिवार द्वारा किसानों के शोषण को भी देखता रहा है इसलिए उनसे मुक्ति के अंतिम उपाय की तरफ बढ़ता है। वह मंदिर के पुजारी के साथ मिलकर लोगों को उनके शोषण के विरुद्ध जाग्रत करता है। इस उपक्रम में वह कई सभाओं, मेलों, धार्मिक कार्यक्रमों का सहारा लेता है। पुजारी के साथ होने और धार्मिक प्रतीकों का सहारा लेने से कार्य की सफलता बढ़ जाती है और अंततः एक वक्त आता है जब ज़मीदार और उसके दोनों बेटों को मार दिया जाता है। मास्टर जी इस लड़ाई में गोली लगने से घायल हो जाते हैं, मगर पत्नी के मुक्ति की चिंता उन्हें रहती है। पत्नी का घर मे न मिलना उसके लिए अस्वाभाविक रहा होगा मगर जब उग्र जनता विश्वं को ढूंढते पहाड़ी पर पहुंचती है उस समय भी वह पत्नी को बचाने चिल्लाता है मगर घायल होने के कारण पिछड़ जाता है और उसकी आवाज़ भीड़ में खो जाती है।

स्त्री चरित्र में विश्वं की पत्नी 'रूखमणी' भी है। उसकी छवि 'पारम्परिक' है, चेतना विहीन, यंत्रवत। पितृसत्ता के पारिवारिक मूल्यों को उसने लगभग स्वीकार कर लिया है। हालांकि उसमे मानवता है और वह सुशीला से सहानुभूति रखती है, मगर कहीं उसके ज़ेहन में कुछ है जो उसकी खमोशी में छुपी रहती है। यही कारण है कि जब घर पर हमला होता है तो वह भागने का कोई प्रयास नहीं करती; उसे जैसे इस परिवार की नियति का अहसास हो गया था।

इस तरह फ़िल्म सामंती शोषण और उससे मुक्ति के प्रयासों तथा इस बीच मानवीय सम्बन्धों की जटिलता और उसके बहुआयामी चरित्र को दिखाती हैं। फ़िल्म का शीर्षक 'निशांत' है, रात्रि का अंत। फ़िल्म के संदर्भ में इसे सामंती अत्याचार के रात्रि का अंत ही कहना उचित होगा। फ़िल्म के अंत में गांव के सभी बच्चों को मंदिर में दिखाया गया है। यह आंदोलन के पहले

पूर्व नियोजित रहा होगा। पुजारी लोगों को जाग्रत भी करते हैं, इसलिए बच्चों का मंदिर में होना उनके जागरण का प्रतीक भी है।

[2021]

30. अंकुर : श्याम बेनेगल (1974)

सामंती/ज़मीदारी प्रथा ने मनुष्यता का जितना अपमान और शोषण किया है, उसकी कल्पना नहीं की जा सकती। जहां ज़मीदार भूस्वामी के रूप में किसानों/मजदूरों का, उन्ही के उपज में जीवित रहकर शोषण किया करते थे, वहीं अधिकतर जाति व्यवस्था में 'उच्च जाति' भी हुआ करते थे और भूमिहीन 'दलित' जातियों के साथ छुआछूत और अमानवीय व्यवहार किया करते थे। सामंती जीवन मूल्यों को 'दैव विधान' समझने वाली जनता एक लंबे समय तक इसे सहती रही, मगर नवजागरण और स्वतंत्रता आंदोलन ने इस 'विधान' की हक़ीक़त को उजागर किया और आजादी के आस-पास तक एक व्यवस्था के रूप में इसका खात्मा हुआ।

मगर इसके बावजूद भी सामंती जीवन मूल्य समाज से पूरी तरह खत्म नही हो गए हैं। आज भी जातिगत, संस्कृतिगत भेदभाव के उदाहरण दिखाई पड़ते रहते हैं।

फ़िल्म 'अंकुर' में इस दोहरे शोषण के साथ मानवीय व्यवहार की जटिलता और मानवीय संघर्ष का भी चित्रण है। दलित स्त्री 'लक्ष्मी' और ज़मीदार के बेटे 'सूर्या' का सम्बन्ध परिस्थितिवश मानवीय व्यवहार की सहजता है। लक्ष्मी सन्तान आकांक्षी है, पति शराबी और उसके दुखों से बेखबर, घर छोड़ चला जाता है। ऐसे में लक्ष्मी का सूर्या के प्रति मानवीय आकर्षण असहज नहीं लगता, जब सूर्या जातिगत भेदभाव को न मानकर उसे आश्रय देता है।

सूर्या की उच्च शिक्षा और व्यवहार में अजीब द्वंद्व है। वह शराब-सिगरेट पीता है, जातिगत छुआछूत को नहीं मानता मगर सामंती क्रूरता से भी मुक्त नहीं है। लक्ष्मी के मूक-बधिर पति 'किस्तीय्या' को ताड़ी जैसे छोटी के चोरी

के लिए सिर मुंडाकर गधे में बिठाकर गांव में घुमाना सामंती व्यवहार का द्योतक है। ज़ाहिर है किस्तीय्या दलित भी है इसलिए उसके साथ यह अपमान जनक व्यवहार उसके लिए अधिक 'सहज' है।

लक्ष्मी के प्रति उसका आकर्षण यौनगत ही मुख्य है, उसमे प्रेम नहीं अपितु कुछ 'दया' अवश्य है। उसके लिए यह जैसे महज खेल है, जिसे जब तक कोई दिक्कत न हो खेला जाय। यही कारण है कि जब उसे लक्ष्मी के गर्भवती होने की जानकारी होती है तो उसके होश उड़ जाते हैं। पत्नी के विरोध के बाद उसकी असहजता और बढ़ जाती है। वह लक्ष्मी से गर्भपात की बात करता है, अपनी इज़्ज़त की दुहाई देता है। लक्ष्मी द्वारा दृढ़ता से गर्भपात से इंकार करने पर वहां से चले जाने को कहता है। अंततः लक्ष्मी उसके 'घर' से अपने झोपड़ी में आ जाती है। मगर इस अवस्था मे उसके पास रोटी का संकट पैदा हो जाता है। हालांकि उसे रोटी काम के बदले मिलती थी।

विवश होकर वह एक बार सूर्या के घर काम माँगने आती है। उसकी पत्नी उसे खाना देते रहती है मगर उसे चाँवल की 'चोरी' करते देख लताड़ती है। सूर्या भी 'चमड़ी उघाड़ देने' की हद तक लताड़ता है। वह किसी तरह अपने बच्चे को जीवित रखने का उपाय ढूंढती है, खेतों से भुट्टा भी चुराती है।

इस बीच कहानी में नाटकीय मोड़ आता है। एक सुबह जब लक्ष्मी जागती है तो देखती है उसका पति बाजू में सोया है। किस्तीय्या कृतज्ञता से जेब से कुछ पैसे निकालकर उसे दिखाता है, जिससे पता चलता है कि वह घर से लापरवाही से नहीं भागा था वरन ग्लानि से कुछ कमाने गया था। लक्ष्मी उसकी स्थिति को देखकर दहाड़ मारकर रोने लगती है। इस रुदन में उसकी वर्तमान स्थिति का अपराधबोध, पति की मासूमियत और निश्छलता का अहसास घुला-मिला है। किस्तीय्या की मासूमियत देखिए कि वह बिना किसी तर्क के लक्ष्मी के गर्भ को भगवान का वरदान मानता है और उसे मंदिर ले जाता है।

फ़िल्म के क्लाइमैक्स में किस्तीय्या खुशी से सूर्या के पास काम मांगने जाता है। सूर्या एक बच्चे के साथ पतंग उड़ा रहा था। किस्तीय्या को अपने तरफ आते देख वह आशंका से भर जाता है और डर में नौकरों को आवाज़ देता है। वह अपने कारगुजारियों के कारण भयग्रस्त है इसलिए उसे निर्दोष किस्तीय्या आक्रमक प्रतीत होता है, उसे लगता है कि वह उसे मारने आ रहा है। नौकरों से पकड़वाकर वह उसे कोड़े लगाता है, भद्दी गालियां देता है। उसके अवचेतन का सामंती चरित्र और कायरता उभर आती है। किस्तीय्या चुपचाप मार खाता है, मगर इस दृश्य को देखकर लक्ष्मी आकर उसे रोकती है और धिक्कारती है।

लक्ष्मी का यह धिक्कार और गाली मानो सामंती बंधन के 'लिहाज' को तोड़ने का प्रतीक है। वह अब तक उसे 'छोटे सरकार' कहती थी, अब उसे 'हराम के जने' कहती है। लक्ष्मी की दृढ़ता और सूर्या का भय से कांपना जैसे इस वर्ग के पतन का संदेश है। अंत मे एक बच्चा पत्थर उठाकर सुर्या के घर का शीशा तोड़ देता है। यह इस बात का प्रतीक है कि अब गरीब/दलित जनता अत्याचार न सहेंगी। लक्ष्मी के गर्भ से जो 'अंकुरित' होगा वह शर्म नहीं संघर्ष का प्रतीक होगा। इस फ़िल्म को देखने पर श्याम बेनेगल की दूसरी फ़िल्म 'निशांत' बरबस याद आ जाती है, मानो वह इसकी अगली कड़ी है जिसमे जनता अत्याचारी ज़मीदारों को उनके घर मे घुसकर मार देती है।

[2021]

31. सद्गति : सत्यजीत राय (1981)

प्रेमचंद तत्कालीन समाज के कुशल चितेरे हैं। वे समाज के अंतर्विरोधों, विडम्बनाओं से आँख नहीं चुराते बल्कि जोखिम की हद तक 'नंगी सच्चाई' को उजागर करते हैं। वे चाहते तो कइयों की तरह निजी सुख-दुख और व्यक्तित्व के मनोवैज्ञानिक चित्रण तक सीमित रह सकते थे, लेकिन उन्होंने दूसरा रास्ता चुना। उनकी बहुत सी कहानियां अपने समय की सामाजिक समस्याओंऔर पाखंडों को सीधे-सीधे व्यक्त करती हैं। ज़ाहिर है यह कुछ 'कला प्रेमियों' को स्थूल यथार्थ अथवा उपदेशात्मक लगता है।

भारतीय समाज में जातिव्यस्था चाहे जिन सामाजिक-ऐतिहासिक कारणों से उत्पन्न हुई हो, कालांतर में यह समाज के लिए कोढ़ बन गई। इतिहास के एक लंबे दौर में यह इतनी धृणित रही कि एक बड़ी आबादी के साथ अपमान जनक और अमानवीय व्यवहार होता रहा। ज़ाहिर है इसके स्थायित्व के लिए एक पूरे धार्मिक-सांस्कृतिक तंत्र का विकास हुआ था जिससे शोषित को अपना शोषण 'गलत' नहीं लगता था और शोषक वर्ग इसे 'दैव विधान' तथा 'कर्मो का फल' घोषित करता था।

मगर उन्नीसवीं शताब्दी के उत्तरार्ध के नवजागरण की चेतना और स्वतंत्रता आंदोलन ने, फुले से अंबेडकर तक के हमारे नायकों के प्रयत्न से इसमे उल्लेखनीय कमी आयी। दलित वर्ग अपने अधिकार और अस्मिता के प्रति मुखर हुआ। इस क्रम में प्रगतिशील साहित्यकारों ने भी अपने ढंग से इस भेदभाव का विरोध किया है। बावजूद इनके समाज अभी भी एक कुप्रथा से पूरी तरह मुक्त नहीं हो सका है।

प्रेमचंद की कहानी 'सद्गति' जातिगत शोषण के इस घृणित व्यवस्था की भयावहता को अत्यंत मार्मिक ढंग से दिखाती है। एक दलित मजदूर 'दुखी'

की त्रासद मौत जो वस्तुतः हत्या है समाज के सड़ांध को दिखाता है। एक तरफ पुरोहित और उसकी पत्नी हैं, जो जन्मजात 'क्षेष्ठ' हैं; खाना और सोना ही लगभग उनकी दिनचर्या है, किसी के घर कर्मकांड कराते भी हैं तो जैसे उसपर अहसान करते हैं। यदि व्यक्ति दलित हो तो मुफ्त बेगारी अलग!

यह कितनी बड़ी त्रासदी है कि एक व्यक्ति अपनी बेटी की सगाई की ख़ुशी लिए घर से निकलता है और मर जाता है, और उसके हत्यारों के लिए यह महज एक दुर्घटना है! उस पर भी उनका दुःख मृत्यु पर नहीं अपनी असुविधा पर है। कमाल की 'सांस्कृतिक महानता' है कि एक व्यक्ति दिनभर भूखे पेट श्रम कर रहा है और एक मुफ़्तभोगी व्यक्ति उसको लताड़ रहा है!

प्रेमचंद कई रचनाओं में यथार्थ के विभत्स रूप को भी दिखाते हैं जिससे कुछ लोगों को इसमे अतिरंजना दिखाई देता है। मगर कलाकार (लेखक) यथार्थ का पुनःसृजन करता है, इसलिए 'घटित' और 'चित्रित' का सम्बन्ध द्वंद्वात्मक होता है। लेखक रचनात्मक सृजन के दौरान घटनाओं को कई मोड़ और रंग देता है जिससे पाठक तक उसमे निहित सम्वेदना मुखरता से पहुँचे। ज़ाहिर है इसकी सफलता बहुत हद तक रचनाकार के रचनात्मक क्षमता पर निर्भर करती है।

बहरहाल 'सद्गति' में दलित 'दुखी' की भयावह त्रासदी का चित्रण है। कहना न होगा 'दुखी' एक वर्ग का प्रतीक है और पुरोहित भी। शोषण तंत्र में चित और पट दोनो शोषक के पक्ष में होते है। जो 'दुखी' के शरीर से दूर रहते हैं, उनका घर उसके बेगार से अपवित्र नहीं होता। दुखी एक जगह अपनी पत्नी से कहता है "तू तो कभी-कभी ऐसी बात कह देती है कि देह जल जाती है। ठकुराने वाले मुझे खटिया देंगे! कैथाने में जाकर एक लोटा पानी माँगूँ तो न मिले। भला, खटिया कौन देगा! हमारे उपले, सेंठे, भूसा, लकड़ी थोड़े ही हैं कि जो चाहे उठा के जाएँ।" उनके सामान का उपभोग मगर उनके शरीर से दूरी! पाखंड की हद है।

हिन्दू धार्मिक मान्यता में 'सद्गति' का अर्थ मृत्यु की सही गति अर्थात 'मोक्ष' प्राप्ति से है। कहानी का शीर्षक इससे बेहतर क्या हो सकता था! शीर्षक से ही विडम्बना पूरे शिद्दत से उभर आती है। प्रेमचंद शीर्षक से इस पूरे 'सांस्कृतिक मूल्य' पर व्यंग्य करते हैं, जिसमे एक भूख और अत्याचार से मरे व्यक्ति, जिसकी हत्या पुरोहितवाद ने की है, को 'सद्गति' का दर्जा दे दिया जाता है।

फ़िल्म 'सद्गति' कहानी के अनुरूप लगभग पचास मिनटों की छोटी फ़िल्म है। कथा के मुख्य पात्रों का अभिनय ओम पुरी, स्मिता पाटिल, मोहन अगाशे, गीता सिद्धार्थ ने किया है। फ़िल्म में कहानी की सम्वेदना को और तीव्र बनाने के लिए कुछ अतिरिक्त प्रयास किये गए हैं। मसलन दुखी की तबियत ख़राब होना दिखाया गया है जिससे उसकी मृत्यु की यथार्थता बढ़ जाती है। दुखी पुरोहित के घर बेगार कर रहा तो ज़ाहिर है उधर उसकी पत्नी और बेटी सगाई की तैयारी करते रहे होंगे। फ़िल्म में इस प्रसंग को भी जोड़ा गया है। फ़िल्म के अंत मे दुखी की पत्नी झुरिया का पुरोहित के दरवाजे पर विलाप भी सम्वेदना को झकझोरती है। पुरोहित का गले के आते तक भोजन करना और डकार लेना दुखी के भूखे होने की विडम्बना को और मुखरता से प्रकट करता है।

कुल मिलाकर सत्यजीत राय के कुशल निर्देशन ने कथा की सम्वेदना को और तीव्र और सहज बनाने में मदद की है। वैसे भी दृश्य माध्यम के अपने अतिरिक्त आयाम होते हैं जिससे पाठक/दर्शक कहानी को न केवल सुनता है अपितु देखता भी है,जिससे कथा को ग्रहण करने उसकी क्षमता और बढ़ जाती है। अवश्य इसमे प्रस्तुतिकरण का विशेष महत्व होता है, और सत्यजीत राय जैसे समर्थ निर्देशक इसे सार्थक ढंग से करते रहे हैं।

[2021]

32. बंदिनी : मेरे साजन हैं उस पार

मानवता और प्रेम मनुष्य मात्र की सहजवृत्ति है, मगर मातृत्व की अतिरिक्त क्षमता के कारण और उससे जनित जैविक-मनोवैज्ञानिक कारणों से भी स्त्रियों में ममत्व और करुणाशीलता के अधिक उदाहरण देखे जाते हैं। निष्ठुर, स्त्री या पुरूष कोई भी हो सकता है मगर फिर भी स्त्रियों में इसके उदाहरण अपेक्षाकृत कम मिलते हैं। "स्त्री पैदा नहीं होती, बनायी जाती है" यह कथन पितृसतात्मक समाजीकरण के माहौल में सत्य है मगर फिर भी स्त्री-पुरूष की एक सीमा तक भिन्न जैविकी जनित भिन्नता से इंकार नहीं किया जा सकता।

फ़िल्म 'बंदिनी' [1963, बिमल राय] की 'कल्याणी' के चरित्र को इस परिप्रेक्ष्य में देखने से उनके चरित्र की उदात्तता महज सामाजिक मूल्य न होकर सहज लगती है। डॉ देवेंद्र के निश्छल प्रेम का प्रभाव उसके मन पर भी है, मगर शुरुआत में वह अपने पिछली ज़िंदगी की परछाईंयों से 'भयग्रस्त' रहती है। यह भय ख़ुद के प्रति नहीं अपितु देवेंद्र के प्रति अधिक जान पड़ता है क्योंकि ज़िंदगी के ठोकरों ने उसे जीवनगत इच्छाओं से लगभग असंपृक्त कर दिया है।

विकास बाबू से उसका प्रेम भी उनके व्यक्तित्व और उम्र के सहज आकर्षण से हुआ था। वे भी उनसे प्रेम करते थे मगर उनके क्रांतिकारी जीवन की अनिश्चितता और जोखिम ने दोनों को अलग कर दिया। अवश्य उनके दूसरी लड़की से विवाह का तर्क मजबूत नहीं है और इस मजबूरी के विवाह को देशहित से जोड़ने का प्रयास भी किया गया है, जो गले नहीं उतरती। बहरहाल कहानी के इस मोड़ से कल्याणी का जीवन दूभर हो जाता है। लोकोपवाद से पिता-पुत्री का गांव में मुश्किलें बढ़ती जाती हैं। वह पिता को इस 'दुविधा' से बचाने घर छोड़ देती है।

नाटकीय घटनाक्रम में कल्याणी द्वारा विकास बाबू की पत्नी जो हिस्टीरिया से ग्रस्त है और असामान्य व्यवहार करती है, की ज़हर देकर हत्या हो जाती है। इसका औचित्य भी खास नहीं दिखाई पड़ता मगर इसे कल्याणी के अवचेतन में दबी पीड़ा, कुंठा, प्रतिशोध का फल दीखाना प्रतीत होता है। अवश्य इसे उसका असामान्य कार्य दिखाया गया है, क्योंकि उसी समय उसके पिता की मृत्यु हुई थी जिससे उसके चरित्र को मानवीय रखने का प्रयास दिखाई पड़ता है, मगर इससे 'स्त्री सुलभ ईर्ष्या' जैसे परम्परागत सामंती मुहावरे का निष्कर्ष भी निकाले जाने का ख़तरा बन जाता है।

इस घटना से ही कल्याणी जेल जाती है और उसके 'बंदिनी' जीवन की शुरुआत होती है और जेल में एक तपेदिक के मरीज की सेवा के दौरान डॉ देवेंद्र के संपर्क में आती है। कल्याणी अपने सकारात्मक व्यवहार के कारण सब का दिल जीत लेती है और कालांतर में उसे उसके अच्छे व्यवहार के कारण सजा में ढिलाई मिलती है और रिहा कर दी जाती है।

विकास बाबू क्रांतिकारी हैं। क्रांतिकारी संगठन से जुड़े हैं। जीवन जोखिम से भरा है। अपने नज़रबन्दी के दौरान कल्याणी के संपर्क में आते हैं और दोनो में प्रेम हो जाता है। वहां से विस्थापन के दौरान वे कल्याणी को अपना पत्नी मान शीघ्र ही संपर्क की बात कहते हैं। मगर नाटकीय परिस्थितियों में पार्टी संगठन के निर्देश में उन्हें दूसरी स्त्री से विवाह करना पड़ता है। इधर आहत कल्याणी घर छोड़ देती है।

फ़िल्म में क्लाइमैक्स में जेल से रिहा कल्याणी डॉ देवेंद्र के घर जाने के लिए निकलती है, क्योंकि देवेंद्र की माँ भी उसे स्वीकार कर ली होती है। उसके सामने नया जीवन का रास्ता है जहां देवेंद्र जैसा निश्छल प्रेमी है। मगर नाटकीय घटनाक्रम में स्टेशन में विकास बाबू उन्हें छूत के रोग से ग्रस्त निस्सहाय दिखाई पड़ते हैं, जो शेष जीवन बिताने अपने गांव जा रहे थे। उसे विकास बाबू के मजबूरी के विवाह का पता चलता है। स्वयं विकास बाबू कल्याणी के प्रति अपनी जवाबदारी न निभा पाने का पछतावा व्यक्त करते हैं। वे कल्याणी से कोई आग्रह नहीं करते न ही उन्हें देवेंद्र के बारे में कोई जानकारी है।

यहां कल्याणी द्वंद्वग्रस्त हो जाती है। एक तरफ़ देवेंद्र दूसरी तरफ विकास बाबू। दोनो का प्रेम बराबर। मगर विकास बाबू के जहाज छूटने के समय यह द्वंद्व चरम में पहुँच कर निष्कर्ष तक जाता है और वह दौड़ते विकास बाबू के पास जाकर लिपट जाती है।

इस प्रेम त्रिकोण में तीनों का चरित्र उदात्त है। किसी को शिकायत नहीं। मगर देखा जाय तो कल्याणी का सहज प्रेम विकास बाबू के प्रति उमड़ा था, उसके साथ समय गुजरा था, वे देश की आजादी के लिए संघर्ष कर रहे थे, वे आखिर में निस्सहाय हो गए थे, इसलिए कल्याणी का उनके पास जान उसके चरित्र को और गरिमामय बना देता है। यहाँ अनायास बौद्ध भिक्षु 'उपगुप्त' की कथा याद आ जाती है।

फ़िल्म चारु चन्द्र घोष के बंगाली उपन्यास 'तमसी' पर आधारित है जिसे हम अपने पाठकीय सीमा के कारण पढ़ नहीं पाए हैं। फ़िल्म का देशकाल तीस के दशक का बंगाली समाज है, अवश्य फ़िल्म का निर्माण 1963 का है। ज़ाहिर है चरित्रों के निर्माण में अपने देशकाल का भी प्रभाव होता है, इसलिए समकालीन यथार्थवादी दृष्टि से आकलन करने पर इसमे कुछ अतिरिक्त अदर्शात्मकता दिखाई पड़ सकता है। मगर कोई कला निरुद्देश्य नहीं हुआ करती,और इसलिए कलाकार (फ़िल्मकार) का दृष्टिकोण भी।

[2021]

33. रेनकोट : रितुपर्णो घोष (2004)

कस्बाई क्षेत्र का मध्यमवर्गीय जीवन अजीब द्वंद्व से घिरा होता है। इच्छाएं बड़ी होती हैं मगर सुविधाओं के नहीं होने से उलझने बढ़ती जाती हैं। युवावस्था की रोमानियत यथार्थ के धरातल से टकराने पर सहसा उसे स्वीकार नहीं कर पाती। मगर यथार्थ को इंकार करने से वह बदल नहीं जाता। इसलिए विडंबनाएं होती हैं, दिल टूटते हैं मगर जीवन अपनी राह चलता है।

मगर इस 'दिल टूटने' का कारण वह 'मर्यादाबोध' भी है जो अस्मिता के हनन तक को कर्तव्य का नाम देकर स्वीकृत करा लेता है। मसलन आज भी स्त्री-पुरुष का विवाह अधिकांशतः इस कारण नहीं हो पाता कि वे भिन्न जाति के हैं अथवा दोनो के आय में असमानता है, चाहे दोनो एक दूसरे को पसंद क्यों न करते हों और जिनका दिल टूटता है वे इसे नियति मानकर स्वीकार भी कर लेते हैं!

फिर भी प्रेम होते हैं और जहां प्रेम होता है वहां उदात्तता भी और अगर प्रेम 'असफल' हो तो इस उदात्तता का प्रकटीकरण दो तरह से हो सकता है। या तो दोनो मिलने पर यथार्थ को पूरी तरह से खोलकर अपने सुख-दुःख का बता देते हैं, या फिर अतीत के हक़ीक़तों को छुपाने के लिए झूठ का वर्तमान गढ़ते हैं।

फ़िल्म 'रेनकोट' इसी 'झूठे वर्तमान' का आख्यान है। 'मन्नू' और 'नीरू' हालात के जिस मोड़ पर मिलते हैं, वहां प्रेम की कसक तो है, बहुत कुछ छूट जाने का दुःख है, मगर इस विडम्बना का स्वीकारबोध नहीं है। एक पर्दा है दोनो के बीच, जो इतना जर्जर हो चुका है कि दोनों के हालात झांक रहे हैं मगर वे स्वीकार नहीं कर पा रहे हैं। मगर बेबसी की अपनी जुबान

होती है। व्यक्तित्व कुछ देर की अदाकारी से बदल नहीं जाता। मन्नू सहज व्यक्ति है; सामान्य आय स्तर का। इसलिए साधारण सुविधाओं में जीने का आदी है। ज़ाहिर है उसके लिए यह मजबूरी नहीं, सहज है। इसलिए जब वह नीरू के सामने 'अमीर' होने का अभिनय करता है, तो इसे ठीक से निभा तक नहीं पाता। उसकी प्रत्येक गतिविधि हक़ीक़त का बयान करती है।

अपनी इस सहजता के कारण ही वह शुरुआत में नीरू के 'झूठ' को पकड़ नहीं पाता, मगर जब हक़ीक़त खुलती है तो उसके अंदर आक्रोश नहीं करुणा का भाव पैदा होता है। वह ख़ुद सहायता माँगने आया था मगर सहयोग करके जाता है।

नीरू अपेक्षाकृत अधिक 'व्यावहारिक' है। किसी समय उसने इस 'व्यावहारिकता' के कारण घर वालों के कहने पर 'अमीर' व्यक्ति से विवाह कर लिया था। ज़ाहिर है उसने भावना को जज़्ब कर लिया था और उसे आक्रोश तक आने नहीं दिया; यहां तक कि मन्नू को समझाने में सफल रही। उसका यह आचरण उसी 'मर्यादाबोध' से संचालित रहा, जिसकी कीमत अक्सर स्त्रियों को ही अधिक चुकानी पड़ती है।

इस मर्यादाबोध के रक्षा के लिए ही वह तमाम दुःख सहकर भी चुप है। मगर दुःख अपनी जगह हैं। लापरवाह पति के कारण जीवन की मूलभूत सुविधाओं के लाले पड़े हैं; कर्जदारों से बचने ख़ुद घर में कैद कर रखा है। एकाकीपन उसके जीवन का हिस्सा हो गया है। उसके प्रारम्भिक जीवन की चंचलता की झलक जैसे इस विडम्बना को और तीव्र कर देती है।

नीरू को मन्नू के यथार्थ का बोध अपेक्षाकृत जल्दी हो गया रहा होगा क्योंकि वह उसके व्यक्तित्व को अच्छे से जानती है। फ़िल्म के क्लाइमैक्स में रेनकोट में अपना झुमका मन्नू के सहयोग के लिए छोड़ना उसके प्रेम की पराकाष्ठा है। वह उससे दूर रहकर भी जैसे उसके ख्यालों से कभी दूर न थी। सम्वाद में मन्नू के दूसरे स्त्री के जिक्र से उसकी असहजता इसे पुष्ट करती है।

मगर इन सारे द्वंद्वों, मजबूरियों के बीच एक बात खटक ही जाती है कि दोनों हालात के आगे इस तरह आसानी से समर्पण क्यों कर देते हैं! कहीं कोई संघर्ष का जज़्बा नहीं दिखाई देता। केवल प्रेम है, संघर्ष नहीं। बहरहाल अपने समय के सामाजिक-आर्थिक मूल्यों से संस्कारिता और जूझते व्यक्तियों के लिए चीजें उतनी आसान नहीं होतीं, जितना शायद हम समझ लेते हैं।

(फ़िल्म ओ हेनरी की लघुकथा 'द गिफ्ट ऑफ द मैगी' पर आधारित है)

[2021]

34. सारांश : महेश भट्ट (1984)

यह अपेक्षा की जाती है कि वृद्धावस्था में व्यक्ति आजीविका के सांसारिक कार्य-व्यापारों से मुक्त होकर अपने परिवार के बीच, उनके आश्रय में रहकर शेष जीवन सुख-शांति से व्यतीत करे। जीवन भर की मेहनत के बाद बाल-बच्चों के बीच हँसी-खुशी की ज़िंदगी हर दम्पति की चाहत होती है। यों मन के साथ शरीर भी इस अवस्था मे आराम चाहता है।

मगर ज़िंदगी बहुत से विडम्बनाओं से घिरी होती है। सब कुछ हमारे चाहने अनुसार कहां होता है! कई बार ज़िंदगी ऐसे मुक़ाम पर ला छोड़ती है, जहां से कोई रास्ता नज़र नहीं आता। दुर्घटनाएं एक पल में हँसती खेलती दुनिया को तबाह कर देती हैं। जीवन की यही अनिश्चितता कई रहस्यवादी चिंतन का कारण है।

फ़िल्म 'सारांश' के वृद्ध दम्पति बी.वी.प्रधान और पार्वती प्रधान का जवान बेटा जो अध्ययन के लिए न्यूयार्क गया था, की हत्या हो जाती है। इस अप्रत्याशित दुर्घटना से उनके जीवन की डोर ही जैसे टूट जाती है। कहाँ तो आँखों में हजारों सपने रहे होंगे और ज़िंदगी कहाँ ले आयी! दोनो का अन्तस् इसे स्वीकार नहीं पा रहा है।

यद्यपि श्री प्रधान हेडमास्टर रह चुके हैं, आजादी के आंदोलन में भाग भी लिया है, दृढ़ व्यक्तित्व के हैं फिर भी यह आघात उनके लिए मर्मान्तक है। वे एकदम अकेले से भटक रहे हैं, मन कहीं नही लग रहा है, पत्नी और मित्र की सांत्वना के बावजूद सम्भल नहीं पा रहे हैं। यहां तक की आत्महत्या का भी प्रयास करते हैं।

उनकी पत्नी पार्वती धार्मिक महिला है। अंधविश्वास की हद तक। एक 'गुरु' के द्वारा उनके बेटे के उनके घर पुनः जन्म लेने की बात पर उन्हें पूरा

विश्वास है। उनके दुःख को इस 'विश्वास' से जैसे एक सहारा मिल गया है।पति को भी आश्वस्त करना चाहती है मगर वे नास्तिक हैं। इन बातों का उन पर कोई प्रभाव नहीं पड़ता।

पुत्र शोक अपनी जगह है। इधर समाज की असंवेदनशीलता और भ्रष्टाचार में किसी के दुख का कोई स्थान नहीं है। कल्पना कीजिये जब एक बाप को अपने पुत्र की अस्थि तक प्राप्त करने के लिए कार्यालय में भटकना पड़ता है!

इन सब के बावजूद श्री प्रधान का व्यक्तित्व उदात्त है। वे स्वतंत्रता आंदोलन के जीवन मूल्यों को अपनाए हुए हैं, इसलिए क्षुद्रता और स्वार्थ को देखकर बर्दास्त नहीं कर पाते। उन मूल्यों के पतन की बेबसी उनके चेहरे पर उभर आती है। उनको आश्चर्य होता है कि स्वतंत्रता के संघर्ष की कीमत बाद की पीढ़ी के लिए जैसे कुछ भी नहीं है। इस तरह के दृढ़ व्यक्ति का पुत्र शोक में विह्वलता अत्यंत मार्मिक है।

उनके जीवन में मोड़ सुजाता और विलास के आने से आता है। गर्भवती सुजाता को अपनाने में विलास और उसके पिता द्वारा इंकार करने पर श्री प्रधान और उनकी पत्नी को जीने का जैसे आधार मिल जाता है। पार्वती अपने धार्मिक भावना वश सुजाता के गर्भ में अपने मृत बेटे के पुनर्जन्म की कल्पना करती है और जैसे एक काल्पनिक दुनिया में जीने लगती है। श्री प्रधान हक़ीक़त जानते हैं मगर उस बच्चे की रक्षा का प्रश्न उनके जीवन को एक उद्देश्य दे जाता है। वे तमाम बाधाओं के बावजूद इसमे सफल होते हैं।

मगर अंततः विलास और सुजाता की अपनी अलग दुनिया है, उन्हें एक दिन अलग होना ही था। श्री प्रधान जानते थे मगर पार्वती जैसे कल्पना लोक में जी रही थी। उनका हक़ीक़त से सामना कष्टप्रद और मार्मिक होता है।

फ़िल्म के आख़िर में श्री प्रधान अपनी पत्नी को मॉर्निंग वॉक में ले जाते दिखाई देते हैं। पहले वे अपने मित्र के साथ जाते थे, पत्नी को नहीं ले जाते थे। अब दोनो नये जीवन की शुरुआत करते हैं, जहां दोनो एक दूसरे का

सहारा हैं। इससे पहले उनकी पत्नी उनके आगे आत्महत्या का प्रस्ताव रखती है। कभी श्री प्रधान ने ऐसा प्रस्ताव रखा था। मगर वे मना कर देते हैं और कहते हैं "मैं पहले गलत था हिम्मत आत्महत्या के लिए नहीं जीने के लिए ज्यादा चाहिए। मरने वाले के साथ मरा नहीं जा सकता। जीवन बड़ा है। पार्वती तुम्हारी झुर्रियों में मेरे जीवन का सारांश है।"

वे दोनों गार्डन जाते हैं। साथ में श्री प्रधान का मित्र भी है। कभी गार्डन के बेंच के नीचे उनके पुत्र की मुट्ठी भर राख गिर गई थी। आज वहां पर फूल खिले हैं। फूलों का खिलना जीवन की जीत है। दोनो उसमे खो जाते हैं। और यह फ़िल्म का सारांश भी है "हम सब का अंत है मगर जीवन का अंत नही है"। जीवन चला चलता है।
इस तरह यह फ़िल्म मृत्यु पर जीवन के विजय पर ख़त्म होती है। फ़िल्म में कलाकारों का अभिनय बेजोड़ है जो बेहतर निर्देशन के बिना सम्भव नहीं होता। फ़िल्म का पूर्वार्ध अत्यंत मार्मिक है जहां वृद्ध माता -पिता पर जवान बेटे की मृत्यु का प्रभाव दिखाया गया है। इस दृष्टि से अनुपम खेर का अभिनय बेजोड़ है जिन्होंने अट्ठाइस वर्ष की अवस्था मे वृद्धावस्था का ऐसा अभिनय किया था।

[2021]

35. अर्धसत्य : गोविन्द निहलानी (1983)

फिल्मों में सामान्यतः पुलिस की छवि यथार्थपरक नहीं होती। अतिरंजित ढंग से या तो उसे अत्यंत 'पतित' दिखाया जाता है अथवा 'सुपर हीरो सिंघम'। जबकि तमाम संस्थाओं की तरह इसके भी विचलन और उपलब्धियां हैं। इतना अवश्य है आज भी आम जनता इससे 'दूर रहना' ही पसंद करती है। जाहिर इसे संस्था की असफलता ही कही जाएगी।

भारतीय पुलिस व्यवस्था अधिकांश संस्थाओं की तरह ब्रिटिश मॉडल का ही अनुकरण रहा है। आज़ादी के बाद भी इसमे व्यापक बदलाव के लक्षण नहीं दखाई पड़ते। बावजूद इसके, संवैधानिक और कानूनी प्रावधानों से इसके अधिकार और सीमाओं को निर्धारित किया गया है। फिर भी सैद्धांतिक और व्यावहारिक अनुभव में फांक स्पष्ट दिखाई पड़ता है।

यदि मोटे तौर पर आजादी के बाद के दौर को ही लिया जाय तो तमाम प्रगति के बावजूद संस्थाएं उन लक्ष्यों को प्राप्त नहीं कर सकी हैं, जिसकी कल्पना की गई थी। भौतिक संसाधनों का विकास तो खूब हुआ मगर मूल्यों में क्षरण स्पष्ट रूप से देखा जा सकता है। अधिकतम आर्थिक सफलता को अधिकतम योग्यता का मापदंड स्वीकार कर लेने से व्यक्तिवाद, स्वार्थ, भ्रष्टाचार में अभूतपूर्व वृद्धि हुई। दूसरी बात पदों के जन निर्भरता नहीं रहने से 'जनता के सेवक' 'जनता के मालिक' होते चले गए। यह विडम्बना है कि 'लोक सेवक' इस पर शर्मिंदा नहीं गौरवान्वित होता है।

हमारे कहने का यह अर्थ नहीं कि पहले हर चीज अच्छी थी और आज हर चीज ख़राब है। पहले और आज का कोई विश्वसनीय तुलनात्मक अध्ययन न हो तब भी आज के भयावह भ्रष्टाचार और अपराध से कोई इंकार नहीं कर

सकता। इन प्रवृत्तियों पर राजनीतिक हस्तक्षेप और संरक्षण के उदाहरण भी स्पष्ट होते रहे हैं।

चूंकि पुलिस का सीधा सम्बन्ध अपराध नियंत्रण से है, इसलिए इसका थोड़ा भी विचलन समाज के लिए अत्यधिक अहितकर होता है। इधर पुलिस से लेकर न्यायिक व्यवस्था तक राजनीतिक हस्तक्षेप के उदाहरण बढ़े हैं। ऐसे में इस सिस्टम में ईमानदारी से कार्य करने वाले अधिकारियों-कर्मचारियों की मुश्किलों का अंदाजा लगाया जा सकता है।

फ़िल्म 'अर्धसत्य' का सब इंस्पेक्टर 'अनंत वेलणकर' एक सम्वेदनशील और ईमानदार अधिकारी है। उसके व्यक्तित्व में चालाकी नहीं है, अपितु कस्बाई खिलंदड़पन है। यों वह पुलिस में आना नहीं चाहता था मगर पिता के दबाव के कारण यहां आया है। पिता का चरित्र एक तरह से सामंती है। पत्नी को बात-बात पर पीटते हैं, मानो यह उनका नैसर्गिक 'अधिकार' है! बेटे पर भी इसी तरह का अधिकार चाहते हैं,उसके जीवन के फैसले ख़ुद लेना चाहते हैं। इस तरह अनंत स्वेच्छा से नहीं पिता की इच्छा से पुलिस में आया है।

बावजूद इसके वह नाख़ुश नहीं है और अपना काम अच्छे से करने की कोशिश करता है। वह असामाजिक तत्वों और गैर-कानूनी कार्यों को बर्दाश्त नहीं कर पाता और उचित कार्यवाही करता है। लेकिन दिक्कत तब आती है जब वह 'पहुँच वाले' अपराधियों पर हाथ डालता है। ये अपराधी सफेदपोश भी हैं और राजनीति से साठ-गांठ के चलते 'जनप्रतिनिधि' भी बन जाते हैं। अनंत इसे जानता तो है मगर अपनी स्वभाविक वृत्ति के तहत इसे स्वीकार नहीं कर पाता और उसे बार-बार अपमानित होना पड़ता है। भ्रष्टाचार का आलम यह है कि उसके द्वारा जान जोखिम में डालकर किये कार्यों का मेडल दूसरों को मिलता है।

उसके मन में हताशा और व्यवस्था के प्रति आक्रोश भरते जाता है, जो दूसरे रूपों में निकलने लगता है। मसलन वह अत्यधिक शराब पीने लगता है, लॉक अप में एक कैदी को इतना मारता है कि उसकी मृत्यु हो जाती है।

यह कृत्य जैसे उससे बेहोशी में होता है। परिणामतः उसे निलंबित कर दिया जाता है।

निलंबन और जाँच की जटिलता और बदनामी कैसे होती है उसे एक चरित्र 'माइक लोबो' के माध्यम से दिखाया गया है। वह भी ईमानदार पुलिस अधिकारी रहा है जिसके कारण आज निलंबित है और दर-बदर की ठोकर खाते नशे में धुत्त पड़ा रहता है और अंततः मर जाता है। भूमिका छोटी है मगर सांकेतिक रूप से महत्वपूर्ण है। अनंत से बीच-बीच उसका क्षणिक मुलाकात मानो अनंत की नियति का पूर्वाभास है।

मगर अनंत 'माइक लोबो' नहीं होना चाहता। वह निलंबन वापसी के लिए 'व्यावहारिक' रास्ते की तलाश में 'रामा शेट्टी' से मिलता है, जो सफेदपोश अपराधी है। वह रामा से नफरत करता है, उसके कारण ज़लील भी हुआ है मगर विडम्बना उसके दर पर ले आयी है। मगर यहां वह रामा से केवल सौदा करने आया था, काम के बदले पैसे से। लेकिन रामा के व्यवहार से उसका आहत स्वभिमान जाग जाता है और वह उसके 'पालतू कुत्ता' बनने के बदले उसकी हत्या कर देता है और इस तरह थाने में उसके समर्पण के साथ फ़िल्म समाप्त हो जाती है।

अनंत के व्यक्तित्व को समझने में एक समानांतर कहानी 'ज्योत्स्ना' के साथ उसका प्रेम प्रसंग है। दोनो स्वतंत्र चेता और एक दूसरे के व्यक्तित्व का सम्मान करते हैं। कहीं कोई प्रेम का इज़हार नहीं मगर मिलने-जुलने से अंतरंगता बढ़ती जाती है। ज्योत्स्ना इसके व्यवहार के 'तीव्र आक्रोश' को महसूसती है मगर उसके व्यक्तित्व के द्वंद्व को बहुत देर में समझती है। वह एक हद तक पुलिस के अतिरंजित नकारात्मक पहलू पर ही अधिक ध्यान देती है। उनके काम की विषम परिस्थितियों पर कम ध्यान देती है।

अनंत दूसरों की इच्छाओं को समझता है, मगर हालात ऐसे होते जाते हैं कि उससे मुक्ति स्थिर समर्पण में ही हो सकती है। मगर उसके व्यक्तित्व का स्वाभिमान वह रास्ता चुन ही नहीं सकता था। उसके व्यक्तित्व के इस पहलू को समझने में उसके परिवार की संक्षिप्त झलक मददगार है। पिता सामंती

चरित्र का 'व्यावहारिक' व्यक्ति है। पत्नी को पिटता है। बच्चे की इच्छा-अनिच्छा का कोई परवाह नहीं करता। इन सब कारणों से अनंत के व्यक्तित्व में पिता के प्रति अव्यक्त आक्रोश भर जाता है, जो बाद में फूट पड़ता है।
इस तरह विभिन्न कारणों से अनंत का जो व्यक्तित्व है वह थोड़ा आक्रमक जरूर है, नकारात्मक नहीं है। नकारात्मक तो व्यवस्था है,और उसका एकांगी आकलन है। यही 'अर्धसत्य' है जो एकांगी तर्क पर आधारित होता है। यहां संदर्भ पुलिस व्यवस्था है जिसमें कार्यरत कर्मचारियों के प्रति एकांगी नकारात्मक निष्कर्ष उनके हालात और व्यवस्था के द्वंद्व को समझे बिना निकाल लिया जाता है।

फ़िल्म में दिलीप चित्रे की कविता 'अर्धसत्य' का सार्थक प्रयोग है जिसकी आखरी पंक्तियां हैं-

एक पलड़े में नंपुसकता
एक पलड़े में पौरुष
और ठीक तराजू के कांटे पर
अर्धसत्य

कहीं हम सब जिसे सत्य मानते रहे हैं, सत्याभास अथवा अर्धसत्य तो नही? किसी निर्णय पर पहुँचने से पहले एक बार जरूर सोच लेना चाहिए, क्योंकि इधर असत्य का मायाजाल इसकदर बिछ चुका है कि सत्य तो क्या अर्धसत्य तक पहुंच पाना कठिन है।

[2021]

36. कलयुग : श्याम बेनेगल (1981)

महाभारत की कथा विघटित होते गण समाजों और विकसित होते राजसत्ता के दौर की कहानी है। यह अपने यथार्थवादी दृष्टिकोण के लिए भी चर्चित रहा है। इसमे जिस तरह से सत्ता की केन्द्रीयता है और 'नैतिकता' को द्वितीयक दर्जा दिया गया है वह बाद के सामंती समाजों में कम से कम सैद्धांतिक स्तर पर दुर्लभ रहा है। महाभारत में यह प्रकट रूप से है। वहां सत्ता प्राप्ति के लिए नैतिकता-अनैतिकता का मापदंड खत्म सा हो गया है; खून के रिश्ते और पारिवारिक सम्बन्ध बेमानी हो गये हैं। एक तरह से वहां आधुनिक पूंजीवादी समाजों की सामाजिक सम्बन्धों की पूर्व पीठिका सा है। यह अकारण नहीं पौराणिक काल निर्धारण में महाभारत (द्वापर) के बाद ही 'कलयुग' का आगमन होता है।

कलयुग (कलियुग) शब्द से ही एक नकारात्मकता का बोध प्रकट किया जाता रहा है। यानी यह युग नहीं मूल्यबोध हो गया है। बहुधा इसे 'सतयुग' के विपरीत देखा जाता है। सतयुग में जहां सब कुछ 'अच्छा' था वहीं कलयुग में अधिकतर बुरा। यों कल (कलि) युग का शाब्दिक अर्थ 'मशीनी युग' भी होता है। खासकर पन्द्रहवी-सोलहवीं शताब्दी के व्यापारिक पूंजीवाद के दौर में सामंती मूल्यों के एक हद तक विघटन ने कलयुग की अवधारणा को बल दिया, क्योंकि लंबे समय से चले आ रहे सामंती मूल्यों का बिखराव एक झटके के समान था जिसकी एक प्रतिक्रिया कलयुग के रूप प्रकट हुई।
'महाभारत' और 'कलयुग' के इस सम्मिलन ने भारतीय समाज को गहरे रूप से प्रभावित किया है। आज भी पारिवारिक कलह की तुलना महाभारत से की जाती है और सामाजिक मूल्यों से विचलन को कलयुग का प्रभाव भी कहा जाता है।

फ़िल्म 'कलयुग' में इसी तरह की पारिवारिक 'महाभारत' की कहानी है। फ़िल्म में एक ही परिवार के दो पीढ़ी के बाद के दो हिस्सों में व्यापारिक परिस्पर्धा और प्रतिष्ठा की लड़ाई है। यह लड़ाई प्रच्छन्न से क्रमशः प्रकट होती जाती है। कहाँ तो खून के रिश्ते और प्रेम! और कहाँ हर पल दूसरें को नीचा दिखाने की चाह! इसकी चरम बदला और हत्या तक चली जाती है। परिणाम वही होता है सर्वनाश; किसी को कुछ हासिल नही!

फ़िल्म में भीष्मचन्द और रामचन्द नामक दो कारोबारी भाइयों की कहानी है। भीष्मचन्द अविवाहित है और उसने रामचन्द के निधन के बाद उसके दोनो बेटों खूबचन्द और पूरनचंद को पाल-पोसकर बड़ा किया। खूबचन्द के बेटों धनराज और सन्दीपराज की पूरनचंद के बेटों धरमराज, बलराज और भरतराज के बीच अदावत चलती रहती है।

फ़िल्म में महाभारत की तरह एक निरापद पात्र 'करन' भी है,जो अनाथ है और जिसकी भीष्मचन्द ने परवरिश की है। वह धनराज को कारोबार में सहयोग करता है और वहां उसका उचित सम्मान है, मगर फिर भी आख़िरकार वह पारिवारिक सदस्य नहीं हैं इसलिए काबिल होकर भी उसकी सीमाएं है। भरतराज और उसके भाई तो और भी उसे उपेक्षित करते हैं क्योंकि वह उनके 'दुश्मन' के खेमे में है।

मगर विडम्बना कि वे तीनों उसके भाई ही हैं। पिता की अक्षमता के कारण उनकी माँ सावित्री के स्वामी प्रेमानन्द से संसर्ग से तीन बच्चे हुए जिन्हें पिता का नाम मिला। करन उन्ही से विवाह पूर्व का सन्तान है जिसे किसी का नाम नहीं मिला इसलिए उपेक्षित है। यह राज़ सावित्री, भीष्मचन्द तक सीमित है।

करन की योग्यता उसके पहचान के संकट के आगे निस्तेज है, फिर भी उसमे विद्रोह नहीं मानवीयता है। मगर धनराज के प्रति निष्ठा के कारण वह भरतराज परिवार को पछाड़ने के लिए हत्या करवाने की हद तक जाता है और जब उसके सामने उन्ही के भाई होने की हक़ीकत खुलती है तब आत्मग्लानि, क्षोभ और बेबसी के सिवा कुछ नहीं रह जाता। अंततः वह भी

कर्ण की तरह मारा जाता है। इस हक़ीक़त से भरतराज का परिवार भी आहत होता है मगर तब तक सब बर्बाद हो चुका होता है।

फ़िल्म में स्त्रियां लगभग यांत्रिक हैं और पितृसत्ता के मूल्यों से संचालित हैं। वे इस पारिवारिक तबाही को निष्क्रिय तटस्थता से देखती रहती हैं। सावित्री जरूर कुंती की तरह करन के पास जाकर उसे भाई होने की दुहाई देकर इस बर्बादी को रोकने का प्रयास करती है और करन द्वंद्व से मुक्त होकर सहयोग करने का प्रयास भी करता है मगर हालात हाथ से फिसलते चले जाते हैं। 'सुप्रिया' का चरित्र द्रोपदी सा है, परिवार में निर्णयों में एक हद तक हस्तक्षेप है। पति से एक समय के बाद अनौपचारिक दूरी सी है। आखिर में भरतराज से निकटता बढ़ाने का संकेत है। वह परिवार में अपनी स्थिति मजबूत रखने के लिए प्रयत्नरत दिखाई पड़ती है।

कुल मिलाकर फ़िल्म आधुनिक अभिजातवर्गीय परिवार का महाभारत है। सामंती-पूंजीवादी मूल्यों से संस्कारित इस परिवार में झूठी प्रतिष्ठा और संदेह के आगे मानवता दम तोड़ देती है। ये जितने एक दूसरे के करीब दिखते हैं उतने ही दूर हैं। इनका मिलना-जुलना, इकट्ठा होना सब यांत्रिक है,अंदर कहीं नफ़रत और प्रतिस्पर्धा है। यहां भाई-भाई, पति-पत्नी सब जैसे किसी औपचारिकता का निर्वहन कर रहे हैं। रिश्तों में गर्माहट कहीं नहीं है।

फ़िल्म का निर्देशन, चुस्त कथानक और सांकेतिकता, अभिनय सभी महत्वपूर्ण हैं। पात्रों के द्वंद्व, परिस्थितियों की विडम्बना और बेबसी को बेहतर ढंग से उभारा गया है। धनराज का आत्महत्या से पहले अपनी छोटी बच्ची से पोयम सुनने का सुखद वातावरण एक झटके में मातम में बदल जाना हतप्रभ करता है। इस तरह और भी छोटी-छोटी घटनाएं हैं जो सार्थक निर्देशन को प्रकट करते हैं। पात्रों की संख्या अधिक होने के कारण भूमिकाएं सीमित मगर महत्वपूर्ण हैं। महाभारत अपने विराटता और यथार्थवादी चित्रण के कारण हर दौर के कलाकारों को प्रभावित करता रहा है और आगे भी करता रहेगा।

[2021]

37. रंग दे बसंती : राकेश ओमप्रकाश मेहरा (2006)

युवावस्था जीवन का वह पड़ाव है जहां सर्वाधिक ऊर्जा की अनुभूति होती है। प्रेम हो, संघर्ष हो कि शारीरिक श्रम इसी अवस्था में कुछ कर गुजर जाने की चाह सर्वाधिक उमड़ पड़ती है। यह अकारण नहीं कि यह जीवन की सर्वश्रेष्ठ अवस्था माना जाती है।

मगर युवावस्था में ऊर्जा तो होती है, दिशा नहीं। इस ऊर्जा को सही दिशा देने की आवश्यकता होती है अन्यथा यह सृजन के बदले विध्वंश की ओर उन्मुख हो सकती है। विध्वंश के भी समाज में कम उदाहरण नहीं हैं! सम्भवतः किसी भी दौर की तुलना में आज अधिक हैं।

दुनिया मे बड़े बदलाव युवाओं ने लाये हैं। इस देश के स्वतंत्रता आंदोलन में भी क्रांतिकारी युवाओं ने संघर्ष और शहादत के जो उदाहरण प्रस्तुत किये हैं, वह दुर्लभ है। आज भी हम उनके संघर्षों से प्रेरणा लेते हैं और उनके ज़ज़्बे को सलाम करते हैं।

मगर स्वतंत्रता के लिए संघर्ष करने वालों ने जो सपने देखे थे, उनका आजादी के बाद, अपने तमाम उपलब्धियों के बावजूद क्षरण होता गया। राजनीति, व्यापार हो कि लोकसेवा हर जगह शुचिता-अशुचिता का भेद मिटता गया। आज सफलता ही एकमात्र मापदंड स्वीकृत सा हो गया है।

इसलिए मुट्ठी भर 'सफल' के अलावा बहुसंख्यक जनता इस व्यवस्था से त्रस्त और परेशान है। ज़ाहिर है यह द्वंद्व इतना इकहरा नहीं है। अधिकांशतः इस 'सफल' समूह में शामिल होने को प्रयासरत भी रहते हैं,

बावजूद इसके बहुसंख्यक जनता इस व्यवस्था से नाख़ुश है और बदलाव चाहती है। मगर पहल कौन करे?

फ़िल्म 'रंग दे बसंती' में यह प्रश्न शिद्दत से उभर कर आया है कि पहल कौन करे? व्यवस्था की नाकामी और भ्रष्टाचार का रोना तो सभी रोते हैं मगर उसे दूर करने कोई आगे नहीं आता। ज़ाहिर है ऐसे में सबकी नज़रे युवाओं पर ही अधिक टिकी रहती हैं। फ़िल्म के युवा यूनिवर्सिटी में पढ़ते है और खुले विचारों के हैं। धर्म-जाति-लिंग से परे इनकी दोस्ती सच्ची है। मगर ये अभी जीवन के प्रति लगभग निश्चिंत हैं। इन्हें कैरियर की चिंता नहीं है और हरदम मस्ती में डूबे रहते हैं। इनके 'आधुनिक' जीवन शैली के कारण कुछ शुचितावादी संगठन इन्हें 'भारतीय' संस्कृति को 'विकृत' करने वाले समझते हैं और इनका विरोध भी करते हैं। ऐसा वे 'देशभक्ति' के नाम पर करते हैं। कहना न होगा ऐसे 'देशभक्तों' की इधर बाढ़ आई है।

फ़िल्म में कहानी को क्रांतिकारी आंदोलन की पृष्ठभूमि से जोड़कर एक नया रंग दिया गया है। एक ब्रिटिश छात्रा 'सू' के दादा को भगत सिंह, चंद्रशेखर आजाद, बिस्मिल के दौर का जेल अधिकारी बताया गया है। 'सू' के पास उसकी एक डायरी है जिसमे उसने इन क्रांतिकारियों की साहस, देशभक्ति, जिंदादिली और निर्भीकता तथा अपने द्वंद्व का चित्रण किया है। 'सू' इस डायरी को पढ़कर इन चरित्रों से अत्यधिक प्रभावित होती है और इन पर फ़िल्म बनाना चाहती है। मगर अपने देश में सहयोग न मिलने पर उसका जुनून उसे भारत ले आता है।

'सू अपने जुनून में काम पूरा करने के लिए भारत आती है जहां दिल्ली विश्वविद्यालय में उसकी फ्रेंड सोनिया अध्यनरत है। उसके माध्यम से वह फ़िल्म के लिए उपयुक्त कलाकारों की तलाश करती है, मगर काम नहीं बनता। अंततः प्रिया उसे अपने चार मित्रों डीजे, करण, असलम, सुखी से मिलाती है। 'सू' को ये अपने किरदारों के लिए उपयुक्त जान पड़ते हैं। मगर ये लोग तो दुनिया, राजनीति, देश से लगभग अछूते अपनी दुनिया में मगन हैं इसलिये इसे बहुत हल्के में लेते हैं। मगर नाटकीय घटनाक्रमों में 'सू'

इनके अंदर अहसास जगाने में सफल होती है और ये काम को गंभीरता में लेने लगते हैं।

फ़िल्म का एक और चरित्र लक्ष्मण पांडे एक सांस्कृतिक शुद्धतावादी संगठन का सदस्य है और इस ग्रुप को उनके लाइफ स्टाइल के कारण पसंद नहीं करता। मगर नाटकीय घटनाक्रम में 'सू' को वह फ़िल्म के एक चरित्र के लिए उपयुक्त लगती है और अंततः वह भी इस ग्रुप में शामिल हो जाता है। लक्ष्मण वास्तविक देशभक्त है इसलिए वह संगठन में था तब भी किसी लाभ के कारण नहीं था, मगर जब वह अपने 'पुरोधाओं' के भ्रष्ट आचरण को देखता है तब उसका मोहभंग होता है।

डीजे और उसके साथी फ़िल्म में अभिनय गम्भीरता से करने लगते हैं और क्रांतिकारियों के चरित्र से प्रभावित भी होने लगते हैं। उन्हें कुछ-कुछ लगने लगता है कि सबकुछ ठीक नहीं हो रहा है। फिर भी वे मानकर चलते रहते हैं कि इस देश का कारोबार ऐसा ही चलता रहेगा, कुछ नहीं हो सकता।

मगर इसी बीच कहानी में नाटकीय मोड़ आता है। सोनिया का प्रेमी अजय जो इस ग्रुप का भी मित्र है और फाइटर विमान का पायलट है; उसकी मृत्यु विमान के क्रैश हो जाने से हो जाती है। अजय कुशल पायलट था और क्रैश होने से पहले विमान को किसी तरह शहर में गिरने से बचा लेता है मगर इस उपक्रम में ख़ुद उसकी जान चली जाती है। अजय की माँ स्वाभिमानी महिला है, उसके पति भी सेना में थे और शहीद हुए थे।

इधर मीडिया में यह बात तेजी से फैलती है कि एक खास किस्म के विमान लगातार क्रैश हो रहे हैं और इसका कारण उपयुक्त गुणवत्ता के कलपुर्जे का न खरीदना है; जिसका कारण भ्रष्टाचार है। मगर सरकार और रक्षामंत्री सारा दोष पायलट की 'लापरवाही' पर डालकर अपना दामन बचा लेते हैं। सोनिया और उसके मित्र इससे हतप्रभ हो जाते हैं और अजय की शहादत को न्याय दिलाने इंडिया गेट पर युवाओं के साथ मिलकर शांतिपूर्ण प्रदर्शन करते हैं, मगर शासन द्वारा उनपर बर्बरतापूर्वक लाठीचार्ज किया जाता है। चोट से अजय की माँ कोमा में चली जाती है।

यह बर्ताव इन युवाओं को झकझोर देती है और वे जनता की सोयी चेतना को जगाने के लिए 'खतरनाक' रास्ता चुनते हैं और रक्षामंत्री की हत्या कर देते हैं। ऐसा नहीं कि यह भावुकता भरा कदम था, उनके पास इसे अंतिम पड़ाव तक ले जानी की पूरी योजना थी। जिस तरह भगत सिंह ने 'बहरों को सुनाने के लिए' खाली जगह पर बम का धमाका किया था उसी तरह के 'आल इंडिया रेडियो' पर बलात कब्जा कर जनता को सम्बोधित कर अपना पक्ष रखते हैं और बतातें हैं कि ऐसा उन्होंने ने किन कारणों से किया। यहां तक कि करण यहां आने से पहले भ्रष्टाचार में लिप्त अपने पिता की भी हत्या कर देता है। इससे स्पष्ट है कि ये युवा कुछ कर गुजरने को तैयार थे और इन्हें अपने अंजाम का एहसास था।

रेडियो सन्देश में भी करण हालात को बदलने के लिए एक-एक व्यक्ति को आगे आने की बात कहता है और अपना और मित्रों का पक्ष रखता है जिसका सबसे बड़ा उदाहरण इसके द्वारा अपने पिता की हत्या है। अंततः सेना के ऑपरेशन द्वारा इन्हें 'आतंकवादी' मानकर मार दिया जाता है, बिना समर्पण का मौका दिए। बच जाते हैं केवल सोनिया और 'सू' जिनकी यादों में ये जिंदा रहते हैं।

इस तरह यह फ़िल्म देशभक्ति के परंपरागत फिल्मों से हटकर दूसरा रास्ता अख़्तियार करती है, जहां गर्जन-तर्जन से अलग सम्वेदना और जनता के जागरूकता पर बल है। दूसरी बात इसमे आधुनिक ढंग से जीवन जीने वाले युवाओं पर अविश्वास की प्रवृत्ति से बचने का सन्देश भी समझा जा सकता है। जरूरत उनकी सम्वेदना और वैचारिकता को रचनात्मक मोड़ देने की है। फ़िल्म में क्रांतिकारियों की कहानी समानांतर चलती रहती है और युवाओं को उनसे जोड़ा जाता है। एक तरह से पात्र का अभिनय करते-करते वे उसे जीने लगते हैं।

'सू' के माध्यम से एक बात और बताई गई है कि कई बार हम स्वयं अपने क्रांतिकारी विरासत का महत्व नहीं समझ पाते और यथास्थितिवाद के शिकार हो जाते हैं। यह फ़िल्म यह भी बताती है कि रास्ते कभी खत्म नहीं होतें और बदलाव की शुरुआत कहीं से भी हो सकती है।

[2021]

38. सुबह : जब्बार पटेल (1982)

समाज में स्त्री द्वारा अपनी अस्मिता की तलाश का संघर्ष जटिल रहा है। एक तो जैविक रूप से मातृत्व की जिम्मेदारी का निर्वहन और दूसरा पितृसत्ता के मूल्य जनित बाधाएं; इनके कारण उसका रास्ता कठिन हो जाता है। संघर्ष पुरूष वर्ग में भी रहा है,खासकर आर्थिक। क्योंकि आर्थिक अक्षमता अधिकांश समस्याओं की जड़ है। लेकिन सामाजिक व्यवस्था में पुरुष को जो 'नवाचार' और 'जोखिम' की छूट मिलती रही है वह स्त्री के लिए दुर्लभ रही है। अमूमन स्त्री का कार्य सन्तान पालन और घर-गृहस्थी तक सीमित रहा है। पुरुष से भिन्न स्त्री की अलग पहचान की 'जरूरत' लगभग नहीं समझी जाती रही है। कहना न होगा स्त्री भी लगभग इस 'सामूहिक चेतना' से मुक्त नहीं थी और इसे स्वाभाविक मानती रही है।

इधर सामाजिक परिस्थिति और स्त्री चेतना में व्यापक बदलाव के बावजूद यह 'सामूहिक चेतना' पूरी तरह विखंडित नहीं हुई है, मगर इसमे उल्लेखनीय परिवर्तन अवश्य हुआ है।

फ़िल्म 'सुबह' की 'सावित्री' का द्वंद्व इसी अस्मिता और पारिवारिकता के बीच सामंजस्य का है। वह जितना अपनी अस्मिता के प्रति सचेत है उतना ही अपने परिवार से प्रेम भी करती है। मगर विडम्बना की 'परिवार' यह तो चाहता है कि सावित्री उनके अनुकल अपने को ढाले लेकिन ख़ुद ज़रा भी उसके अनुकूल ढलना नहीं चाहता। यों यह परिवार आधुनिक जीवन शैली का है और स्त्री के काम करने को अनुचित नहीं मानता, मगर यहां 'काम' का अर्थ केवल सभा-सोयायटी का मेंबर अथवा अध्यक्ष हो जाना है। अपनी सुविधानुसार केवल प्रतिष्ठा के लिए। यानी सुधार का आडम्बर केवल अपनी छवि चमकाने के लिए है।

सावित्री बेमन से मिली इस 'अनुमति' से घर से दूर एक महिला आश्रम की अधीक्षिका नियुक्त हो जाती है। कहना न होगा यहां तक का सफर वह अपने जुनून और कुछ करने की चाह से तय की है। मगर आश्रमों की 'शाश्वत' समस्याएं यहाँ भी है। एक तो गवर्निंग कमेटी की तानाशाही, जहां अध्यक्ष और सदस्य उसे बेहद परम्परागत ढंग से चलाना चाहते हैं। वे किसी भी नवाचार अथवा जोखिम से बचते हैं, क्योंकि उनके लिए सुधार मुख्य नहीं 'सुधार का श्रेय' मुख्य है।

उस पर तमाम तरह के आर्थिक, नैतिक भ्रष्टाचार! लड़कियाँ बाहर तक भेजी जाती हैं। इसमे सफेदपोश से लेकर काले सब शामिल हैं। लड़कियों की अपनी व्यक्तिक कमजोरियां हैं, गिरोहबाजी, झगड़े हैं। सामाजिक-शारीरिक रूप से प्रताड़ित हैं तो अपराध में संलग्न भी हैं। महत्वपूर्ण यह है कि फ़िल्म में स्त्री जीवन को यथार्थ ढंग से चित्रित किया गया है।

सावित्री अपने लगन से हालात में काफ़ी बदलाव ले आती है। लड़कियां भी उसकी सोच से प्रभावित होने लगती हैं। मगर प्रबंधन कमेटी से उसका टकराव बढ़ता जाता है, क्योंकि वह जोख़िम उठाकर लड़कियों का जीवन सुधारने का प्रयास करती है। इस बीच कैद की घुटन से परेशान दो लड़कियों द्वारा आत्महत्या कर लेने पर अंततः सावित्री को अपने पद से त्यागपत्र देना पड़ता है, हालांकि वह इस मामले में बेदाग साबित होती है।

इधर सावित्री के लंबे समय से परिवार से दूर रहने से उसके पारिवारिक जीवन मे दिक्कतें पैदा होने लगती है। एक तो बेटी जो पहले से अपने चाची के से अधिक घुलिमिली थी उसके वापस घर लौटने पर एक क्षण के लिए उसे देखकर अवाक रह जाती है और भाग जाती है। यह स्थिति सावित्री के लिए त्रासद थी, मगर वह जानती है इसमे बच्ची का दोष नहीं।

पति का व्यवहार लोकतांत्रिक ही रहा है; हालांकि दूरी की कसक इसमे झलकती रही है। वह एक बार आश्रम भी जाता है तो वहां की परिस्थितियों के कारण सावित्री उसे अधिक समय नहीं दे पाती। मगर ऐसा नहीं कि वह क़ाम के आगे पति की उपेक्षा करती रही है। उसके प्रेम में कहीं कोई कमी

नहीं, वह हमेशा उसे और अपनी बेटी को याद करती रहती है और साथ होने का इन्तिज़ार करते रहती है।

मगर पति उसकी अनुपस्थिति में अपने 'स्वाभाविक' जरूरत की पूर्ति के लिए दूसरे स्त्री से सम्बन्ध बना लेता है। क्या सावित्री की 'स्वाभाविक' जरूरत नहीं रही होगी? वह यहां तक स्वीकार कर लेती मगर पति जब उस सम्बन्ध को स्थायी रखना चाहता है तो यह उसे अपने सम्मान के विपरीत लगती है और फ़िल्म के आखिर में वह अपना सूटकेस लेकर एक नए सफर में निकल जाती है। पति इस अनिश्चितता से उसे रोकने का प्रयास करता है मगर व्यर्थ।

प्रश्न यह है कि मनुष्य का जीवन केवल उसके जैविकी से संचालित होगा? यदि ऐसा ही होता तो मनुष्य सामाजिक विकास के इतनी मंज़िलो को पार करता इस स्थिति तक क्यों आता। मनुष्य के जैविकी से इंकार नहीं किया जा सकता मगर उसकी आड़ में अपनी कमजोरियों, पाखंड और पितृसता को न्यायोचित नहीं ठहराया जा सकता। क्या जैविकी केवल उसके पति के लिए है, सावित्री के लिए नहीं? दरअसल रचनात्मक व्यक्तित्व एक चुनौती होता है और बहुधा औसत व्यक्तित्व के लोगों के बीच वह 'गलत साबित' होने के लिए अभिशप्त होता है और अक्सर अकेला ही रह जाता है।

बहरहाल सावित्री बहुत कुछ खोकर भी अपनी अस्मिता से समझौता नहीं करती और नयी राह पर निकल पड़ती है। यह सार्थक है और इसकी जरूरत आज पहले से कहीं अधिक है।

(फ़िल्म शांता निसल के मराठी उपन्यास 'बेघर' पर आधारित है)

[2021]

39. सूत्रधार : चंद्रकांत जोशी (1987)

सामंतवाद ने ग्रामीण लोकजीवन को अभी हाल तक इस कदर जकड़ा था कि छोटे-छोटे ज़मीदार ही वहां के 'भाग्य-विधाता' हुआ करते थे। उनके क्षेत्र की तमाम गतिविधियां जैसे उनकी मर्जी से चलती थीं। आम जन का कदम-कदम पर अपमान सामान्य बात थी।उस पर भी वे 'प्रजा हितैषी' होने का दम भरते थे।

दूसरी तरफ पूंजीवादी लोकतंत्र के विस्तार से इनका पतन होना शुरू हुआ। इस अवस्था मे एक ओर जहां ये अपने क्षेत्र की जनता के मालिक हुआ करते थे वहीं अपने अस्तित्त्व के लिए 'ऊपर की राजनीति' पर आश्रित थे। कहना न होगा यह स्थिति भिन्न रूप में आज भी कई क्षेत्रों में बनी हुई है।

यह मानी हुई बात है कि समस्याओं के हल के लिए 'सत्ता' की प्राप्ति जरूरी है। यदि सत्ता नहीं है तो सदिच्छाएँ बहुत दूर तक प्रभावी नहीं हो पातीं। इसलिए लोकतंत्र में अपनी योजना कार्यान्वित करने के लिए सत्ता प्राप्त करने का प्रयत्न किया जाता है जिसका माध्यम चुनाव और उसकी राजनीति है। मगर विडम्बना कि जो लोग 'व्यापक सामाजिक बदलाव' के उद्देश्य का दावा करके राजनीति में आते रहे हैं, उनका चरित्र भी एक समय के बाद 'डिप्लोमेटिक' होता गया है और वे भी 'सत्ता के भोग' की राजनीति करते रहे हैं।
फ़िल्म 'सूत्रधार' का 'कुमार' एक विद्रोही युवा है जिसके मन में गांव ज़मीदार के अत्याचार की गहरी पीड़ा और उसके प्रति प्रतिशोध की चेतना है। उसके मन में बचपन में ज़मीदार द्वारा उसके पिता के अपमान का दृश्य अंकित है। वह अब एक शिक्षक है और जल्दी समझ जाता है कि बिना सत्ता प्राप्त किये ज़मीदार को पछाड़ा नहीं जा सकता। इसलिए वह स्थानीय राजनीति से सफर शुरू करता है और अपनी मेहनत से लोगों को संगठित

कर सफलता भी प्राप्त करता जाता है। मगर यहीं से कहानी में नाटकीय मोड़ आता है। वह ज़मीदार से प्रतिस्पर्धा और उसे नीचा दिखाते-दिखाते स्वयं उसी दलदल में घुस जाता है।

इस तरह धीरे-धीरे कुमार के लिए भी सत्ता साधन न होकर साध्य होते जाता है। वह भी साम-दाम-दंड-भेद की राजनीति करते अपने सम्भावित प्रतिस्पर्धियों और विरोधियों को रास्ते से हटाते जाता है। यानी जिन मूल्यों को ख़त्म करने की चाह में वह राजनीति की शुरुआत किया रहता है अब उन्ही मूल्यों में जीने लगता है। कमाल यह है कि इस रूपांतरण में वह कभी द्वंद्वग्रस्त नहीं रहता।

उसकी पत्नी 'प्रेरणा' जो उसके सत्यनिष्ठता और जुनून से प्रभावित होकर उसके करीब आयी थी। उसके इस बदलाव से हतप्रभ हो जाती है। मगर वह अपनी राह नहीं छोड़ती और कुमार को समझाने में असफलता के बाद उससे अलग हो जाती है। कुमार के 'सत्ता की चाह' का उस पर भी कोई प्रभाव नहीं पड़ता।

फ़िल्म के आख़िर में कुमार अपनी कूटनीति से 'बंसी' को मरवा देता है और उसके बेटे की परवरिश की ज़िम्मेदारी अपने ऊपर लेने का अभिनय करता है तो इससे वाकिफ़ बंसी का बेटा हतप्रभ तो होता है मगर उसके चेहरे के भाव बताते हैं कि आगे वह भी वही कहानी दुहरायेगा जिसका 'सूत्रधार' कुमार है।

इस तरह फ़िल्म 'सूत्रधार' में राजनीति की इस विडम्बना को बेहतर ढंग से दिखाया है जहां 'मुक्ति का संघर्ष' बहुधा 'सत्ता की युक्ति' का संघर्ष बनाता रहा है। कहना न होगा राह इस युक्ति से मुक्ति में ही है।

[2021]

40. रजनीगंधा : यही सच है (1974)

मनुष्य जैव-सामाजिक प्राणी है। उसके जैविकी और सामाजिकता के द्वंद्व से संस्कृति का रूपाकार बनता है और इसी से नैतिक मूल्य निर्धारित होते हैं।

स्त्री-पुरूष का परस्पर आकर्षण सहज है,जैविक है। कालांतर में सामाजिक विकास के क्रम में 'यौन संघर्ष'की अराजकता से बचने विवाह जैसी संस्था का विकास हुआ और इसे सुद्दढ बनाये रखने के लिए जिन 'नैतिक मूल्यों' का विकास हुआ वे अपने तमाम सदिच्छाओं के बावजूद पितृसत्ता की तरफ झुके रहें।

बहरहाल स्त्री-पुरुष के बीच प्रेम सम्बन्ध बनते रहे हैं। "प्रेम केवल एक से होता है" जैसे अस्वाभाविक मूल्य सामंती समाजों के जरूरत भले रहे हों, वह भी केवल स्त्री के लिए! आधुनिक पूंजीवादी समाज में इसका क्षरण होता गया। आज बहुत हद तक स्त्री-पुरूष अपना साथी चुनते और बदलते भी हैं। कहना न होगा 'चुनाव की स्वतंत्रता' के बरक्स एक स्थिति 'अराजकता' की भी होती है जो दायित्वहीनता को स्वतंत्रता की आड़ में ढकने का प्रयास करती है।

नयी कहानी के दौर तक आते-आते कहानियों में स्त्री-पुरूष के सहज सम्बन्धों का प्रमुखता से चित्रण होने लगा। स्त्री-पुरुष के सम्बन्ध को अब आदर्शवादी ढंग से न देखकर यथार्थवादी नज़रिए से देखा जाने लगा। ज़ाहिर है यह परिवर्तन समाज में भी हो रहा था जिसकी छवि तत्कालीन साहित्य में दिखाई पड़ रही थी।

फ़िल्म 'रजनीगंधा' के दीपा का द्वंद्व अराजकता नहीं सहजता की श्रेणी में रखा जा सकता है। वह 'नए ज़माने' की स्त्री है। वह जितनी सहजता से कभी नवीन से प्रेम करती थी उतनी ही सहजता से आज संजय से करती है। इसमे कहीं कोई अपराधबोध नहीं है न ही किसी अतीत के दर्द की छाया। वह नवीन के बारे में भी संजय को बता चुकी है।

बहरहाल उसके अंदर पुराने और नए प्रेम में चुनाव का द्वंद्व परिस्थितिवश पैदा हुआ है। संजय और नवीन दोनो का अपना अलग-अलग व्यक्तित्व है। संजय का व्यक्तित्व एक तरह से बहिर्मुखी है। वह अपनी भावनाओं को व्यक्त कर देता है। नवीन के व्यक्तित्व में एक गंभीरता सा है। कॉलेज के दिनों में दीपा के साथ उसका प्रेम प्रसंग था जो एक कड़ुवाहट से खत्म हुआ था। मगर एक अंतराल के बाद दोनों मिलते हैं तब उसके अंदर कोई असहजता नहीं है, न ही कोई प्रकटतः पुलक है। वह दीपा की मदद किए जाता है मगर उसकी भावनाएँ जैसे उसके काले चश्मे के अंदर छुपी रहती हैं।

दीपा का आकर्षण दोनो के लिए बराबर है। वह जब संजय के पास रहती है तब संजय सबकुछ होता है। वह नवीन को भूल चुकी होती है। मगर जब वह परिस्थितिवश बम्बई में नवीन के पास आती है तो धीरे-धीरे उसे लगने लगता है वह नवीन से ही सच्चा प्यार करती है जो कि उसका पहला प्यार है। उसके मन मे संजय की जगह नवीन की तस्वीर उभरने लगती है।

इस द्वंद्व का पटाक्षेप उसके वापस दिल्ली आने पर होता है। वह जब वापस आती है तो पूरी तरह नवीनमय हो गई प्रतीत होती है, मगर नवीन का पत्र नहीं आना और आने पर औपचारिक सा जवाब उसे खटकती है। इसी बीच जब संजय उससे मिलने आता है तो जैसे वह कुछ समझ नहीं पाती और उसे लगता है जैसे अब तक नींद में थी। उसे जैसे होश आता है और वह संजय से लिपट जाती है और अंततः उसे अहसास होता है "यही सच है"।

इस तरह फ़िल्म (और कहानी) में एक स्त्री के दो पुरुषों के बीच के चुनाव के द्वंद को बेहतर ढंग से प्रकट किया गया है। महत्वपूर्ण यह है कि इसमे

कहीं पर भी 'आदर्शवादी नैतिकताबोध' का सहारा नहीं लिया गया है और यथार्थ ढंग से व्यक्ति के मानवीय व्यवहार को प्रस्तुत किया गया है। फ़िल्म मन्नू भंडारी की कहानी 'यही सच है' पर आधारित है जिसमे फ़िल्म निर्माण की जरूरत अनुसार निर्देशक बासु चटर्जी द्वारा आवश्यक बदलाव और विस्तार किया गया है, जो सार्थक है।

[2021]

41. गमन : इस शहर में हर शख्स परेशान सा क्यों है ?

देश मे आर्थिक असमानता का स्तर भयावह रहा है। एक तरफ ऊँची-ऊँची अट्टालिकाएं हैं, सुख-सुविधाओं के तमाम साधन हैं तो दूसरी तरफ बहुतों के लिए रात में सोने के लिए एक कमरा तक नहीं है जिसे वह घर कह सके। यह स्थिति पचास साल पहले थी, थोड़ी बहुत सुधार के बाद आज भी है।

ग्रामीण क्षेत्रों में जहाँ भूमि के असमान वितरण के कारण बहुसंख्यक कम ज़मीन वाले किसान तथा भूमिहीन मजदूर बड़े भूस्वामियों/ज़मीदारों पर निर्भर रहे हैं और उनके शोषण का शिकार होते रहे हैं, ऐसे किसान/मजदूर बेहतर भविष्य की उम्मीद में शहरों की तरफ आकर्षित होते रहे हैं और पलायन करते रहे हैं। मगर शहरों की अपनी समस्याएं भी होती हैं। वहां रोज़गार के बेहतर अवसर तो होते हैं मगर रहने के लिए न तो आश्रय होता है न ही छोटे कामों में इतनी कमाई होती है कि जीवन की सुविधाएं जुटाई जा सके। अनामिकता इस कदर कि किसी की मौत भी किसी को पल भर विचलित नहीं करती और शहर की गतिविधि में कहीं ठहराव नहीं आता। इसलिए शहर में बेहतर भविष्य के लिए आगमन बहुधा निराशाजनक ही रहता रहा है। हाँ झूठ,फ़रेब, बेईमानी, अपराध में लिप्त अवश्य फलते-फूलते हैं।

फ़िल्म 'गमन' की कहानी अवध प्रान्त के लखनऊ के पास के एक गांव 'कोटवारा' से जुड़ी है। गुलाम हसन एक छोटा किसान है, जो अपनी माँ और पत्नी 'खैरुन' के साथ जैसे-तैसे जीवन निर्वाह कर रहा है। ज़मीन कम होने से जीवन निर्वाह कठिन है, इसलिए माँ कुछ काम करने का दबाव डालती है, मगर दिक्कत यह है कि वहां काम है नहीं। जो थोड़ी बहुत

ज़मीन है उस पर ज़मीदार की स्वेच्छाचारिता चलती है। यह हाल अकेले गुलाम अहमद की नहीं अधिकांश व्यक्तियों का है।

कुछ लोग गांव से रोजगार के लिए बम्बई जैसे महानगर गए हैं। ये जब बीच-बीच में गांव आते हैं तो कुछ 'चमक-दमक' दिखाते हैं जिससे लगता है शहर में पैसा कमाना आसान है। लोग इनसे आकर्षित होते हैं। गुलाम हसन भी 'लल्लू लाल' से प्रभावित होकर शहर का रुख करता है। ज़ाहिर है उसके शहर जाने के आकर्षण में उसके वर्तमान की समस्याओं से निकल नहीं पाने की अक्षमता भी है।

गुलाम अहमद का जिस खुशफ़हमी से शहर आगमन हुआ होता है वह कदम-कदम पर खंडित होने लगता है। ऐसा लगता है कि यहां किसी के पास किसी का पता बताने तक का समय नहीं है। वह जैसे-तैसे लल्लू लाल की 'खोली' तक पहुंचता है। लल्लू लाल सहृदय व्यक्ति है, वह न केवल गुलाम अहमद को अपनी खोली में जगह देता है बल्कि उसके लिए काम की तलाश करता है। अंततः गुलाम टैक्सी ड्राइवर बन जाता है।

मगर टैक्सी ड्राइवरी में आय सीमित ही है। दिनभर मेहनत के बाद किराए की टैक्सी से इतना कुछ नहीं बचता कि उसे अच्छा कहा जा सके। गुलाम घर मनीआर्डर से पैसे भेजता तो रहता है मगर घर जाने की हिम्मत नहीं कर पाता, क्योंकि आने-जाने में किराए में ही बचत का अधिकांश हिस्सा ख़त्म हो जाएगा।

इधर समय गुज़रते जाता है। माँ दुर्घटना ग्रस्त होकर बिस्तर में पड़ जाती है। खैरुन की आँखों में केवल इन्तिज़ार हैं। वह अपना दुख किससे कहे? अपनी पीड़ा गुलाम को लिखे पत्र में व्यक्त करती है। हर आहट में दरवाजा खोलकर देखना और निराशा में बंद करना ही जैसे उसकी नियति है। उसके मौन में दुखों का समंदर है।

इधर गुलाम भी बेबस है। शहर उतना दे नहीं पा रहा जितनी उम्मीद थी। यहाँ बेहतर भविष्य केवल सपना है। हक़ीकत चंद लोगों के लिए है। वह

टैक्सी में इन 'चंद लोगों' की दुनिया देखता है, उनकी अट्टालिकाएं देखता है और दूसरी तरफ सड़कों में बसर कर रहे लोगों को देखता है, मगर दिल है कि मानता नहीं! लगता है कुछ हो जाएगा। यही कारण है कि आखिर में वह घर के लिए निकल कर भी प्लैटफॉर्म में रुक जाता है। ऐसा लगता है गांव से उसका यहां आगमन तो हुआ है वापस गमन नहीं हो सकेगा।

यह कहानी गुलाम बस की नहीं है। उसके जैसे हजारों व्यक्तियों की है। रामप्रसाद तीस साल से बम्बई में ड्राइवरी कर रहा है। बीमारी का इलाज नहीं करा पा रहा और एक दिन अचानक एक्सीडेंट में चल बसा। लल्लू लाल जो गाहे-बगाहे सब की मदद करता है अपने लिए एक खोली के घर की व्यवस्था नहीं कर पा रहा जिसके कारण यशोधरा के साथ जीवन शुरू नहीं कर सका और अंततः मारा गया।

यशोधरा जैसे मजदूर वर्ग के स्त्रियों की जिंदगी और भी त्रासद है। एक तो गरीबी दूसरी पितृसत्ता! कहाँ तो वह लल्लूलाल के साथ घर बसाने के सपने देखती है और कहाँ उसके घर के ही उसे 'कमाऊ सामान' समझते हैं!

इस तरह इस शहर में भी बहुसंख्यक जनता परेशान हैं। गाँव हो या शहर सुखी चंद लोग हैं बांकी जीवन के जद्दोजहद में उलझे ख़ुशी की तलाश में ख़त्म हो जाते हैं।

बहरहाल निर्देशक मुजफ्फर अली ने कम संसाधन में बेहतर फ़िल्म का निर्माण किया है। एक -दो जगह मोहर्रम के मातम के दृश्य का सार्थक प्रयोग हुआ है जिससे गुलाम के आंतरिक पीड़ा वातावरण से उभर जाती है। इसी तरह महानगर के अट्टालिकाओं के दृश्य और अभिजात वर्ग के सवारियों के संवाद से गुलाम जैसे ड्राइवरों के हालात की विडम्बना और तीव्र हो जाती है।

फ़िल्म में आर्थिक विषमता इतना तीव्र और स्पष्ट है कि जाति और धर्मगत 'भेद' उसमे मिट सा गया है। यह लोकजीवन की हक़ीकत रही है कि लल्लूलाल और गुलाम हसन के लिए जीवन संघर्ष में धर्म लगभग गौण रहा।

मगर इधर साम्प्रदायिक और नकारात्मक अस्मिता की राजनीति ने इसे बहुत हद तक खंडित किया है और 'जाति-धर्म' की राजनीति करने में सफल रही है। उम्मीद की जा सकती है कि यह स्थिति हमेशा न रहेगी और साझे संघर्ष के दिन फिर आएंगे।

फ़िल्म -गमन(1978)
निर्देशक-मुजफ्फर अली

[2022]

42. स्वामी : बासु चटर्जी (1977)

मनुष्य का जीवन द्वंद्वों से घिरा होता है। इन द्वंद्वों से मुक्ति बहुधा आसान नहीं होतीं। हमारे बहुत से निर्णय परिस्थिति सापेक्ष होते हैं। हालात बदल जाने से एक समय का सच हर समय का सच नहीं रह पाता। चुनाव का संकट हमेशा सही और गलत के बीच नहीं होता, वह दो 'सही' में से एक को चुनने का भी हो सकता है।

मनुष्य के इस वैचारिक निर्मिति में जैव-सामाजिक पक्ष महत्वपूर्ण होता है जो देशकाल बद्ध भी होता है। किसी समाज के 'नैतिक मानदंडों' की समग्रता के निर्धारण के बहु कारक हुआ करते हैं। बावजूद इसके हम उसके औचित्य-अनौचित्य का निर्धारण मनुष्य मात्र के मौलिक अधिकारों के निर्बाधता के संदर्भ में ही कर सकते हैं।

फ़िल्म 'स्वामी' का परिवेश सामंती से पूंजीवादी संक्रमण के दौर का समाज है। संयुक्त परिवार कायम हैं, मगर व्यक्तिवाद बढ़ रहा है। पति 'स्वामी' है तो स्त्रियां शिक्षित भी हो रही हैं। एक तरफ स्त्री का विवाह अभी भी माप-जोख, लेन-देन का विषय है तो दूसरी तरफ 'सौदामनी' जैसी स्त्री भी है जो अपनी इच्छा के विरुद्ध काम करने से मना भी कर सकती है।

समाज में पितृसत्तात्मक मूल्य कायम है तो उसके बीच ऐसे भी चरित्र हैं जो काफी हद तक इससे मुक्त हैं। सौदामनी के मामा हो के नरेंद्र या घनश्याम, ये सब स्त्री व्यक्तित्व का सम्मान करते हैं।

सौदामनी का प्रेम नरेंद्र से होता है मगर विवाह घनश्याम से। यों विवाह के समय सौदामनी और नरेंद्र का निर्णायक कदम न उठा पाना खटकता तो है, क्योंकि दोनों स्वतंत्र चेता से जान पड़ते हैं, मगर 'परिस्थितियों की

मजबूरी' का फार्मूला यहां भी अपनाया गया है। सौदामनी का विवाह घनश्याम से हो जाता है मगर वह उससे दूर ही रहती है; अवश्य उसका अपमान भी नहीं करती।

घनश्याम का चरित्र उदात्त है। यों वह घर का बड़ा भाई है, मगर उसके साधुता के कारण परिवार उसकी उपेक्षा करता है। कोई उसे चाय तक के लिए नहीं पूछता, नौकर उसके काम के लिए खाली नहीं रहतें। माँ, बहन, भाई के लिए वह ऐसा व्यक्ति है जो केवल काम करता है और जिसकी कोई अन्य इच्छा नहीं है। घनश्याम में भीरुता नहीं है, वह अपने चरित्र के निष्कपटता और मानवीयता के कारण सहज रूप से सादगीपूर्ण जीवन जीता है।

वह सौदामनी से विवाह उसके प्रेमप्रसंग को जानते हुए भी करता है, अवश्य वह उसकी दूसरी पत्नी है, लेकिन उसके व्यक्तित्व को देखते हुए ऐसा नहीं लगता कि वह सौदामनी को पहले पत्नी के रूप में न स्वीकारता। विवाह के बाद सौदामनी उससे अलग सोती है मगर वह कोई जबरदस्ती नहीं करता। वह घर और पत्नी के द्वंद्व को अपनी निश्छलता से जैसे साध लेता है। उसके अंदर कोई चालाकी नहीं है वह स्वयं कष्ट सह कर परिस्थिति के तनाव को कम कर सकता है।

सौदामनी के अन्तस् में नरेंद्र बसा है मगर घनश्याम की सहृदयता उसे प्रभावित करती जाती है। उसके अंदर घनश्याम के प्रति प्रेम उमड़ते जाता है। ज़ाहिर है इसमे घनश्याम की निष्कपटता की महत्वपूर्ण भूमिका है। वह घर में घनशयाम की उपेक्षा के प्रति असहज होती है और धीरे-धीरे विरोध दर्ज करती है। ज़ाहिर है इससे घर मे तनाव पैदा होता है।

नाटकीय परिस्थिति में नरेंद्र का उसके ससुराल आना और घनश्याम का बाहर जाना होता है। यों प्रकटतः नरेंद्र उसके देवर का मित्र है इस नाते आया है मगर अंदर से वह सौदामनी को वहां से ले जाने आया है। नरेंद्र और सौदामनी को चर्चा करते जब घर में देख लिया जाता है तो अनावश्यक

लांछन से वह उसके साथ घर से निकल जाती है, और रेलवे स्टेशन आ जाती है।

मगर इधर जैसे-जैसे ट्रेन के आने का समय होता जाता है उसका द्वंद्व बढ़ते जाता है। उसे अहसास होने लगता है जैसे वह कुछ गलत कर रही है। उसकी आँखों में घनश्याम का चेहरा झूलने लगता है; उसकी बातें याद आने लगती है, उसका समर्पण उसे कचोटने लगता है। इधर ट्रेन पहुँचती है और नरेंद्र उसे चलने कहता है। वह अपना द्वंद्व प्रकट करती है, मगर नरेंद्र कहता है कि अब उसे घनश्याम स्वीकार नहीं करेगा। उधर नरेंद्र ट्रेन में सामान रखने जाता है, इधर सौदामनी द्वंद्व से भरी जब आँख खोलती है तो सामने घनश्याम होता है, जो उसे घर ले जाने आया होता है। सौदामनी भाव-विभोर होकर उसके चरणों मे झुक जाती है, उसे अहसास होता है वही उसका 'स्वामी' (पति) है। घनश्याम उससे कहता है कि उसे नरेंद्र के बारे में पहले से ज्ञात था।

इस तरह फ़िल्म में चुनाव का द्वंद्व फ़िल्म 'रजनीगंधा' की याद दिलाता है। दोनों के निर्देशक बासु चटर्जी हैं। रजनीगंधा मन्नू भंडारी के कहानी पर आधारित है तो 'स्वामी' शरत चन्द्र जी की कहानी पर जिसकी पटकथा बासु चटर्जी ने लिखी है मगर संवाद मन्नू भंडारी ने ही लिखा है। अवश्य 'रजनीगंधा' की स्त्री का परिवेश 'स्वामी' के परिवेश से थोड़ा आगे के समय का है, मगर द्वंद्व दोनों जगह दो 'सही' में एक के चुनाव का है।

जैसा कि हमने हमने कहा 'स्वामी' का परिवेश अपेक्षाकृत पहले का है इसलिए यहां स्त्रीपक्ष स्वाभाविक रूप से अधिक दबा हुआ है और पितृसत्ता के रंग अधिक गहरे ढूंढें जा सकते हैं। बावजूद इसके मानवीय रिश्तों की जटिलता और उसके द्वंद्व अपने देशकाल के बावजूद प्रभावित करते हैं।

[2022]

43. सुसमन : श्याम बेनेगल (1987)

"झीनी झीनी बिनी रे चदरिया" गाने वाले क्रांतिकारी कवि कबीर जुलाहा थे। अपने समय की सामाजिक विसंगतियों पर उन्होंने मुखरता से चोट किया। कबीर जिस दौर में थे वह एक हद तक व्यापारिक पूंजीवाद का दौर था, जिसमे सीमित अर्थ में वर्ण व्यवस्था का विघटन हो रहा था, बाज़ार में गतिशीलता थी। खासकर नगरों में। वह दौर उत्पादन के परंपरागत साधन का दौर था, जिसमे जुलाहा कर्म भी हस्तकरघा पर आधारित था। यह व्यवस्था लंबे समय तक चली और बाजार में वस्त्रों की आपूर्ति हथकरघा से बने कपड़ो से होती रही।

औद्योगिक क्रांति के बाद के दौर में उत्पादन के साधनों में युगान्तकारी परिवर्तन आया। उत्पादन मशीनों से होने लगा, जिससे कम समय और श्रम में अधिक उत्पादन होने लगा। इससे जहां एक ओर पूँजी की केन्द्रीयता बढ़ने लगी, सीमित व्यक्ति धनवान होने लगें वहीं बहुसंख्यक कामगारों की रोजी-रोटी बंद होने लगी। मशीनी अर्थव्यवस्था उन्हें बाज़ार से अपदस्थ करने लगा। इस व्यवस्था को पूंजीवाद कहा गया।

इस मशीनी उत्पादन पद्धति से हस्तचालित बहुत से काम खत्म होने लगें, जिसमें हस्तकरघा से कपड़ा बुनने वाले बुनकरों का काम भी है। यों यह यकायक खत्म नहीं हुआ मगर धीरे-धीरे संकट गहराने लगा और बीसवीं शताब्दी के अंत तक आते-आते यह चरम पर आ गया। मगर इस दौरान एक दूसरी प्रवृत्ति भी दिखाई दी। मशीनों के अंधाधुंध उत्पादन ने जरूर बाजार को 'माल' से भर दिया था मगर उसमे एक यांत्रिकता थी, नीरसता थी। इससे लोगों में एक ऊब भी पैदा होने लगी और वे नए पन की तलाश में पुराने की तलाश करने लगे।

इस तरह हस्तनिर्मित वस्तुओं के सौंदर्य मूल्य की पहचान तो हुई और फैशन के रूप में उसका महत्व भी बढ़ा मगर इसका लाभ कारीगरों को नहीं मिला। सारा लाभ व्यापारी और बिचौलिए ही हड़पने लगे, कारीगरों की स्थिति दयनीय ही बनी रही। यह स्थिति फ़िल्म 'सुसमन' के समय (1987) थी, आज भी है।

फ़िल्म में 'रामुलु' एक कुशल बुनकर है। परिवार में पत्नी, बेटी और बेटा है। साथ भाई और उसकी पत्नी भी है। एक तरह से संयुक्त परिवार। सब मिलजुलकर काम करते हैं मगर आय इतनी नहीं हो पाती की घर का खर्च ठीक-ठाक निकल सके। काम की कमी है और जो है वह बिना बिचौलियों के बुनकरों तक पहुंच नहीं पाता। कहने को तो उनके हितों की रक्षा के लिए सहकारी समिति का गठन भी हुआ है मगर वहां भी भ्रष्टाचार पसरा हुआ है।

रामुलु का हुनर केवल प्रतिष्ठा की बात रह गयी है, वह रोटी नहीं दे पाता। वह कपड़े बुनता है मगर अपनी बेटी के लिए साड़ी बुन सके उसके लिए धागे नहीं है। पूरी फिल्म में उसके घर मे अंधेरा छाया हुआ है। यह अंधेरा जैसे उसके जीवन का है। बेबसी इस कदर कि वह इस व्यवसाय को चाह कर भी छोड़ नहीं पा रहा है और इस खीझता में एक बार करघा को आग लगाने की कोशिश करता है। उसका बेटा कभी उसके काम मे रुचि लेता है तो डाँटकर उसे मना करता है और पढ़ने कहता है। वह बार-बार अपने हुनरमंद हथेलियों को हैरानी से देखता है मानो इस विडम्बना को समझ नहीं पा रहा हो। मानो ये वे हाथ नहीं है जिसमे 'जादू' हुआ करता था। मानो कुछ अनपेक्षित घटित हो गया है जिसे वह समझ नहीं पा रहा है। अंततः वह जैसे परिस्थिति से हार मानकर खमोश हो जाता है, उसमे जैसे अनामिकता का भाव आ जाता है।

पत्नी 'गौरम्मा' बार-बार स्थिति को संभालने का प्रयास करती है, मगर कब तक। रामुलु के मना करने पर भी आर्डर के कुछ धागे बचाकर बेटी के लिए साड़ी बुनती है, मगर उसे दे भी नहीं पाती और पैसों के लिए बेचने का प्रयास करती है। मगर प्रकट हो जाने पर रामुलु को अपमानित होना पड़ता

है। रामुलु तो खून के घूंट पीकर खामोश हो जाता है मगर गौरम्मा वह भी नहीं कर सकती! घर को बचाने के लिए उसे 'व्यावहारिक' होना पड़ता है।

यह स्थिति केवल रामुलु और उसके परिवार की नहीं है पूरे गांव की है। कुछ लोग काम की तलाश में शहर जाते हैं मगर वहां भी स्थिति बेहतर नहीं है। रहने को खोली तक नसीब नहीं, सुविधाएं तो दूर की बात है। फिर भी लोग जाते हैं! बेहतर की उम्मीद में एक बेबसी को छोड़कर अंततः दूसरी बेबसी में चले जाते हैं।

फ़िल्म के अंत में रामुलु को उसके हुनर के सम्मान में पेरिस जाने का मौका मिलता है। उससे जब प्रश्न पूछा जाता है कि क्या वह इस काम से खुश है तो वह कोई जवाब नहीं देता। फिर यह पूछने पर की मशीनों के बढ़ते जाने से क्या यह कला खत्म हो जाएगी? इस पर वह कहता है जिंदगी ढंग से कटे तो हम यह काम छोड़कर क्यों जाएंगे, क्योंकि जो संतुष्टि हाथ से काम करने में है वह मशीन में नहीं। उसकी चाह बड़ी नहीं है, मगर बाज़ार की चाह तो बड़ी है! वहां भावना नहीं व्यावहारिकता से काम होता है और व्यावहारिकता यह है कि यहां कला बिकती तो है मगर उसका मूल्य कलाकार को नहीं मिल पाता और चूंकि यह व्यवस्था ऐसी है कि बिचौलियों को खत्म तो क्या उसे और बढ़ावा देती है, इसलिए उससे उम्मीद बेमानी है।

फ़िल्म में बुनकरों की स्थिति के अलावा ग्रामीण लोकजीवन और कुछ हद तक शहरी कामगार वर्ग के जीवन तथा उनकी समस्याओं की झांकी भी है। फ़िल्म का नाम 'सुसमन' कबीर के पद "झीनी झीनी बिनी रे चदरिया" में उल्लेखित सुसमन को लिया गया है जो 'सुषुम्ना' नाड़ी का बिगड़ा रूप है। यह योग की शब्दावली है। कबीर आत्मा के शरीर रूपी चादर का निर्माण जिस धागे से करते हैं उसमे 'सुसमन' प्रमुख है। मगर यह धागा आज कमजोर होता जा रहा है और इसलिए 'झीनी चादर' की सम्भावना भी।

[2022]

44. तारे ज़मीन पर : हर बच्चा खास होता है (2007)

बचपन जीवन का आधार है। व्यक्तित्व के निर्माण में उसके बचपन की अहम भूमिका होती है। यह मानी हुई बात है कि व्यक्तित्व के निर्माण में अनुवांशिकी की भूमिका सीमित होती है, मुख्य भूमिका उसके परिवेश और सामाजिक वातावरण की होती है और उसमे भी माता-पिता, परिवार सर्वाधिक महत्वपूर्ण होते हैं फिर परिवेश और स्कूल की बारी आती है। कुल मिलाकर यह कि प्राथमिक शिक्षा के स्तर के बच्चे कच्ची मिट्टी के समान कोमल होते हैं, इसलिए उनको आकार नाजुकता से ही दिया जा सकता है। 'चोट' से वे बिखर जाते हैं। मगर हम सब कहाँ यह ध्यान रख पाते हैं?

बच्चों को आजकल औपचारिक प्राथमिक शिक्षा अमूमन स्कूल में ही मिलती है। यूं तो कक्षा एक की उम्र लगभग छः वर्ष है मगर अधिकतर निजी शालाओं में प्रि-प्रायमरी के रूप में तीन साढ़े तीन साल की उम्र से बच्चे स्कूल जाना शुरू कर देते हैं। नाम जरूर 'प्ले स्कूल' दिया जाता है मगर अधिकतर 'स्कूल' ही रहता है 'प्ले' नदारद!

एक तो कम उम्र में अधिक सिखाने का दबाव, दूसरा फार्मूलाबद्ध अध्यापन पद्धति, इनके कारण सामान्य से 'कम क्षमता' वाले बच्चे पिछड़ते चले जाते हैं। हालांकि समस्या का कोई सरलीकृत हल नहीं है न ही किसी एक पक्ष पर सारी जिम्मेदारी डाली जा सकती है।

फ़िल्म में उठायी गई समस्या पर ही ध्यान केंद्रित करें तो आज भी सारे बच्चों को एक समान मानकर ट्रीट किया जाता है। 'विशेष आवश्यकता' वाले बच्चों की समस्याओं की अमूमन पहचान ही नहीं हो पाती, केवल कमजोर बच्चे मानकर लगभग उन्हें नज़रअंदाज करने की प्रवृत्ति दिखाई

देती है। स्वयं माता-पिता उनकी समस्या को नहीं समझ पाते और खीझते-लताड़ते रहते हैं।

स्कूलों में बाल मनोविज्ञान से 'प्रशिक्षित' तमाम अध्यापक भी ऐसे बच्चों के लिए कोई अलग से प्रयास करते नहीं दिखाई पड़ते। सब के साथ सीख जाये तो ठीक नहीं तो किसी को कोई चिंता नहीं! कई तो खुले तौर पर ऐसे बच्चों के लिए कहते हैं कि यह सीख ही नहीं सकता। अब यदि बड़ी संख्या में ऐसी मानसिकता के शिक्षक रहें तो क्या किया जा सकता है!

शिक्षकों पर अनुशासनात्मक कार्यवाही या दंड समस्या का समाधान नहीं है। इसका प्रभाव बहुत सीमित होता है। फिर महंगे निजी विद्यालयों में भी जहां काफी हद तक अनुशासन के नाम पर शिक्षकों पर कड़ा नियंत्रण रखने की प्रवृत्ति दिखाई देती है, वहां भी स्थिति में कुछ खास अंतर दिखाई नहीं पड़ता। फिर समस्या का हल क्या है?

जैसा कि फ़िल्म में भी प्रस्तुत किया गया है, जागरूक और संवेदनशील शिक्षक होना पहली शर्त है। एक संवेदनशील शिक्षक समस्याओं का हल ढूंढ लेता है, क्योंकि वह बच्चों से प्यार करता है। यदि प्रेम है तो हजार रास्ते हैं। इसलिए शिक्षक होना केवल आजीविका का एक साधन होना नहीं होना चाहिए। यदि शिक्षक होना आपका जुनून नहीं है तो बहुत सम्भव है आपके अध्यापन की इकाई पूरी कक्षा रहेगी, एक-एक विद्यार्थी नहीं। फिर आपका ध्यान एक न्यूनतम लक्ष्य (सेफ ज़ोन) होते जाता है पूर्ण उपलब्धि (लक्ष्य) नहीं। ऐसे में ज़ाहिर है आपकी नौकरी तो सुरक्षित रहेगी मगर बच्चों के साथ न्याय नहीं होगा।

सभी माता-पिता अपने बच्चों से प्रेम करते है और उनका बेहतर भविष्य चाहते हैं। इस उम्मीद में अपनी क्षमता से अधिक महंगे निजी शालाओं में उनका एडमिशन भी कराते हैं। मगर महंगे शालाओं में भी सभी समस्याओं का हल नहीं हैं, फिर वहां भी व्यावसायिकता और बाज़ारवाद हावी है।

इन तमाम सीखने-सिखाने की प्रक्रिया में इस तरफ लगभग किसी का ध्यान नहीं जाता कि बच्चे की कोई निजी समस्या भी हो सकती है, वह शारीरिक अथवा मानसिक स्तर पर किसी समस्या से ग्रस्त भी हो सकता है और फिर अपेक्षित परिणाम न मिलने पर खीझता, झुंझलाहट, गुस्सा, बेबसी आदि। इस स्थिति में हम अक्सर भूल जाते हैं कि बच्चे के कोमल मन पर इसका क्या प्रभाव पड़ रहा होगा।

फ़िल्म में आठ साल का 'ईशान अवस्थी' एक शारीरिक समस्या 'डिस्लेक्सिया'(dyslexia) से ग्रस्त है जिसके कारण अक्षरों पर उसका ध्यान केंद्रित नहीं हो पाता और अक्षर उसे नाचते हुए दिखाई पड़ते हैं। ज़ाहिर है ऐसे में उसका सीखना सम्भव नहीं हो पाता। वह बालक है अपनी समस्या समझा नहीं सकता, और जो समझ सकते हैं, माता-पिता और शिक्षक, वे समझना नहीं चाहतें। उनके पास जैसे समय ही नहीं है। सब जल्दी में हैं। कोई यह सोचने की जहमत नही उठाता कि उसको कोई समस्या भी हो सकती है। बल्कि बहुत बार उसे अपमानित ही किया जाता है। ज़ाहिर है उसका बालमन इसका प्रतिकार नकारात्मक ढंग से करता है।

ऐसा नहीं कि उसमें प्रतिभा नहीं है, वह बहुत बढ़िया चित्र बनाता है मगर उसके अक्षर ज्ञान की असफलता के आगे कोई इस पर ध्यान नहीं देता। इससे यह भी समझा जा सकता है कि यहां पढ़ाई की सफलता को ही सबकुछ समझा जाता है।

फ़िल्म में तो ईशान के माता-पिता काफी हद तक सक्षम हैं मगर उन बच्चों के भविष्य के बारे में कल्पना की जा सकती है जिनके पैरेंट निम्न आय वर्ग, मजदूर वर्ग के होते हैं। वे स्वयं जीवन के जद्दो-जहद से जूझते रहते हैं, कुछ कमियां, बुराइयां भी होती हैं, वे बच्चों पर कितना ध्यान देंगे! इनका सहारा तो तो शासकीय स्कूल और शिक्षक ही हैं।

ऐसा नहीं कि शिक्षकों की कोई समस्या नहीं होती। वे भी एक सामाजिक व्यक्तित्व होने के नाते कई प्रकार के सामाजिक, आर्थिक, मनोवैज्ञानिक द्वंद्वों से घिरे हो सकते हैं, उनकी अपनी निजी समस्याएं हो सकती है, जो

उनकी दक्षता को प्रभावित करती हैं। फिर स्कूल स्तर पर संसाधन की कमी, स्टॉफ की कमी, गैर शैक्षिक कार्य, अनावश्यक हस्तक्षेप आदि कई समस्याएं रहती हैं उनका भी उचित निवारण आवश्यक है।

अलग-अलग जगह कम-ज्यादा समस्याएं हो सकती हैं, कहीं-कहीं समस्याएं न के बराबर भी हैं फिर भी अपेक्षित परिणाम नहीं मिल पाता तो यह चिंता का विषय है। फ़िल्म से ही बात करें तो 'रामशंकर निकुंभ' जैसे शिक्षकों की जरूरत है, जो और कुछ भले न हो बच्चों के प्रति संवेदनशील है, जिसे बच्चों की उदासी बेचैन करती है, जिसकी दृष्टि कैरियरवादी न होकर रचनात्मक है। जो मानता है कि हर बच्चा खास होता है और उसमे सुधार किया जा सकता है।

बहरहाल समस्या के बहुत से पहलू हैं, फ़िल्म में एक खास पहलू को लिया गया है, मगर यह सार्थक है। और जैसा फ़िल्म में एक जगह कहा गया है हम बुख़ार को देखते हैं जो कि एक लक्षण है, बुखार के कारणों को नहीं देख पाते। हमारी शिक्षा व्यवस्था की लचरता के कारण भी कहीं गहरे हैं, जो अंततः व्यवस्था की विडम्बना तक चली जाती है, इसलिए समस्या का हल जितना वैयक्तिक और सामाजिक है उतना ही राजनीतिक भी।

फ़िल्म निर्देशक- आमिर ख़ान, अमोल गुप्ते

[2022]

45. भूमिका : श्याम बेनेगल (1977)

सभ्यता के विकासक्रम में स्त्री को अपने अधिकारों के लिए संघर्ष करते रहना पड़ा है। आज भी एक हद तक संघर्षरत है, फिर भी आज स्थिति में काफी बदलाव हो चुका है। समाज में नैतिक मापदंडों में काफी बदलाव आए हैं। किसी समय कुछ क्षेत्रों में स्त्री का काम करना 'अनैतिक' माना जाता था उन क्षेत्रों में आज उसकी सहज स्वीकार्यता है।

फ़िल्म 'भूमिका' आजादी के पूर्व और बाद के दो दशकों में एक स्त्री के व्यावसायिक सफलता मगर मानवीय चाह की असफलता के द्वंद्व को रेखांकित करती है। यह फ़िल्म मराठी कृति 'संगते ऐका' पर आधारित है जो चालीस के दशक की प्रसिद्ध मराठी रंगमंच एवं फिल्म कलाकार हंसा वाडेकर की जीवनी है।

इस फ़िल्म के परिवेश में सामंती मूल्यों और आधुनिकता का विचित्र विरोधाभास है जो तात्कालीन समाज की हक़ीक़त थी। फ़िल्म की नायिका 'उषा' एक देवदासी परिवार से सम्बंधित है, जहां नृत्य सामान्य बात है, मगर उसकी माँ एक ब्राम्हण से विवाह की थी इसलिए उषा को 'मुख्य धारा' में रखना चाहती है और उसके नाचने-गाने को पसंद नहीं करती। मगर परिस्थितियां ऐसी पैदा होती हैं कि उषा को फ़िल्म कंपनी में गाने का काम करना ही पड़ जाता है। इस काम का सूत्रधार बनता है 'केशव'।

केशव एक लिजलिजा चरित्र का व्यक्ति है। पहले वह उषा की माँ से सम्बन्ध रखता था और वह ही उषा को फिल्मी दुनिया तक ले जाता है। वह उषा से उम्र में काफी बड़ा है मगर फिर भी उषा का उसके प्रति आकर्षण परिस्थितिवश, कुछ माँ के डांट की प्रतिक्रिया, कुछ कैशोर्य सहजवृत्ति जनित होता है। वह उसके बच्चे की माँ बनती है और इस सम्बंध को भी

सहजता से निभाना चाहती है। मगर केशव दुर्बल मनोवृत्ति का ईर्ष्यालु व्यक्ति है। वह उषा के व्यक्तित्व की मुखरता से और कुंठित होते जाता है। इन सब कारणों से भी उषा की विद्रोही मनोवृत्ति बढ़ती जाती है। केशव आर्थिक रूप से उषा पर निर्भर रहकर भी पुराने 'अहसान' का राग अलापते रहता है, जिसका उषा उचित प्रतिवाद करती है।

उषा का चरित्र सामंती सामाजिक मूल्यों और 'आधुनिक' सामाजिक मूल्यों के द्वंद्व से बना है। देवदासी परिवेश की उपेक्षा कहीं उसके अन्तस् में है जिसके कारण वह एक विशिष्ट भारतीय स्त्री/पत्नी की पहचान तलाशती है। यही कारण है कि वह केशव से यह न पाकर अलग-अलग पुरूषों के पास जाती है। मगर जैसा कि विनायक काले की पत्नी कहती भी है "सिर्फ बिस्तर बदलेंगे, रसोईघर बदलेंगे। मर्दों के मुखौटे बदलते हैं मर्द नहीं"। उषा पत्नी की पहचान चाहती है मगर राजन से सुनील वर्मा, विनायक काले तक सब उसे छलते हैं, बस तरीका अलग-अलग होता है। किसी को केवल उसके शरीर की चाह है, तो किसी में पत्नी के रूप में रखने की हिम्मत नहीं है। विनायक उसे 'पत्नी की तरह' रखने को तैयार है मगर घर के चहारदीवारी के अंदर तक उसकी सीमा निर्धारित कर देना चाहता है।

उषा की लोकप्रियता भी यहां काम नहीं आती! जाहिर है यह लोकप्रियता भिन्न तरह की है, जो तत्कालीन समाज मे फ़िल्मो के प्रति समाज के दृष्टिकोण के कारण है। इस तरह उषा आर्थिक रूप से सक्षम, स्वतंत्र स्त्री होकर भी सामाजिक विडम्बना की मारी है।

दर्शक को यह बात कचोट सकती है कि उषा की पत्नी के रूप में सामाजिक मान्यता की चाह पितृसत्ता के आगे समर्पण है। वह क्यों नहीं इन मूल्यों से भी विद्रोह कर देती!

फ़िल्म से ऐसी मांग उसे देशकाल और चरित्र के मानवीय पक्ष से काटकर देखना होगा। उषा जैसी थी वैसी थी। उन परिस्थितियों में उसके चेतना का उठाव जिस स्तर तक हुआ, सो हुआ। चूंकि वह वास्तविक चरित्र से प्रेरित भी है इसलिए उसकी भी सीमाएं फ़िल्मकार के सामने है।

फ़िल्म के आख़िर में हर जगह 'असफल' होकर फिर उसी दुनिया में लौटती है, केशव के पास! उसकी बेटी जब उससे अपने गर्भवती होने की बात कहती है तो उसके मुँह से निकलता है "चरित्र ही औरत का गहना है"। इस तरह उसका द्वंद्व जैसे उसके जीवन से बद्ध हो गया है। सबकुछ है मगर वह घर नहीं!

फ़िल्म के शुरुआत में उषा को अपनी माँ से एक मुर्गे की रक्षा की कोशिश करते हुए दिखाया गया है, जिसे वह बचा नहीं पाती। ऐसा लगता है जैसे वह मुर्गा वह स्वयं है और जीवन भर ख़ुद को बचाने का प्रयत्न करती है। अलग-अलग लोगों के बीच अलग-अलग भूमिका में!

[2022]

46. माया दर्पण : कुमार शाहनी (1972)

आजादी के बाद का प्रथम दशक बड़े बदलावों का दौर रहा है। यह नयी कहानी आंदोलन का दौर भी है। इन कहानियों में बदलते सामाजिक-आर्थिक-नैतिक सम्बन्धों और मूल्यों को रेखांकित किया गया है। बदलाव हमेशा सहज स्वीकार्य नहीं होता न ही व्यक्ति अपने बद्ध संस्कारों से आसानी से मुक्त हो पाता है। और यह न हो सकने के कारण बहुत बार उसे दुनिया बेमानी लगती है और आस-पास का परिवेश उसे भ्रष्ट दिखाई पड़ता है।

फ़िल्म 'माया दर्पण' के दीवान साहब इसी ट्रेजडी के शिकार हैं। आजादी के निकट पूर्व में वह किसी रियासत के दीवान थे। खूब प्रतिष्ठा और पुछ-परख थी। अंग्रेज रेजिडेंट तक उनके यहां आकर खाना खा चुके थे। मगर अब 'ज़माना' बदल गया है, रियासतों के दिन हवा हो गए, यह बात वे स्वीकार नहीं कर पा रहे हैं। वे अभी भी जैसे किसी दूसरी दुनिया में जी रहे हैं!

विगत की प्रतिष्ठा के नॉस्टेल्जिया के साथ-साथ उनमें कुलीनतावाद भी है। इसी कारण उन जैसों के साथ यह विरोधाभास मिलता रहा है कि एक तरफ वे ब्रिटिश अधिकारियों के कृपापात्र भी बनाना चाहते थे और घर मे उनके द्वारा उपयोग किये बर्तन को फेक देते थे।

दीवान साहब की त्रासदी समय के बदलाव को स्वीकार न कर पाने की है। इसी कारण उनका बेटा उनसे अलग होकर चला गया है। ज़ाहिर है वे उसकी ज़िंदगी अपने शर्तों पर चाहते रहे होंगे। इसी कारण उनकी जवान बेटी 'तरन' अविवाहित है क्योंकि दीवान साहब के अनुसार कुलीन और प्रतिष्ठित कुल का वर नहीं मिल पा रहा है। तरन की इच्छा-अनिच्छा का यहां प्रश्न नहीं है। इस तरह वे पितृसतात्मक सामंती मूल्य से भी ग्रस्त हैं।

लेकिन दीवान साहब की हेठी जर्जर होती जा रही है। वे इस बेबसी को महसूस कर तो रहे हैं मगर व्यक्त नहीं कर पा रहे हैं। वे खामोशी से आत्म-दमन कर रहे हैं। उनका गुस्सा और बेबसी बिना कहे परिवेश में व्याप्त है। कहना न होगा इसका बदला भी वे एक तरह से तरन से ले रहे हैं। यही कारण है कि वे तरन के सामने जहां घर मे रहने की बात करते हैं, वहीं अपनी बहन के सामने आपा खोकर तरन के चले जाने की बात कहते हैं।

तरन नयी पीढ़ी की है मगर उसमें पितृसत्ता का मर्यादाबोध भी है। उसके मन मे पिता के प्रति प्रेम है इसलिए एक हद तक अपने निजी आकांक्षाओं को जज़्ब की हुई है। इंजीनियर बाबू से मिलने से उसमें प्रेम आकांक्षा जाग्रत होती है और अपनी निजता का अहसास भी होता है और अंततः वह निर्णायक मोड़ पर पहुँचती है।

फ़िल्म में वातावरण के घुटन और ठहराव को पुरानी होती हवेली के माध्यम से बेहतर ढंग से दिखाया है। संवाद भी कम और संतुलित हैं, दृश्य ही जैसे सबकुछ बयां कर देते हैं। फ़िल्म निर्मल वर्मा जी की कहानी पर बनी है और सम्वाद भी उन्होंने ही लिखे हैं।

कहानी जहां दीवान साहब और तरन के द्वंद्व का चित्रण यानि दो पीढ़ी के मूल्यबोध के द्वंद्व पर 'खत्म' हो जाती है, वहीं फ़िल्म में तरन और इंजीनियर बाबू का 'मिलन' दिखाया गया है, यह परिणीति कथा के विकासक्रम तथा फ़िल्म माध्यम के अनुरूप अस्वभाविक नही लगती है।

फिर भी कहानी हो कि फ़िल्म दोनो जगह व्यक्ति के समय सापेक्ष बदलते परिवेश और नैतिक मापदंडों के बदल जाने के बाबजूद उसे स्वीकार न कर पाने और नॉस्टेल्जिया में जीने की विडम्बना को सार्थक ढंग से रेखांकित किया गया है।

[2022]

47. मिर्च मसाला : केतन मेहता (1987)

आजादी के ठीक पूर्व तक ब्रिटिश संरक्षण में पल रहे स्थानीय ज़मीदार, सामन्त जनता के शोषण और अय्याशी के लिए कुख्यात थे। उनका अपना एक तंत्र था जिसमें टेक्स वसूली अधिकारी से लेकर गांव में स्थानीय सहायक 'मुखिया' हुआ करता था। ज़ाहिर है ये सब किसानों के शोषण जिसे वे अपना अधिकार समझते थे, पर पल रहे थे। उस पर जनता के 'मालिक' होने का गुमान अलग!

इनका अत्याचार इस कदर था कि स्त्रियों के साथ जबरदस्ती करने से गुरेज नहीं करते थे। प्रश्न यह है इनका विरोध क्यों नहीं किया जाता था?

इसका एक प्रमुख कारण सामंती जीवन मूल्यों से बद्ध किसानी जीवन भी था जो एक हद तक इसे 'कुदरत का स्वभाविक विधान' मानकर और बहुत हद तक ज़मीनों के मालिकाना हक नहीं होने और ज़मीदारों के भूमि पर किसानी के लिए निर्भर रहने के कारण विरोध नहीं कर पाता था।

ऐसा नहीं कि उनको आत्मग्लानि नहीं होती थी मगर वर्ग चेतना के अभाव के कारण संगठित नहीं हो पाते थे। फिर स्वयं उनके बीच के वर्णगत और आर्थिक विभाजन के कारण वे भिन्न-भिन्न मूल्यों से प्रभावित थे। मसलन इस फ़िल्म में ही 'मुखी' गांव का स्थानीय प्रतिनिधि है। गांव में उसका रौब है। वह भी इस शोषण तंत्र का हिस्सा है इसलिए गांव से एक हद तक सहानुभूति के बावजूद वह सूबेदार के प्रति प्रतिबद्ध है। यही कारण है कि वह 'सोनबाई' के समर्पण के मामले में नाखुश होकर भी सूबेदार के पक्ष में समर्पण कर देता है।

गांव में एक पुरोहित भी है जिसके लिए सबकुछ 'माया' है। स्त्री की अस्मिता को रौंदना भी! ज़ाहिर है इसमें उसका वर्गगत हित है और उससे किसानों को विद्रोह के लिए प्रेरित करने की चाह बेमानी है।

मगर धर्म का एक दूसरा पक्ष भी हो सकता है। फ़िल्म में इसे अबु मियां के 'ईमान' से जोड़कर दिखाया गया है। उसका ईमान उसे स्त्री के शोषण में भागीदार होने से रोकता है। वह बुजुर्ग है बावजूद इसके अपने प्राण देकर सोनबाई की रक्षा की हर सम्भव कोशिश करता है। यहां धार्मिक मूल्य के सकारात्मक प्रेरणा को दिखाया गया है।

शिक्षा चेतना का परिष्कार करती है। शिक्षित व्यक्ति शोषण के विरुद्ध आवाज उठा सकता है। फ़िल्म में मास्टरजी इसके प्रतीक हैं। शोषक वर्ग यह जानता है इसीलिए सूबेदार उसे 'स्वराजी' कहकर उस पर व्यंग्य करता है। मास्टरजी गांव को शिक्षित करना चाहते हैं, जिज्ञासु युवाओं को स्वतंत्रता और स्वराज का महत्व भी समझाते हैं। मुखी की पत्नी को उसकी बेटी के पढ़ाई के लिए प्रेरित करते हैं और मुखी से इसके लिए प्रताड़ित भी होते हैं। सोनबाई के समर्थन में भी वह सूबेदार का विरोध करता है और प्रताड़ित होता है।

सामंती सामाजिक मूल्यों से ग्रस्त जनता अभी शिक्षा के महत्व को समझ नहीं रही है इसलिए वह इसे स्त्रियों के लिए गैर जरूरी समझती है। मुखी की पत्नी में यह चेतना विकासमान है इसलिए वह एक ओर जहां मुखी के पितृसत्तात्मक मूल्यों का विरोध करती है वहीं अपनी बेटी को स्कूल भेजने की कोशिश भी करती है और आख़िर में सूबेदार के अत्याचार के विरुद्ध समर्पण कर देने पर कुछ स्त्रियों को लेकर विद्रोह भी करती है।

फ़िल्म में स्त्रियां सामान्यतः परम्परागत मूल्यों को आत्मसात की हुई हैं। उनमें लोकजीवन की तमाम छवियां हैं, मगर चेतना के स्तर पर भिन्नता है। किसी के लिए सूबेदार के आगे समर्पण सामान्य बात है तो किसी के लिए मजबूरी। प्रताड़ना का अहसास तो है मगर अभी विद्रोह की हिम्मत नही उभर पा रही है।

मगर सोनबाई का चरित्र संघर्षशील है। वह सूबेदार की बदनीयती के आगे समर्पण नहीं करती। उसे बांझ कहकर लांछित किया जाता है, प्रलोभन और दबाव से उसे समर्पण के लिए बाध्य करने की कोशिश की जाती है मगर वह अपनी दृढ़ता से पीछे नहीं हटती।

पुरुष वर्ग ज़मीदार पर निर्भरता के कारण बेबसी प्रकट करते हैं, उसकी मनमानी से असहमत हैं, मगर संगठित विद्रोह की चेतना नहीं है, सूबेदार के आगे केवल याचना करते हैं। एक-दो आवाज़ उठाते हैं तो उसे दबा दिया जाता है। आख़िर में जब वृद्ध अबु मियां संघर्ष की शुरुआत करते हैं तब भी पुरुष वर्ग आगे नहीं आता, स्त्रियां ही संघर्ष करती हैं।

फ़िल्म के क्लाइमेक्स में जब सूबेदार अपने सिपाहियों के साथ मसाले के कारखाने में हमला करता है तो सोनबाई हांथ में हँसिया लिए सामना करने बढ़ती है, उसमें डर और संघर्ष दोनों के भाव उभरते हैं मगर अंततः संघर्ष के लिए बढ़ती है। सूबेदार अबु मिया के लाश को पार कर सोनबाई की तरफ बढ़ता है। इससे पहले की दोनो में संघर्ष होता स्त्रियां मिर्च के पावडर कपड़ो से उड़ेलकर सूबेदार पर टूट पड़ती हैं और वह अंधा होकर केवल चीखता रह जाता है, और फ़िल्म समाप्त हो जाती है।

आगे की कहानी का अनुमान लगाया जा सकता है। सम्भव है सोनबाई हँसिया सूबेदार पर भोंक दे। सम्भव है सूबेदार के सिपाही उन पर गोलियां चलायें। सम्भव है पुरुष भी संघर्ष में शामिल हो। संभव है सूबेदार के सिपाही इस संगठन से डर कर भाग जाएं या मारे जाएं।

बहरहाल फ़िल्म 'मिर्च-मसाला' आज भी दर्शक को झकझोरती है, यह उसकी सफलता है। लाल रंग की व्यापकता संघर्ष का प्रतीक भी है। अब वह सामंती-ज़मीदारी दौर नहीं रहा, मगर उसके अवशेष अभी बांकी हैं, जिससे मुक्ति शिक्षा और संघर्ष से ही सम्भव है और यह फ़िल्म हमे उसकी प्रेरणा देती है।

[2022]

48. स्पर्श : साईं परांजपे (1980)

दुनिया की भौतिकता को हम इन्द्रियबोध से समझते है। रूप, रस, गंध, स्पर्श का अनुभव इंद्रियों से ही होता है। इनमें भी आँखों की भूमिका विशिष्ट होती है। इस दृश्यमान जगत का साक्षात्कार आँखों से ही होता है। आँखें न हो तो इस दुनिया की रंगीनी का अहसास कठिन हो जाता है। इससे भी बड़ी बात परनिर्भरता की संभावना बढ़ जाती है।

यों शारीरिक 'अक्षमता' चाहे किसी भी अंग की हो जीवन की एक सीमा निर्धारित करने का प्रयास तो करती ही है और बहुधा सफल भी होती है।

मगर हम सब सामाजिक जीवन जीते हैं, इसलिए सहयोग हमारा धर्म है। हमसे अपने परिवार, परिवेश के ऐसे व्यक्तियों की सहयोग की अपेक्षा की जाती है। इधर विज्ञान की व्यापक तकनीकी प्रगति ने भी इस कार्य में व्यापक सहयोग दिया है। बावजूद इसके शारीरिक 'अक्षमता' से जूझ रहे व्यक्ति को एक हद तक दूसरों के सहयोग की आवश्यकता पड़ती रहती है।

मगर हर मनुष्य के व्यक्तित्व की एक गरिमा होती है; व्यक्ति का आत्मसम्मान होता है, उसकी मदद उसे ठेस पहुंचाए बिना ही की जानी चाहिए। उनको दया की नहीं संवेदना की जरूरत होती है। उनको 'बेचारा' कहना उनको मानवीय गरिमा से नीचे लाना है। उनमें कुछ कमी हो सकती है मगर वे पूर्णतः अक्षम नहीं होते कि अपना जीवन अच्छे से न जी सके। इतिहास में इसके कई उदाहरण हैं। जरूरत उनको उचित प्रोत्साहन और प्रशिक्षण की है।

फ़िल्म 'स्पर्श' में अनिरुद्ध एक 'अंध विद्यालय' का प्राचार्य है। वह स्वयं अंधत्व से पीड़ित है मगर शिक्षित-प्रशिक्षित व्यक्ति है और अपना अधिकांश काम स्वयं कर लेता है। यहां तक कि अपने असिस्टेंट से भी एक सीमा से ज्यादा सहयोग नहीं लेता और अति आग्रह पर असहज हो जाता है और कभी डांट भी देता है।

दरअसल अनिरुद्ध नहीं चाहता कि कोई उनके या बच्चों के प्रति दयाभाव दिखाए, क्योंकि दयाभाव में अंततः दूसरे को कमजोर माना जाता है। इसलिए ऐसी सहायता में अहसान का भाव निहित होता है।

'कविता' अकेली है। हाल ही में उसके पति का निधन हो गया है। जीवन जैसे उसके लिए ठहर गया है। निराशा ऐसे घर कर गई है कि रास्ते हैं भी तो उसने जैसे आँखे मूंद ली है। ऐसे में उसका अनिरुद्ध से परिचय होता है। वह उसके कार्य और ज़ज़्बे से प्रभावित होती है। उसे अहसास होता है कि विद्यालय से जुड़कर वह अपनी ज़िंदगी को एक दिशा दे सकती है।

वह विद्यालय से जुड़ती है। प्रारम्भिक अड़चनों के बाद बच्चे उससे जुड़ने लगते हैं। वह भी उनकी आवश्यकताओं को समझती है और उनसे घुल-मिल जाती है। धीरे-धीरे उसके और अनुरुद्ध के बीच प्रेम पनपने लगता है और उनकी सगाई भी हो जाती है। वह फिर से जैसे ज़िंदगी को जीने लगती है। अनिरुद्ध के जीवन मे भी एक नयी खुशी आती है।

मगर अनिरुद्ध के व्यक्तित्व के किसी कोने में संशय का एक हिस्सा भी दबा हुआ है, जो यह मानकर चलता है कि हर 'दूसरा' उस जैसों के साथ समानता का व्यवहार कर ही नहीं सकता। कहीं न कहीं उसके अंदर दया का भाव अवश्य होता है। कविता के मामले में भी उसके अंदर यह धारणा घर करते जाती है कि मानो वह 'कुर्बानी' दे रही है और उसके अंदर 'शहादत' का भाव होगा। अवश्य परिस्थितियां भी इस धारणा को पनपने में मदद करती हैं।

कहना न होगा कि इस तरह की धारणा से ग्रस्त होना भी एक 'बीमारी' है। आत्मसम्मान और अंहकार के बीच झीना पर्दा होता है। कई बार यह संतुलन सधता नहीं है। अनिरुद्ध अपनी अस्मिता के प्रति सतर्क है, यह अच्छी बात है, मगर इसके लिए उसे दूसरे की अस्मिता और नीयत पर अकारण सन्देह करने की छूट नहीं मिल जाती, भले ही उसका जीवनानुभव कैसा भी रहा हो।

इस मामले में कविता किसी ग्रन्थि से पीड़ित नहीं है। वह अपनी उदासी से उबरती है, इसके लिए अनिरुद्ध और विद्यालय के प्रति उसके मन मे असीम स्नेह है। अनिरुद्ध का साथ उसकी ख़ुशी को दोहरा कर सकती है, मगर साथ न मिले तब भी वह इतने में खुश है। वह अनिरुद्ध के कशमकश को समझती है और उसे इससे उबारने हर सम्भव कोशिश करती है।

अंततः अनिरुद्ध को अहसास होता है कि वह गलत है और कविता के प्रेम के प्रति उसका सन्देह निराधार है। दरअसल यह समस्या उसकी ख़ुद की थी। वह अपने से जूझ रहा था और अंततः उससे मुक्त होता है और आखिर में कविता के दरवाज़े पर फिर दस्तक देता है।

इस तरह यह फ़िल्म शारीरिक 'अक्षमता',अस्मिता और मानवीय संवेदना के द्वंद्व को बिना किसी लाग-लपेट के बेहतर प्रस्तुत करती है।

[2022]

49. सत्यकाम : ऋषिकेश मुखर्जी (1969)

आजादी के संघर्ष के दौरान यह सपना देखना स्वभाविक था कि स्वतंत्रता के बाद देश का अपने ढंग, अपनी आकांक्षाओं के अनुरूप पुनर्निर्माण किया जाएगा। कोशिशें हुईं भी। मगर विडंबना कि हर दौर की तरह शासन-प्रशासन का बड़ा हिस्सा उसी 'व्यावहारिक' राह पर चला जो भ्रष्टाचार को 'सहज' मानता है। यानि सत्ता का हस्तान्तरण तो हुआ चरित्र नहीं बदला।

लेकिन यह ज्यादती होगी यदि यह न कहा जाय कि हर दौर की तरह इस दौर में भी कुछ लोग थे जो सत्यनिष्ठ थे और ईमानदारी से अपने कर्तव्य का निर्वहन कर रहे थे और देश को एक नयी दिशा दे रहे थे। ज़ाहिर है ऐसे लोग बहुतों के लिए 'असुविधाजनक' होते हैं और किसी भी तरह उन्हें अपनी तरफ खींचने का प्रयास किया जाता है और असफल होने पर उन्हें लांछित करने या ख़त्म करने का प्रयास किया जाता है।

फ़िल्म 'सत्यकाम' का सत्यप्रिय इसी तरह का ईमानदार व्यक्ति है। पेशे से इंजीनियर है और कम से कम ख़ुद के माध्यम से भ्रष्टाचार होने नहीं देता न उसमें भागीदार होता है। ज़ाहिर है ऐसे में सामान्य सुविधाओं से जीवन जीता है और उसके समकक्ष पद वाले उससे काफ़ी 'आगे' निकल जाते हैं।

मगर सत्यप्रिय को इससे कोई गिला नहीं है, क्योंकि यह सत्यवादिता उसके लिए ओढ़ी हुई नहीं है, बल्कि सहज है। इसलिए प्रलोभन के हर अवसर को वह ठोकर मार देता है और बार-बार उसे नौकरी से निकाला भी जाता है। कठोर परिश्रम से एक हद तक उसका शरीर भी कमजोर हो जाता है और

अंततः कैंसर की चपेट में आने से उसका असामयिक निधन भी हो जाता है।

सत्यप्रिय को सत्यनिष्ठता का संस्कार परिवार से भी मिला है। उसके दादा सत्यशरण आचार्य जी भी सत्यनिष्ठ हैं और अपने उसूलों पर कायम रहते हैं। मगर दिक्कत यह है कि 'सत्य' की परिभाषा कई बार व्यक्ति अपने परम्परागत संस्कारों के हिसाब से गढ़ लेता है। जो हमारे लिए सच है जरूरी नहीं सब के लिए हो, जरूरी नहीं कि वह व्यापक मानवता के हित में वैज्ञानिकता से सम्पन्न हो। कहना न होगा यह सत्य के नाम पर भ्रांत सत्य है।

सत्यशरण आचार्य सत्यनिष्ठ हैं, आर्थिक भ्रष्टाचार नहीं करते वहां तक ठीक है, मगर जब वे छुआछूत, रक्त शुद्धता, यौन शुचिता-अशुचिता को सही मानते हैं तो उसे जायज नहीं कहा जा सकता। यह भी मानवता के विरुद्ध भ्रष्टाचार ही है। विडम्बना कि ऐसे लोगों को इसका अहसास होता ही नहीं। अवश्य फ़िल्म में, आख़िर में सत्यशरण जी को इसका भान होता है।

सत्यप्रिय को भी अपने दादा जी से सत्यनिष्ठता और कर्तव्यनिष्ठता के संस्कार मिले हैं, इसलिए वह इंजीनियर बनने के बाद कभी भी न भ्रष्टाचार में संलग्न होता है न अपने माध्यम से होने देता है। वह सहज और मानवतावादी है और अपने दादा से आगे बढ़कर छुआछूत के बंधन को त्याग चुका है मगर स्त्री सम्बन्धी शुचिता और 'रक्त शुद्धता' की अवधारणा से पूरी तरह से मुक्त नहीं हो सका है।

यही कारण है कि वह 'रंजना' जो एक 'वेश्या' की बेटी है से सहानुभूति रखता है और धीरे-धीरे उससे प्रेम भी करने लगता है, मगर उसके अंदर गहरा अंतर्द्वंद्व है। वह उससे प्रेम करता है, ज़मीदार द्वारा रंजना पर किये जा रहे अत्याचार से खीझता भी है, मगर उससे विवाह करने की हिम्मत नहीं जुटा पाता और अन्ततः उसके कशमकश के कारण ज़मीदार रंजना का बालात्कार करने में सफल हो जाता है।

सत्यप्रिय इस ग्लानि से उबरने के लिए रंजना को अपना जीवन साथी बना लेता है मगर अंदर कहीं शुचितावाद बद्ध है जिससे वह मुक्त नहीं हो पा रहा है। यही कारण है कि वह रंजना के बालात्कार जनित सन्तान को तमाम सदिच्छा और प्रेम के बाद भी पूरी तरह 'अपना' नहीं मान पा रहा है। रंजना और उसके बीच एक अद्दश्य दीवार सी है। ऐसा नहीं कि सत्यप्रिय इसे नहीं जानता। वह जानता है, मगर चाह कर भी उससे मुक्त नहीं हो पा रहा है।

कहना न होगा मूल्यों का यह सामंती अवशेष सत्यप्रिय के संदर्भ में आश्चर्यजनक लगता है, क्योंकि जो व्यक्ति कर्तव्य और मानवता के प्रति इतना संवेदनशील है उसके अंदर इस तरह के पितृसत्तात्मक सामंती मूल्यों बचा रहना उसके व्यक्तित्व के अनुसार नहीं लगता। मगर फ़िल्मकार का प्रयास उसके व्यक्तित्व को 'मानवीय' द्वंद्व से युक्त दिखाना जान पड़ता है।

रंजना का चरित्र फ़िल्म में महज 'निस्सहाय' स्त्री का है। वह परंपरागत पितृसत्ता की धारा में बह रही है। एक 'वेश्या' की संतान होने और दूसरे के पालन-पोषण के 'अहसान' से दबी अपनी अस्मिता को भूल चुकी है। उसमे ममत्व है, प्रेम है मगर संघर्ष नहीं है। ज़मीदार के आगे ख़ुद को समर्पित कर देना या विवाह को ही जीवन की चरम उपलब्धि समझना उसके व्यक्तित्व की सीमाएं है। हर जगह वह ऐसे दिखाई पड़ती है मानो पुरुष की छाया के बिना स्त्री का कोई जीवन नहीं है।

अवश्य उसके व्यक्तित्व के निर्माण में उसके दुखद परिवेश और देशकाल की सीमा है और फ़िल्म की केन्द्रीयता भी सत्यप्रिय के चरित्र पर है, इसलिए भी उसके चरित्र को फिल्मकार ने इस ढंग से गढ़ा जान पड़ता है।

फ़िल्म शीर्षक 'सत्यकाम' पौराणिक कथा के जबाला और उसके पुत्र सत्यकाम से प्रभावित है। सत्यकाम की माँ जबाला ने उससे कहा था कि मैंने बहुतों की सेवा करके तुम्हे पाया है इसलिए तुम्हारे पिता का नाम बता पाना मेरे लिए सम्भव नहीं है। यह बात सत्यकाम ने सहजता से गौतम ऋषि

को पिता का गोत्र पूछने पर बताया था। गौतम उसके सत्य बोलने के साहस पर प्रसन्न हुए थे।

फ़िल्म में रंजना के पुत्र के जैविक पिता भिन्न है जिसके प्रति प्रेम के बावजूद सत्यप्रिय के अन्तस् में कहीं संकोच है। लेकिन कहा जाता है मृत्यु बहुत से गिले-शिकवे, असत्य, झूठ को खत्म कर देती है। सत्यप्रिय भी मृत्युशय्या पर इससे मुक्त हो जाता है और उसके पिता सत्यशरण भी अपने पोते के 'सत्य बोलने के साहस' से निरुत्तर और अपनी जड़ता से मुक्त हो जाते हैं। इस तरह फ़िल्म के आख़िर में रंजना, उसका बेटा और दादाजी सत्यशरण एक साथ नए जीवन की राह में निकल पड़ते हैं जाहिर है वह जीवन सत्यप्रिय के आदर्शों पर ही होगा।

(फ़िल्म नारायण सान्याल के बंगाली उपन्यास 'सत्यकाम' पर आधारित है।)

[2022]

50. कोशिश : गुलज़ार (1972)

शारीरिक 'अक्षमता' के साथ जीवन जीना चुनौतीपूर्ण होता है। कदम-कदम पर कठिनाइयां आती हैं। अक्षमता का अनुपात जितना अधिक होता है परनिर्भरता की सम्भावना उतनी ही अधिक होती है। ऐसे में व्यक्ति हताश भी हो सकता है और उसे जीवन बोझ लग सकता है।

मगर जीवन का आकर्षण भी अदम्य है। होना भी चाहिए। व्यक्ति जीना चाहता है और इस कार्य में उसके सामाजिक परिवेश की महत्वपूर्ण भूमिका होती है। यदि घर-परिवार और परिवेश से अपेक्षित सहयोग मिले तो ऐसे व्यक्ति को सामान्य जीवन जीने में आसानी होती है; मगर दुर्भाग्य से शारीरिक रूप से अक्षम व्यक्तियों के मामले में ऐसे उदाहरण कम मिलते रहे हैं।

माता-पिता अवश्य अपनी सन्तान की क्षमता भर मदद करते हैं, मगर एक दिन उन्हें अपना जीवन जीना ही होता है, ऐसे में यदि उनका लालन-पालन आत्मनिर्भरता की दिशा में न हो तो मुश्किलें और बढ़ जाती हैं।

फ़िल्म 'कोशिश' में दो मूक-बधिर व्यक्ति 'आरती' और 'हरिचरन' के माध्यम से ऐसे व्यक्तियों की जिजीविषा, सामान्य जीवन जीने की क्षमता और ललक तथा मानवीय संवेदना के कई पहलुओं को उकेरा गया है। दोनो बोल-सुन नहीं सकते मगर महसूस कर सकते हैं।

संवेदना और मानवीयता से भरा उनका जीवन जैसे एक-दूसरे की बाट जोह रहा था। दोनो मिलकर सामान्य पारिवारिक जीवन जीने की शुरुआत करते हैं। दोनो सामान्य घर से हैं इसलिए आर्थिक अभाव कोई बड़ी समस्या नहीं है। मगर समाज में ऐसे लोगों की कमी नहीं रही है जो अपनी अकर्मण्यता

और संवेदनहीनता के कारण दूसरों को परेशान करते रहते हैं। फ़िल्म में आरती का भाई 'कानू' ऐसा ही चरित्र है। कुछ अन्य भी समय-बेसमय उनकी 'कमियों' का मजाक उड़ाते रहते हैं।

आरती और हरिचरन को एक बेटा होता है। उनके जीवन में जैसे बहार आ जाती है। मगर विडम्बना पीछा नहीं छोड़ती। पहले वे बच्चे के रोने को सुन न पाने के कारण उसके भी मूक-बधिर होने की आशंका से ग्रस्त हो जाते हैं, लेकिन डॉक्टर के आने से स्थिति स्पष्ट हो जाती है। कुछ दिन बाद तेज बारिश की रात में बच्चा रोते रहता है और वे सुन नहीं सकते, ऐसे में आरती का भाई 'कानू' घर में पैसे चोरी करने आता है और बच्चे को बिस्तर से नीचे ज़मीन पर उतार देता है। अंततः अबोध बच्चा रोते अपने खिलौने का पीछा करते ऊँचाई से गिर जाता है और सब कुछ ख़त्म हो जाता है।

आरती-हरिचरन के जीवन पर जैसे वज्रपात हो जाता है, मगर अंततः वे फिर नये सिरे से जीवन जीने की कोशिश करते हैं। आगे फिर उनका एक और बेटा 'अमित' होता है। इस बार वे अंधत्व से पीड़ित एक जरूरतमंद व्यक्ति 'नारायण' को अपने साथ रखते हैं ताकि वह बच्चे की आवाज़ को सुन सके। इस तह दो देख सकने वाले और एक सुन सकने वाले व्यक्ति के सहयोग से ज़िंदगी पटरी पर आ जाती है और बच्चे का लालन पालन सहज ढंग से चलने लगता है। इधर हरिचरन अपनी मेहनत से अपने काम मे तरक्की करते जाता है।

यहां आकर फ़िल्म ख़त्म हो सकती थी मगर निर्देशक ने इसका जिस ढंग से क्लाइमेक्स रचा है वह फ़िल्म को एक ऊँचाई देता है। अमित के युवा होते-होते आरती का निधन हो जाता है। आख़िरी के कुछ वर्षों में हरिचरन ही उसका मार्गदर्शन करता है। बेटा पढ़-लिख कर काबिल हो रहा है, संवेदनशील है, माता-पिता के संघर्ष को समझता है।

हरिचरन जिस कंपनी में काम करता है उसके मालिक की एक बेटी है, जो मूक-बधिर है। वह और उसकी पत्नी अपनी इस पुत्री का विवाह हरिचरन के बेटे अमित के साथ करना चाहते हैं। इसके लिए उन्होंने हरिचरन पर

कभी अपने 'प्रभाव' का प्रयोग नहीं किया। बल्कि कुछ संकोच से ही हरिचरन को घर बुलाकर प्रस्ताव रखते हैं। मन में संकोच भी है कि कहीं हरिचरन इंकार न कर दे।

हरिचरन को कन्या की स्थिति के बारे मालूम ही नहीं था। जब उसे उसके मूक-बधिर होने का पता चलता है तो वह और भी द्रवित होकर उसे आशीष देता है।

संयोग से अमित भी साथ था। जब उसकी राय पूछी जाती है तो आशा के विपरीत वह मूक-बधिर से विवाह करने से इंकार कर देता है। पिता हतप्रभ! सारा जीवन संघर्ष, सारे संस्कार, सदिच्छाएँ जैसे एक पल में ध्वस्त हो जाती हैं! क्रोध और हताशा में जैसे उसे समझ नहीं आता क्या करे।

घर जाकर वह क्रोध और ग्लानि में अमित को घर से बाहर जाने को कहता है। उसकी डिग्रियों और किताबों को पटकता है और जताता है कि यह सब व्यर्थ गया जब तुम्हारा अन्तस् ही संवेदनशील नहीं बना। इसी समय नारायण आकर अमित को सम्हालता है और अन्ततः उसमें भी परिवर्तन दिखाई देता है। पिता-पुत्र संवेदना से भीग जाते हैं और फ़िल्म समाप्त हो जाती है।

यहाँ यह बात सोची जा सकती है कि अमित का भी तो अपना जीवन है जिसका फैसला वह ख़ुद ले सकता है। यदि वह मूक-बधिर लड़की से विवाह नहीं करना चाहता तो उसे गलत नहीं कहा जा सकता! यह बात सही हो सकती थी मगर जिस माहौल और जिस तरह से उसका लालन-पालन हुआ है उसमें ऐसी लड़की के साथ सामंजस्य बेहतर हो सकता था क्योंकि बचपन से उसने अपने माता-पिता का परस्पर और ख़ुद उसके साथ संवाद को देखा-समझा है।

फिर जिस असंवेदनशीलता से उसके माता-पिता जीवन भर संघर्ष करते रहे हैं, उसी का पुत्र में होना गहरी विडम्बना का बोध कराती है। कुल मिलाकर अमित का विवाह 'कुर्बानी' अथवा 'दया' न होकर सहज दाम्पत्य

हो सकता था। फिर अमित के इंकार का सिर्फ यही कारण दिखाई पड़ता है।

इस तरह फ़िल्म में सुखद अंत का संकेत है। मगर इस फ़िल्म की महत्ता इसके पात्रों के सहज जीवन जीने की कोशिश और संवेदनशीलता की पक्षधरता में ही है। फ़िल्म में संजीव कुमार और जया बच्चन का अभिनय बेजोड़ है जिसे उचित ही याद किया जाता है।

[2022]

51. चक्र : रबिन्द्र धर्मराज (1981)

सभ्यता के विकासक्रम में नगरों का विकास अनिवार्य रूप से हुआ। बाज़ार-विनिमय के केंद्र नगर के रूप में विकसित होते गए। नगर प्रशासन के केंद्र भी रहे हैं, इसलिए वहां तमाम नागरिक सुविधाएं पहले-पहल उपलब्ध होती रही है। उद्योग और व्यापार के केंद्र के कारण रोजगार की उपलब्धता भी यहां बढ़ी जिसके कारण आस-पास के ग्रामीण भी नगर की ओर आकर्षित होते रहें।

नगरों में सब सुविधाएं तो होती हैं मगर जगह की कमी होती है, इसलिए जनघनत्व अत्यधिक होता है। जो थोड़ी-बहुत जगहें होती हैं इस पर 'पैसे वालों' की ही पहुँच हो पाती है। बहुसंख्यक जनता छोटे-छोटे कमरों में किसी तरह निर्वाह करती है। मगर मजदूर वर्ग को इतना भी नसीब नहीं होता और अधिकांशतः झोपड़-पट्टियों में जीवन निर्वाह करते हैं।

इधर नगर, महानगर बन गए तो झोपड़-पट्टियों की संख्या घटने के बजाए बढ़ती गई। बड़े-बड़े 'स्लम एरिया' बन गए जहां ज़िंदगियां घीसट रही हैं। बावजूद इसके यहां आने वालों की संख्या कभी कम नहीं होती। ग्रामीण क्षेत्रों में कृषि की बर्बादी, सीमित आय, बेहतर जीवन की लालसा, जीवन निर्वाह में दिक्कत आदि कई कारणों से लोग शहर आते ही रहते हैं।

इस तरह महानगरों में एक बड़ी आबादी लगभग 'आवास विहीन' स्थिति में जीवन जीती रहती है। ये क्षेत्र राजनीति के 'खेल' के क्षेत्र भी होते हैं। राजनीतिज्ञ आवास और सुविधाएं देने के बड़े-बड़े वादे करके जाते हैं, मगर स्थिति ऐसी ही रहती है।

मगर जीवन है कि अपनी राह बना लेता है। परिस्थिति कैसी भी हो जीवन जीने के 'तरीके' विकसित हो जाया करते हैं। ज़ाहिर है ये तरीके तथाकथित सभ्य समाज से भिन्न होते हैं। अभाव की पूर्ति का भी अपना मनोविज्ञान होता है। जहाँ दो जून रोटी मिलने की निश्चिंतता न हो वहां भविष्य की कौन सोचेगा! वहां तो 'आज है तो मौज कर लो कल भले भूखा रहो' का दर्शन ही पनपेगा।

ले देकर झोपड़ी की एक खोली, वहीं सब को गुजर करना है। ऐसे में कहां की प्राइवेसी! न शौचालय, न स्नान घर। नैतिक-अनैतिक, मर्यादा सब धरे रह जाते हैं! बच्चे उम्र से पहले बड़े हो जाते हैं।

ग़रीबी और असुविधा की अपनी एक संस्कृति होती है। मार्क्सवाद की शब्दावली में कहें तो 'लम्पट सर्वहारा' की संस्कृति । मेहनत से पैसा नहीं मिलता, ऊपर से छोटी-छोटी गलती में अपमानित होना पड़ता है, ऐसे में काल्पनिक इच्छापूर्ति का रास्ता ही बचता है! शराब, सेक्स, फिल्मी नकल और हीरोभाव, अराजकता जीवन दर्शन बन जाता है। देहव्यवसाय, नशाखोरी, अवैधशराब, के ये केंद्र बनते जाते हैं।

'सभ्य जीवन' के मापदंड और अभाव के इस द्वंद्व में जो संस्कृति और जीवन दर्शन विकसित होता है वह इन जगहों में देखा जा सकता है, जहां दाहकर्म के बाद शराबनोशी सहज होता है।

ऐसा नहीं कि ग़रीबी की इस 'संस्कृति' में मानवीय संवेदना, प्रेम की चाह या करुणा नहीं होती, ईलाज के अभाव में मरते बच्चे-बूढ़े, संक्रामक बीमारियां, पुलिस-प्रशासन की अमानवीयता, रोटी और मकान की चाह में कुचलते सपने, इन सब के बीच आँसू जैसे सुख जाते हैं। मगर वक्त-बेवक्त यह बेबसी उभर ही आती है जिसका ईंलाज तो क्या होगा! बस दर्द हद से गुजर कर दवा हो जाता है।

फ़िल्म 'चक्र' के पात्र भी इसी 'महानगरीय स्लम संस्कृति' में जी रहे हैं। कथा 'अम्मा' के इर्द-गिर्द बुनी गई कही जा सकती है। हालांकि फिल्म में

'कहानी' कम परिवेश का दृश्य-चित्रण अधिक है, डाक्यूमेंट्री फ़िल्म की तरह।

'अम्मा' अपने पति के साथ गांव से भागकर आयी थी, क्योंकि ठेकेदार उसके साथ ज्यादती करना चाह रहा था और इस बचाव में अम्मा का पति उसकी हत्या कर देता है और इस तरह वे महानगर के स्लम एरिया में आ जाते हैं। उसका पति झोपड़ी बनाने के लिए टीन 'चोरी' करते वक्त पुलिस की गोली से मारा जाता है।

'अम्मा' अपने बेटे का किसी तरह पालन पोषण कर इसे बड़ा करती है। इस दौरान पहले 'लुक्का' से उसका सम्बन्ध बनता है, मगर बाद के दिनों में जब उसका बस्ती में आना कम हो जाता है तो ट्रक डाइवर 'अन्ना' से सम्बन्ध बनाती है।

यह सम्बन्ध जितना दैहिक है उतना ही 'पारिवारिक' सुरक्षा की चाह भी। 'अम्मा' के अन्तस् में इस बस्ती में रहकर भी 'अच्छे' जीवन की चाह है जिसमें कहीं पुलिस का साया न हो। उसके ज़ेहन में बार-बार पति का पुलिस गोली से मारा जाना कौंध जाता है। इसलिए वह अपने बेटे 'बेनवा' को बार-बार 'गैर कानूनी' कामों से दूर रखने का प्रयास करती है। ज़ाहिर है इस माहौल में उसकी सोच बार-बार खंडित होती है।

वह 'लुक्का' को अपने पास रोकने में असफल होकर ही कहीं 'अन्ना' के तरफ आकर्षित होती जान पड़ती है। उसके गर्भ में अन्ना का बच्चा है। यह सुखद अहसास उसे कुछ देर के लिए खुशियों से भर देता है। मगर उसके भविष्य के बारे में सोचकर वह आशंकित हो जाती है। वह इस 'गटर' में बच्चे को जन्म नहीं देना चाहती और उसके लिए अलग 'झोपड़ी' चाहती है। अन्ना का चरित्र सहज है, वह यथासम्भव सहयोग करता है।

'लुक्का' बिंदास, मस्त-कलंदर 'अपनों' से प्रेम करने वाला व्यक्ति है। पैसा किसी भी तरह कमाता है, ज़ाहिर है 'गैर कानूनी' ढंग से। उसके व्यक्तित्व और पैसे के कारण बस्ती की कई स्त्रियां उसके करीब आती हैं, मगर वह

कहीं टिककर रहता नहीं और अंततः अपनी रंगीन मिज़ाजी के कारण संक्रामक बीमारी से ग्रस्त होकर असहाय हो जाता है जिसकी मंज़िल मृत्यु ही है। मगर उसके अंदर करुणा है। किसी क्षण उसे अपनी विडम्बना का बोध भी होता है और वह अपने उस बच्चे को याद करता है जिसका उसने गर्भपात करवा दिया था। मगर जैसे वह यह भी जानता है कि चाहकर भी ऐसी ज़िंदगी से मुक्त नहीं हो सकता।

'बेनवा' किशोर उम्र को पार कर युवावस्था में प्रवेश कर रहा है। 'अच्छा काम' करने का प्रयास करते रहता है, मगर 'मालिकों' के बात-बात पर तिरस्कार और अपमान से उसका विश्वास खंडित होता है और वह 'लुक्का' की राह से आकर्षित होता है जहां 'लुटेरों' से छीनना कोई बुराई नहीं है।

फ़िल्म के क्लाइमेक्स में 'बेनवा' और 'अमली' के विवाह से जैसे स्थिति में सुधार दिखाई पड़ती है, मगर विडम्बना कि जैसे इस दुनिया से कहीं मुक्ति ही नहीं है। पुलिस लुक्का को गिरिफ्तार करने आती है और बचाव करने पर बेनवा को भी पकड़ लेती है। अम्मा को धक्का देने से उनके पेट मे ठोकर लग जाती है और सब कुछ खत्म हो जाता है। उसकी सुनी आँखों में जैसे फिर अंधेरा छा जाता है।

अमली के जीवन की शुरुआत ही जैसे इस विडम्बना से होती है और एक तरह से वह दूसरी 'अम्मा' बन जाती है। फिर वही जीवन, वही दुनिया! यह 'चक्र' क्या कभी खत्म नहीं होगा? फ़िल्म के आख़िर में प्रशासन द्वारा बस्ती उजाड़ दिया जाता है। बस्तियां अब भी उजाड़ी जाती हैं। मगर जैसे कि फ़िल्म में पार्श्व में यह गीत बजता रहता है

"सर छुपाने को छाया नहीं ना सही
बस ही जाएगी बस्ती कोई फिर नयी
अपने हाथो मे शक्ति हैं बाकी अभी
जुल्म के काले घेरे उखड़ जाएँगे
सह चुके हम बहुत, अब ना सह पाएँगे
प्राण जाए मगर, अब तो लड़ जाएँगे

काली रातो के पीछे, सवेरा भी हैं
कोई सुंदर भविष्य, तेरा मेरा भी हैं

(फ़िल्म जयवंत दलवी के मराठी उपन्यास 'चक्र' पर आधारित है।)

[2023]

52. इज़ाजत : गुलज़ार (1987)

मानव समाज में व्यक्तित्व की भिन्नता इतनी अधिक है कि कई बार लगता है दो व्यक्तियों में पूर्ण सामंजस्य कभी नहीं हो सकता। एक-दूसरे को ठीक से न 'समझ' पाने के इस द्वंद्व में बहुत सी गलतफहमियां भी पैदा होती हैं, जिससे कई बार रिश्तों में तनाव इस हद तक पहुँच जाता है कि वापसी की कोई राह नहीं बचती।

समाज में स्त्री-पुरुष का साहचर्य भी होता है। व्यक्ति अपने लिए साथी का चुनाव स्वयं करे यह अधिक सही है। फिर भी जरूरी नहीं कि इस चुनाव के बाद के जीवन में कोई द्वंद्व न हो। परिस्थितियां बदल सकती हैं, व्यक्ति बदल सकते हैं। इसलिए यदि 'ताल्लुक़ बोझ बन जाये तो उसे तोड़ना बेहतर' होता है।

कहाँ तो स्त्री-पुरुष के परस्पर चुनाव की बात और कहाँ हाल तक बाल विवाह होते रहे हैं! ऐसी स्थिति में समस्या और भी बड़ी हो सकती है।

इधर समाज में पितृसत्ता के मूल्य इस कदर हावी रहे हैं कि ऐसे मामलों में स्त्री ही एक तरह से समझौता कर परिवार को संभालती रही है।

मनुष्य का व्यक्तित्व साँचे में ढला नहीं होता। भिन्न-भिन्न सामाजिक-आर्थिक-व्यक्तिक कारणों और परिस्थितियों के कारण प्रत्येक व्यक्तित्व भिन्न और जटिल होता है जिसके कारण उसको पूरी तरह 'समझ' पाना असम्भव होता है और यह अनुमान लगाना भी वह कब क्या निर्णय लेगा।

फ़िल्म 'इज़ाज़त' में तीन किरदार हैं, सुधा, महेन्द्र और माया। महेंद्र और सुधा की नाबालिक अवस्था में मंगनी कर दी गयी थी। इधर महेंद्र माया के

संपर्क में आता है। दोनो में प्रेम हो जाता है, अधिकतर लिव इन में रहते भी हैं। महेंद्र माया के साथ ही रहना चाहता है मगर अपने दादा को खुलकर बता नहीं पाता। वह सुधा को हक़ीक़त बताता है। सुधा उसे सही सलाह देती है कि अपने दादा के सामने बात स्पष्ट करें और माया को उनके पास ले जाएं। मगर माया है कि एक जगह ठहरती नहीं! ऐन वक्त पर महेंद्र कोशिश करने के बाद भी उससे नहीं मिल पाता और सुधा से उसकी शादी हो जाती है।

माया जैसे अलग दुनिया की लड़की है। महेंद्र-सुधा के विवाह के बाद भी उसे महेंद्र से जैसे कोई शिकायत नहीं है, न ही सुधा के प्रति उसके मन मे कोई ईर्ष्या दिखाई पड़ती है। लेकिन महेंद्र के प्रति उसका लगाव ज़रा भी कम नहीं होता और इस कारण वह वक्त-बेवक्त उसे कॉल करती है, उससे बात करना चाहती है। अवश्य इस 'चाह' में निश्छलता है, समर्पण है मगर हक़ीक़त को नज़रंदाज़ करने की एक रोमानियत भी है जिसके कारण महेंद्र-सुधा के वैवाहिक जीवन में कई बार असमंजस की स्थिति आ जाती है।

माया जैसे इस दुनिया की लड़की नहीं लगती। उसके व्यक्तित्व की जटिलता को समझना आसान नहीं। वह निश्छल है मगर दुनियादारी से अनभिज्ञ, सामाजिक जीवन के सीमाओं को जैसे समझती ही नहीं।

उसके व्यक्तित्व की 'सहजता' एक सीमा के बाद अस्वाभाविक होती जाती है। तमाम सदिच्छाओं के बावजूद महेंद्र-सुधा के वैवाहिक जीवन में उसके लगातार हस्तक्षेप को सकारात्मक दृष्टि से नहीं देखा जा सकता।

उसके व्यक्तित्व में एक तरह से बचपना है जो एक सीमा के बाद 'अराजक' प्रतीत होने लगता है। मृत्यु के प्रति उसका आकर्षण और आत्महत्या का प्रयास उसके व्यक्तित्व का रोमैंटिक प्रकृतवाद के करीब जा पहुँचना है। प्रकट: महेंद्र को कोई दुःख न देकर भी उसका अवचेतन आत्मपीड़ा से मानो इसकी पूर्ति करता है।

माया में प्रेम की उदात्तता नहीं है। वह त्याग करती है और उसे भूलती भी नहीं, अन्यथा महेंद्र के वैवाहिक जीवन मे इस तरह हस्तक्षेप नहीं करती। माया के इस जटिल व्यक्तित्व के कुछ संकेत फ़िल्म में है, उसके माता-पिता का वैवाहिक जीवन तनावग्रस्त रहा है जिसका अस्वस्थ प्रभाव उसके व्यक्तित्व पर पड़ा है और वह घर से दूर भागती है। उसके महेंद्र से विवाह नहीं करने का कारण भी यह कटु अनुभव है जिसके कारण वैवाहिक जीवन से ही उसका विश्वास उठ गया है।

माया के इस करुणामय, निर्दोष मगर असुरक्षाबोध से ग्रस्त व्यक्तित्व उसे उसे शायरी की तरफ ले जाती है। वह फ़िल्म एक्ट्रेस भी है, अनुमान किया जा सकता है कि निर्देशकों को उसके इस व्यक्तित्व का सामना किस तरह करना पड़ता होगा। माया की इस 'अबूझ' व्यक्तित्व का अंत अंततः एक तरह से आत्महत्या में होती है, जो उसके चरित्र को देखकर अस्वाभाविक नहीं लगती। माया के प्रेम समर्पण और अस्मिताबोध में एक द्वंद्व है। सामान्यतः वह अपनी अस्मिता के प्रति जागरूक नहीं दिखती मगर ऐसा भी नहीं कि बातें उसे चुभती भी नहीं। लेकिन यह 'चुभना' अक्सर नकारात्मक ढंग से आत्मपीड़ा के रूप में अभियक्त होती है न कि अपने होने की अस्मिता के रूप में। यह उसके व्यक्तित्व की विडम्बना है। इस दृष्टि से सुधा अपनी अस्मिता के प्रति अधिक जागरूक है।

माया के व्यक्तित्व से दर्शक को कभी खीझता भी आ जाती है कि वह आखिर ऐसी क्यों है? दुनिया को 'व्यावहारिक' ढंग से क्यों नहीं देखती? क्यों एक खुमारी और बेहोशी में जीवन जीती है? मगर हम चाहे या न वह जैसी है वैसी है। इस बहुरंगी दुनिया में हजार रंग के व्यक्तित्व हैं, जो अपना जीवन जी रहे हैं। मगर हमारी सामाजिक-मनोवैज्ञानिक व्यवस्था में एक न्यूनतम 'अनुशासन' की आवश्यकता भी होती है, जिसे हमे निभाना पड़ता है। उससे परे का जीवन अराजकता की तरफ जाती है और सामाजिक जीवन मे ऐसा नहीं हो सकता कि आप हमने हित के अनुसार उसकी परिभाषा गढ़ें।

महेंद्र का सम्वेदनशील व्यक्तित्व का है, दुनियादारी को समझता है, लोकतांत्रिक है, मगर उसमे दृढ़ता का अभाव है, यही कारण है कि वह कुछ जगह दोराहे पर खड़ा रह जाता है। माया से प्रेम है, उससे शादी करना चाहता है, मगर दादा से कह नहीं पाता। उनकी बात रखने के लिए सुधा से शादी कर लेता है मगर माया से सम्बन्ध तोड़ नहीं पाता। अवश्य वह उससे सम्बन्ध सामान्य रखने के दिशा में अग्रसर है और सुधा को दोनों के बारे में सब-कुछ बता चुका होता है और माया के लगातार हस्तक्षेप से असहज भी होता है मगर अवसर मिलने पर उससे मिलना भी चाहता है। यानी उसके व्यक्तित्व में एक ढुलमुलपन भी है। ठीक है कि वह चाहता है माया सामान्य जीवन जीने लगे और सम्बन्धों के इस मोड़ को स्वीकार करे और माया के व्यक्तित्व के पेचीदगी के कारण उसे कोई सॉक देना नहीं चाहता मगर इसके कारण परिस्थितियां बिगड़ती जाती हैं और अंततः सुधा उसे छोड़कर चली जाती है।

सुधा का व्यक्तित्व उदात्त है। वह महेंद्र से उसकी अल्पव्यस्कता में हुई सगाई के लिए महेंद्र पर दबाव नहीं डालती और महेंद्र द्वारा माया के साथ अपने सम्बन्ध की दुविधा को बताने पर उसे मुक्त कर उससे विवाह का सलाह देती है। महेंद्र के माया से विवाह न हो पाने और महेंद्र के उससे विवाह के आग्रह पर वह उससे शादी कर लेती है, क्योंकि इस बीच वह किसी और पुरुष के सम्पर्क न तो आयी होती है और न इस बारे में सोची होती है। उसे महेंद्र के सच बोलने की प्रवृत्ति प्रभावित करती है और दोनो के बीच कोई अन्य दिक्कत भी नहीं रहती। दोनो का वैवाहिक जीवन ठीक से चलता रहता है मगर माया का घर में लगातार हस्तक्षेप से स्थितियां बदलने लगती है। सुधा काफी हद तक इसे सहज लेती है और सोचती है कि धीरे-धीरे सब ठीक हो जाएगा। वह माया के व्यक्तित्व को समझती है और उससे सहानुभूति भी रखती है। महेंद्र भी चाहता है कि माया वक्त-बेवक्त कॉल न करे, टेलीग्राम न करे, मगर वह तो जैसे किसी और दुनिया की लगती है!

सुधा एक हद तक चीजों को सम्हालने का प्रयास करती है मगर परिस्थितयां इतनी नाटकीय ढंग से बदलती हैं कि उसे लगता है कि महेंद्र-

माया की राह से हट जाना ही उचित है और वह घर छोड़कर चली जाती है।

इधर महेंद्र पछताता है, उसे हल्का हार्टअटैक आता है। माया की खुदकुशी के प्रयास के कारण परिस्थितियाँ बदली थीं जिसे उसने सुधा को नहीं बताया था और अनभिज्ञ सुधा उससे दूर चली गई। इधर माया उसकी देखभाल करती है। मगर उसके व्यक्तित्व में ठहराव है ही नही। वह महेंद्र से न तो विवाह करती है और सुधा को वापस लाने की बात पर जब महेंद्र उस पर झल्ला जाता है और आवेश में उसके प्रति दबी नाराज़गी निकल जाती है तो वह अत्यधिक आहत हो जाती है और रात में चुपके से नीमबेहोशी में मोटर साइकिल से घर से निकल जाती है, जिसकी परिणति दुपट्टा के पहिए में फँस जाने से उसकी मृत्यु से होती है। महेंद्र ठगा सा रह जाता है। फिर वह सुधा को मनाने जाता ही नहीं।

अचानक दो वर्ष बाद सुधा से रात में एक रेलवे प्लेटफार्म में उसकी मुलाकात होती है। दोनो हतप्रभ! रातभर वेटिंग रूम में साथ रहने से पुरानी बातें खुलती हैं। कुछ गलतफहमियों का अहसास होता है। मगर वक्त वापस लौटकर नहीं आ सकता, सुधा इस बीच दूसरा विवाह कर चुकी होती है। पति सुबह उसे प्लेटफार्म लेने आता है। महेंद्र फिर तनहा रह जाता है। रातभर दोनो साथ थे तो जैसे वक्त लौट आया था, दोनो जैसे वर्तमान को कुछ छण भूल गए थे और दाम्पत्य का जीवन जैसे लौट आया था!
सुबह की रौशनी से जैसे सब खत्म हो जाता है। मगर इस रौशनी से सब गिले-शिकवे और भ्रम भी मिट जाते हैं। इस अलगाव में भी एक लगाव है, ममत्व है, आशीर्वाद है दूसरे को सुखी देखने का। सुधा पहली बार घर से बिना बताए गयी थी, इस बार विदा के लिए महेंद्र से इज़ाज़त मांगती है। महेन्द्र का रोम-रोम उसे आशीर्वाद देता है। वह सुधा के लिए ख़ुद को अब तक गुनाहगार मानता रहा था, कह सकते है इस विदा से उससे उसको मुक्ति मिल जाती है।

सच है मनुष्य का व्यक्तित्व फार्मूलाबद्ध नहीं हो सकता। जीवन महज समाजीकरण के नियमो से नहीं चलता। व्यक्तित्व के कितने ही आयाम होते

हैं, जटिलताएं होती हैं, कमजोरियां होती हैं। एक प्रेम से भरा व्यक्ति इन द्वंद्वों से जूझता है, सामंजस्य करता है, मगर सब-कुछ उसके चाहने के अनुसार कहाँ होता है! इसलिए तमाम सावधानी और सदिच्छाओं के बावजूद त्रासदियां होती रही हैं, होती रहेंगीं।

[2023]

53. फ़िल्म अलीगढ़ और नैतिकता के सवाल

मानव समाज में जब से सामाजिक जीवन की शुरुआत हुई है, तब से समाज संचालन की उचित व्यवस्था के लिए कुछ नियम बन गए, बनाये गए। इनमें यौन नियमन के नियम भी बने, जिसमें सामान्यतः यौन 'अराजकता', यौन संघर्ष, संपत्ति के बँटवारे आदि के द्वंद्व को टालने के उपाय किये गए। इससे समाज में एक 'व्यवस्था' तो आयी, मगर कहना न होगा यह लोकतांत्रिक नहीं थी। इसमे प्रभु वर्ग के मूल्य और अधिकार की केन्द्रीयता रही और स्त्री तथा वंचित वर्ग की स्थिति द्वितीयक ही रही।

यों तो नैतिक-अनैतिक के प्रश्न जीवन के बहुत से पहलुओं से सम्बंधित होते हैं मगर इसका सर्वाधिक प्रभाव यौन सम्बन्ध के क्षेत्र में दिखाई पड़ता है। यद्यपि मानव समाज यौन स्वच्छंदता से समूह विवाह, बहुपति, बहुपत्नी आदि कई मंज़िलों से गुजरते हुए एकल विवाह तक आया है और कुछ समुदायों में इनमें से कुछ के अवशेष हाल तक रहे हैं, फिर भी एकल विवाह की स्वीकार्यता व्यावहारिक स्तर पर लगभग अधिकांश समुदायों में हो चली है।

यौन सम्बन्धों के इस नियमन में कुछ करीबी नातेदारों से यौन सम्बन्ध को हतोत्साह किया जाता है। नातेदारों के अलावा नियंत्रण के और भी मापदंड रहे हैं। हर समाज में किसके साथ विवाह किया जा सकता है, किसके साथ नहीं, चिन्हांकित रहता रहा है। ज़ाहिर है इससे विचलन 'अनैतिक' माना जाता रहा है। लेकिन इसमे भी वर्गीय भिन्नता रही है। प्रभु वर्ग अपनी शक्ति के दम पर इन नियमों को भंग करके भी सम्मानित रहता रहा है।

यौन 'नैतिकता' में भिन्नता समय और समाज सापेक्ष भी रहा है। किसी समय जो कार्य 'अनैतिक' माने जाते थे वे बाद के समय में सामान्य भी माने जाने लगे। इसी तरह कोई कार्य किसी समाज मे 'अनैतिक' हो सकता और किसी अन्य समाज में उसे सामान्य माना जा सकता है। कुल मिलाकर नैतिकता-अनैतिकता का कोई सार्वभौमिक मापदंड नहीं रहा है।

■

प्रकृति में विपरीत लिंग के प्रति यौन आकर्षण सहज है। इसी से समाज मे सन्तानोत्तपति की राह बनती है और समाज की निरंतरता बनी रहती है। मगर जैव-सामाजिक विकास से यह आकर्षण केवल उपयोगितावाद तक नहीं रह गया है। इससे मनुष्य की मनोसम्वेदना भी जुड़ती गई और 'प्रेम' का प्रादुर्भाव हुआ। यानी प्रेम केवल जैविक न होकर मनो-संवेदनात्मक अनुभूति है। इसलिए प्रेम की महत्ता और उसकी शक्ति का अहसास हर समाज को रहा है, चाहे वह कितना ही 'बंद' क्यों न हो। प्रेम समाज की नैतिकता को चुनौती देता रहा है क्योंकि उसके लिये 'प्रेम न चीन्हे जात-कुजात' रहा है।

लेकिन जो समाज विपरीति लिंग के सहज यौन आकर्षण तक पर पाबंदियां लगाता रहा है और उस पर नैतिकता-अनैतिकता के मापदंड कसता रहा है उसके लिए दो समलिंगी व्यक्तियों के यौन आकर्षण को स्वीकृति देना कितना कठिन हो सकता है इसका अंदाजा लगाया जा सकता है। बावजूद इसके कुछ प्राचीन समाजों में इसके उदाहरण मिलते रहे हैं; मगर अधिकतर इसे 'कुकर्म' और 'अनैतिक' माना जाता है और आज भी स्थिति कमोवेश वैसी ही है।

समलिंगी यौन आकर्षण 'सहज' है या नहीं इससे अधिक महत्वपूर्ण प्रश्न यह है कि कोई कृत्य किसी व्यक्ति की निजी आकांक्षा और चुनाव है कि नहीं और उससे व्यापक समुदाय या किसी दूसरे व्यक्ति के अधिकारों का हनन हो रहा है कि नहीं। यदि कोई व्यक्ति हस्त मैथुन करता है या बिना ब्रश किये खाना खाता है या दिनभर सोता है और रात में जागता है तो यह आप

के लिए असामान्य हो सकता है, मगर इसे आप 'अनैतिक' नहीं कह सकते। जरूरी नहीं कि जो हमारे लिए असहज है वह सब के लिए हो। हमें व्यक्ति के निजी चुनाव, पसन्दगी, नापसंदगी कुल मिलाकर उसकी स्वतंत्रता का सम्मान करना होगा यदि उससे किसी और की स्वतंत्रता का हनन नहीं होता।

समलैंगिकता को इसी नज़रिए से देखा जाना चाहिए। यदि दो समलिंगी अपनी निजता में यौन सम्बन्ध कायम करते हैं तो यह उनका अपना चुनाव है, इसे अपराध अथवा 'अनैतिक' कहना गलत है। हम उनसे असहमत हो सकते हैं और उस रास्ते का चुनाव नहीं करते तो यह हमारी स्वतंत्रता है। हाँ यौन संबंध के सार्वजनिक प्रर्दशन की अनुमति किसी भी सभ्य समाज में नहीं दी जा सकती।

लंबे समय तक ब्रिटिश दौर में बने कानून में समलैंगिकता को धारा 377 के तहत 'अपराध' माना गया था, लेकिन वर्तमान में इसे दिल्ली हाईकोर्ट द्वारा 'अपराध' की श्रेणी से हटा दिया गया है। मगर कानूनन 'मुक्ति' एक बात है समाज के नज़रिए में बदलाव दूसरी बात।

■

फ़िल्म 'अलीगढ़' प्रोफेसर रामचन्द्र सिरस जो अलीगढ़ मुस्लिम विश्व विद्यालय में मराठी भाषा के प्राध्यापक और विभागाध्यक्ष थे, के जीवन पर आधारित है। उन्हें एक रिक्शेवाले के साथ समलैंगिक सम्बन्ध रखने के कारण विश्वविद्यालय से निलंबित कर दिया गया था, क्योंकि उनके इस कृत्य को विश्वविद्यालय के नैतिक आचार संहिता के विरुद्ध माना गया।

इस 'घटना' को कैमरे में रिकार्ड करने वाले, बिना अनुमति के उनके घर मे घुसे थे, मानो किसी चोर को पकड़ रहे हों! फिर तत्काल उनके कुछ सहकर्मी भी वहां आ गए थे, जैसे उन्हें पहले से सब ख़बर हो! इससे स्पष्ट होता है कि यह सुनियोजित था।

इस तरह जो वास्तविक अपराधी थे, जो किसी व्यक्ति के निजता का हनन कर रहे थे, जो अपने ही सहकर्मी को ईर्ष्या वश 'खत्म'कर रहे थे, वे सब 'बाइज़्ज़त' थे और एक निर्दोष व्यक्ति जो अपना जीवन जी रहा था, किसी को हानि नहीं पहुँचा रहा था, उसे दंडित किया जाता है।

फ़िल्म केवल समलैंगिकता के औचित्य-अनौचित्य पर आधारित नहीं है। सवाल व्यक्ति के निजता उसके वैयक्तिक स्वतंत्रता का भी है। समलौंगिकता प्रो.सिरस का यौन चुनाव था, वे इसका कोई सार्वजनिक प्रदर्शन नहीं कर रहे थे। समाज और विश्वविद्यालय में उनके व्यवहार में कहीं असामान्यता नहीं थी। वे अपना दायित्व ठीक ढंग से निभा रहे थे। वे प्रतिष्ठित प्राध्यापक थे, मराठी के कवि थे, संगीत प्रेमी थे, कुल मिलाकर एक संवेदनशील व्यक्ति थे। मगर उनके साथ अमानवीय व्यवहार किया गया। विश्वविद्यालय द्वारा उन्हें निलंबित किया गया। उन्हें बेघर किया गया। डॉक्टर तक उनका इलाज करने से इंकार करते रहे, उन्हें किराये के मकान मिलने में परेशानी होती रही। अधिकतर उन्हें शक की निगाह से देखते रहे, जैसे वे कोई अजूबा हों! मित्र तक किनारा करने लगते हैं।

इस तरह परिवेश की प्रताड़ना से वे आहत होते जाते हैं, टूटते जाते हैं। अवश्य ऐसे लोग भी मिलते हैं जो उनका ढांढस बंधाते हैं, उनके पक्ष में आते हैं और विश्वविद्यालय के आदेश के विरुद्ध हाईकोर्ट में मुकदमा दायर करते हैं। कोर्ट में अवश्य प्रो. सिरस की जीत होती है मगर 'समाज' की नज़र में कोई बदलाव नहीं आता और अंततः केस जितने के बावजूद प्रो. सिरस आत्महत्या कर लेते हैं। मानो अब तक केवल यह दिखाने के लिए जिंदा थे कि अभी देश का संविधान जीवित है! वरना मर तो वे पल-पल रहे थे!

■

फ़िल्म जितना सार्थक अपने सरोकार के कारण है उतना ही सार्थक उसकी प्रस्तुति और कलाकारों का अभिनय भी है। प्रो. सिरस के रूप में मनोज वाजपेयी का अभिनय बेजोड़ है। फ़िल्मांकन बेहद सहज मगर प्रभावी है जो हंसल मेहता के कुशल निर्देशन को रेखांकित करता है।

(प्रोफेसर सिरस की मृत्यु संदेहास्पद परिस्थितियों में हुई थी॥)

[2023]

www.ingramcontent.com/pod-product-compliance
Lightning Source LLC
LaVergne TN
LVHW100246051026
849517LV00006B/2017